湘边事记

沈从文文集

名家經典 典藏

沈从文◎著

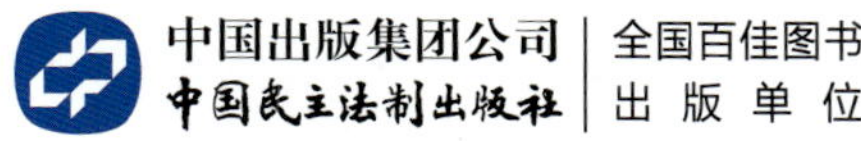

日头没有辜负我们，我们也切莫辜负日头。

我就这样一面看水，一面想你。

我行过许多地方的桥，看过许多次数的云，喝过许多种类的酒，却只爱过一个正当最好年龄的人。

凡事都若偶然的凑巧，结果却又若宿命的必然。

但真的历史却是一条河。从那日夜长流千古不变的水里石头和砂子，腐了的草木，破烂的船板，使我触着平时我们所疏忽了若干年代若干人类的哀乐！

目 录

三三

杨家碾坊在堡子外一里路的山嘴路旁。堡子位置在山弯里，溪水沿了山脚流过去，平平地流，到山嘴折弯处忽然转急，因此很早就有人利用它，在急流处筑了一座石头碾坊。这碾坊，不知从什么时候起，就叫杨家碾坊了。

从碾坊往上看，看到堡子里比屋连墙，嘉树成荫，正是十分兴旺的样子。往下看，夹溪有无数山田，如堆积蒸糕；因此种田人借用水力，用大竹扎了无数水车，用椿木做成横轴同撑柱，圆圆的如一面锣，大小不等竖立在水边。这一群水车，就同一群游手好闲的人一样，成日成夜不知疲倦地咿咿呀呀唱着意义含糊的歌。

一个堡寨里只有这样一座碾坊，所以凡是堡子里碾米的事都归这碾坊包办。成天有人轮流挑了仓谷来，把谷子倒进石槽里去后，抽去水闸的板，枧槽里的水冲动了下面的暗轮，石磨盘带着动情的声音，即刻就转动起来了。于是主人一面谈说一件事情，一面清理簸箩筛子，到后头包了一块白布，拿着个长把的扫帚，追逐磨盘，跟着打圈儿，扫除溢出槽外的谷米，再到后，谷子便成白米了。

到米碾好了，筛好了，把米糠挑走之后，主人全身是糠灰，常常如同一个滚入豆粉里的汤圆。然而这生活，是明明白白比堡子里许多人生活还从容，而为一堡子中人所羡慕的。

凡是到杨家碾坊碾过谷子的，都知道杨家三三。妈妈二十年前嫁给守碾坊的杨，三三五岁，爸爸就丢下碾坊同母女，什么话也不说死去了。爸爸死去后，母亲做了碾坊的主人，三三还是活在碾坊里，吃米饭同青菜、小鱼、鸡蛋过日子，生活毫无什么不同处。三三先是眼见爸爸成天全身是糠灰；到后爸爸不见了，妈妈又成天全身是糠灰……于是三三在哭里笑里慢慢地长大了。

妈妈随着碾槽转，提着小小油瓶，为碾盘的木轴铁心上油，或者很兴奋地坐在屋角拉动架上的筛子时，三三总很安静地自己坐在另一角玩。热天坐到风凉处吹风，用包谷秆子做小笼，捉蝈蝈、纺织娘玩。冬天则伴同猫儿蹲在火桶里，拨灰煨栗子吃。或者有时候从碾米人手上得到一个芦管做的唢呐，就学着打大傩的法师神气，屋前屋后吹着，半天还玩不厌倦。

这碾坊外屋墙上爬满了青藤，绕屋全是葵花同枣树，疏疏树林里，常常有三三葱绿衣裳的飘忽。因为一个人在屋里玩厌了，就出来坐在废石槽上撒米头子给鸡吃；在这时，什么鸡逞强欺侮了另一只鸡，三三就得赶逐那横蛮无理的鸡，直等到妈妈在屋后听到声音，代为讨情才止。

这碾坊上游有一潭，四面是大树覆，六月里阳光照不到水面。碾坊主人在这潭中养得有几只白鸭子，水里的鱼也比上下溪里多。照当地习惯，凡靠自己屋前的水，也算是自己财产的一份。水坝既然全为了碾坊而筑成，一乡公约不许毒鱼下网，所以这小溪里鱼极多。遇不甚面熟的人来钓鱼，看潭边幽静，想蹲一会儿，三三见到时，总向人说："不行，这鱼是我家潭里养的，你到下面去钓吧。"人若顽皮一点，听了这个话等于没听到，仍然拿着长长的竿子，搁到水面上去安闲地吸着烟管，望着小姑娘发笑。三三急了，便高声喊叫她的妈："娘，娘，你瞧，有人不讲规矩，钓我们的鱼，你来折断他的竿子，你快来！"娘自然是不会来干涉别人钓鱼的。

母亲就从没有照到女儿意思折断过谁的竿子，照例将说："三三，鱼多咧，让别人钓吧。鱼是会走路的，上面堡子塘里的鱼，因为欢喜我们这里的水，都跑来了。"三三照例应当还记得夜间做梦，梦到大鱼从水里跃起来吃鸭子，听完这个话，也就没有什么可说的了，只静静地看着，看这不讲规矩的人，到后究竟钓了多少鱼去。她心里记着数目，回头好告给妈妈。

有时因为鱼太大了一点，上了钩，拉得不合式，撇断了钓竿，三三可乐极了，仿佛娘不同自己一伙，鱼反而同自己是一伙了的神气。那时就应当轮到三三向钓鱼人咧着嘴发笑了。但是三三却常常急忙跑回去，把这件事告给母亲，母女两人同笑。

有时钓鱼的人是熟人，人家来钓鱼时，见到了三三，知道她的脾气，就照例不忘记问："三三，许我钓鱼吧？"三三便说："鱼是各处走动的，又不是我们养的，怎么不能钓！"同一件事情对待不同，原来是来人讲礼，三三也讲礼。

钓鱼的是熟人时，三三常搬了小小木凳子，坐在旁边看鱼上钩，且告给这人，另一时谁个把钓竿撇断的故事。到后这熟人回碾坊时，照例会把所得的大鱼分一些给三三家。三三看着母亲用刀剖鱼，掏出白色的鱼脬来，就放在地上用脚去踹，发声如放一枚小爆仗，听来十分快乐。鱼洗好后，揉了些盐，三三忙取麻线来把鱼穿好，挂到太阳下去晒。等待有客时，把这些干鱼同辣子炒在一个碗里待客。母亲如想到折钓竿的话，将说："这是三三的鱼。"三三就笑，心想着："怎么不是三三的鱼？潭里鱼若不是归我照管，早被村子里看牛孩子捉完了。"

三三如一般小孩，换几回新衣，过几回节，看几回狮子龙灯，就长大了。熟人都说看到三三是在糠灰里长大的。一个堡子里的人，都愿意得到这糠灰里长大的女孩子做媳妇，因为人人都知道这媳妇的妆奁是一座石头做成的碾坊。照规矩十五岁的三三，要招郎上门，也应当是时候了。但妈妈有了一点私心，记得一次签上的话语，不大相信媒人的话语，所以这碾坊还是只有母女二人，一时节不曾有谁添入。

三三大了，还是同小孩一样，一切得傍着妈妈。母女两人把饭吃过后，在流水里洗了脸，眺望行将下沉的太阳，一个日子就打发走了。有时听到堡子里的锣鼓声音，或是什么人接亲，或是什么人做斋事，"娘，带我去看"，又像是命令又像是请求地说着；若无什么别的理由推辞时，娘总得答应同去。

去一会儿，或停顿在什么人家喝一杯蜜茶，荷包里塞满了榛子、胡桃。预备回家时，有月亮天，什么也不用，就可以走回家。遇到夜色晦黑，燃了一把油柴，毕毕剥剥地响着爆着，什么也不必害怕。若到寨子里去玩时，还常有人打了灯笼火把送客，一直送到碾坊外边。三三觉得只有这类事是顶有趣味的事情。在雨里打灯笼走夜路，三三不能常常得到这机会，却常常梦到一人那么拿着小小红纸灯笼，在溪旁走着，好像只有鱼知道这回事。

当真说来，三三的事情，鱼知道的比母亲应当还多一点，也是当然的。三三在母亲身旁，说的是母亲全听得懂的话；那些凡是母亲不明白的，差不多都在溪边说去。溪边除了鸭子就只有那些水里的鱼。鸭子成天自己嘎嘎地叫个不休，哪里还有耳朵听别人说话！

这个夏天，母女两人一吃了晚饭，不到日黄昏，总常常过堡子里一个姓宋的熟人家去，陪一个行将远嫁的姑娘谈天，听一个从小寨来的人唱歌。有一天，她们照例又进堡子里去，却因为谈到绣花，要三三回碾坊来取样子，三三就一个人赶忙跑回碾坊来。快到屋边时，黄昏里望到溪边有两个人影子，有一个人到树下，拿着一根竿子，好像要下钓的神气。三三心想，这一定是来偷鱼的，因此照规矩喊着："不许钓鱼，这鱼是有主人的！"一面想走上前去看是些什么人。

就听到一个人说："谁说溪里的鱼也有主人？难道溪里活水也可养鱼吗？"

另一人又说："这是碾坊里小姑娘说着玩的。"

先说话的那个人就笑了。

旋即又听到第二个人说："三三，三三，你来，你鱼都被人捉完了！"

三三听到人家取笑她，声音好像是熟人，心里十分不平。就冲过去，预备看是谁在此撒野，以便回头告给母亲。走过去时，才知道那第二回说话的人是堡子里的一个管事先生，另外是一个从不见面的年轻男人。那男人手里拿的原来只是一根拐杖，不是什么钓竿。那管事先生认得三三，三三也认识他，所以当三三走近时，就取笑说：

“三三，怎么鱼是你家里养的？你家养了多少鱼呀？”

三三见是堡子里的管事先生，什么话也不说了，只低下头笑。头虽低低的，却望到那个好像从城里来的人的白裤白鞋，且听到那个男子说：“这女孩倒很聪明，很美，长得不坏。”管事的又说：“这是我堡子里的美人。”两人这样说着，那男子就笑了。

到这时，她猜测男子是对她望着发笑。三三心想：“你笑我干吗？”又想：“你城里人只怕狗，见了狗也害怕，还笑人，真亏你不羞。”她好像这句话已说出了口，为那人听到了，故打算趁此跑去。管事先生知道她要害羞跑了，便说：“三三，你别走，我们是来看你碾坊的。你娘呢？”

“娘不在碾坊。”

“到堡子里听小寨人唱歌去了，是不是？”

“是的。”

“你怎么不欢喜听唱歌？”

“你怎么知道我不欢喜？”

管事先生笑着说：“因为看你一个人回来，还以为你听厌了那歌，担心这潭里鱼被人偷尽，所以赶回来看看，好小气！”

三三同管事先生说着，慢慢地把头抬起，望到那生人的脸目了，白白的脸好像在什么地方看见过，就估计：莫非这人是唱戏的小生，忘了擦去脸上的粉，所以那么白？……那男子见三三已不再怕人，就问三三：

“这是你的家吗？”

三三说：“怎么不是我家！”

因为这答话很有趣味，那男子就说：

“你住在这个山沟边，不怕大水把你冲去吗？”

“嗨，”三三抿着小小美丽嘴唇，狠狠地望了这陌生男子一眼，心里想，“狗来了，你这人吓倒落到水里，水就会冲去你。”想着当真冲去的情形，一定很好笑，就不理会这两人，笑着跑去了。

从碾坊取了花样子回向堡子走去的三三，在潭边再上游一点，望到那两个白色影子还在前面，不高兴又同这管事先生打麻烦，于是故意跟在这两个人身后，慢慢地走着。听两个人说到城里什么人什么事情，听到说开河，又听到说学务局要办学校。因为这两人全都不知道有人在后面，所以自己觉得很有趣味。到后又听管事先生提起碾坊，提起妈妈怎么好，更是高兴。再到后，就听那城里男人说：

“女孩子倒真俏皮，照你们乡下习惯，应当快放人了。”

那管事的先生笑着说：“少爷欢喜，要总爷做红叶，可以去说亲。不过这碾坊是应当由姑爷管业的。”

三三轻轻地呸了一口，停顿了一下，用两个指头紧紧塞住耳朵。但依然听到那两人的笑声。她想知道那个由城里来好像唱小生的人还要说些什么，所以不久就继续跟上前去。

那小生说些什么，可听不明白，就只听那个管事先生一人说话。那管事先生说：“做了碾坊主人，别的不说，成天有新鲜鸡蛋吃，也很值得的！”话一说完，两人又笑了。

三三这次可再不能跟上去了，就坐在溪边的石头上，脸上发着烧，十分生气。心里想：“你要我嫁你，我偏偏不嫁你！我家里的鸡就是成天下二十个蛋，我也不会给你吃一个。”坐了一会儿，凉凉的风吹到脸上，水声淙淙使她记忆起先一时估计中那男子为狗吓倒跌在溪里的情形，可又快乐了，就望到溪里水深处，一个人自言自语说：“你怎么这样不中用，管事的救你，你可以喊他救你！”

到宋家时，宋家婶子正说起一件已经说了一会儿的事情，只听宋家妇人说：

“……他们养病倒稀奇，说是养病，日夜睡在廊下风里让风吹。脸儿白得如闺女，见了人就笑。谁说是团总的亲戚，团总见他那种恭敬样子，你还不见到。福音堂洋人还怕他，他要媳妇有多少！”

母亲就说：“那么他养什么病？”

“谁知道是什么病？横顺成天吃那些甜甜的药，什么事情不做，在床上躺着。在城里是享福，来乡里也是享福。老庚说，害第三期的病，又说是痨病，说也说不清楚。谁清楚城里人那些病名字。依我想，城里人欢喜害病，所以病的名字特别多。我们不能因害病耽搁事情，所以除打摆子只发烧肚泻，别的名字的病，也就从不到乡下来了。”

另外一个妇人因为生过瘰疬，不大悦服宋家妇人武断的话，就说：“我不是城里人，可是也害城里人的病。”

“你舅妈是城里人！”

“舅妈关我什么事？”

“你文雅得像城里人，所以才生疡子！”

这样说着，大家全笑了起来。

母女两人回去时，在路上三三问母亲：“谁是白白脸庞的人？”母亲就照先前一时听人说过的话，告给三三，堡子里如何来了一位城里的病人，样子如何俊，性情如何怪。一个乡下人，对于城中人隔膜的程度，在那些描写里是分明易见的，自然说得十分好笑。在平常某个时节，三三对于母亲在叙述中所加的批评与稍稍过分的形容，总觉得母亲说得极其俨然，十分有味，这时不知如何却不相信这话了。

走了一会儿，三三忽问：“娘，娘，你见到那个城里白脸人没有呢？”

妈妈说：“我怎么会见他？我这几天又不到团总家里去。”

三三心想：“你不见人怎么说了那么半天。”

三三知道妈妈不见到的，自己倒早见到了，便把这件事保守秘密，却十分高兴。以为只有自己明白这件事情，此外凡是说到城里人的都不甚可靠。

两人到潭边时，三三又问：

“娘，你见团总家管事先生没有？”

若是娘说没有见过，反问她一句，那么，三三就预备把先前遇到那两个人的一切都说给妈妈听了。但母亲这时正想起别的一个问题，完全不关心三三问的话，所以三三把方才的事情瞒着母亲，一个字不提。

第二天，三三的母亲到堡子里去，在团总家门前，碰着那个从城里来的白脸客人，同团总的管事先生，正在围城边看马打滚。那管事先生告诉她，说他们昨天曾到碾坊前散步，见到三三。又告给三三母亲说，这客人是从城里来养病的。到后就又告给那客人，说这个人就是碾坊的主人杨伯妈。那人说，真很同小三姐相像。那人又说三三长得很好，很聪明，做母亲的真福气。说了一阵话，把这老妇人说快乐了，在心中展开了一个幻景，想起自己觉得有些近于糊涂的事情，忙匆匆回到碾坊去，望着三三痴笑。

三三不知母亲为什么今天特别乐，就问母亲到了什么地方，遇着了谁。

母亲想，应当怎么说好？想了许久才开口：

“三三，昨天你见过谁？”

三三说：“我见到谁？没有！”

娘就笑了：“三三你记记，晚上天黑时，你不看见两个人吗？”

三三以为娘知道一切了，就忙说：“人有两个，一个是团总家管事的先生，一个是生人……怎么？”

“不怎么。我告诉你，那个生人就是城里来的先生。今天我看见他们，他们说已经和你认识了，所以我们说了许多话。那人真像个姑娘样子。”母亲说到这里时，想起一件事情好笑。

三三以为妈妈是在笑她，偏过头去看土地上的灶马，不理会母亲。

母亲说：“他们问我要鸡蛋，你下半天送二十个去，好不好？”

三三听到说鸡蛋，认为昨天两个男人说的笑话都为母亲知道了，心里很不高兴，说道：“谁去送他们鸡蛋？娘，娘，我说……他们是坏人！”

母亲奇怪极了，问：“怎么是坏人？什么地方坏？”

三三红了脸不愿答应。母亲说：

“三三，你说什么事？”

迟了许久，三三才说：“他们背地里要找团总做媒，把我嫁给那个白脸人。”

母亲听到这天真话什么也不说，笑了好一阵。到后估计三三要跑了，才拉着三三说：“小报应，管事先生他们说笑话，这也生气吗？谁敢欺侮你！”

说到后来，三三也被说笑了。

三三后来就告给娘城里人如何怕狗的话，母亲听后不做声，好久以后才说：“三三，你真还像个小丫头，什么也不懂。”

第二天，妈妈要三三送鸡子儿到寨子里去，三三不说什么，只摇头。妈妈既然答应了人家，就只好亲自送去。母亲走后，三三一个人在碾坊里玩，玩厌了，又到潭边去看白鸭，看了一会儿鸭子，等候母亲还不回来，心想莫非管事先生同妈妈吵了架，或者天热到路上发了痧？……心里老不自在，回到碾坊里去。

但是过了一会儿，母亲可仍然回来了，回到碾坊一脸的笑，跨着脚如一个男子神气。坐在小凳上，不住抹额头上汗水，告给三三如何见到那先生，那先生又如何要她坐到那个用粗布做成的软椅子上去，摇着荡着像一个摇网，怪舒服怪不舒服。又说到城里人说三三为何不念书，城里女人全念书。又说到……

三三正因为等了母亲大半天，十分不高兴。如今听母亲说的话，莫名其妙，不愿意再听，所以不让母亲说完就走了。走到外边站在溪岸旁，望着清清的溪水，记起从前有人告诉她的话，说这水流下去，一直从山里流一百里，就流到城里了。她这时忖想……什么时候我一定也不让谁知道，就要流到城里去，一进城里就不回来了。但是如当真要流去时，她倒愿意那碾坊、那些鱼、那些鸭子，以及那一匹花猫和她在一处流去。同时还有，她很想母亲永远和她在一处，她才能够安安静静地睡觉。

母亲看不见三三，站在碾坊门前喊着：

“三三，三三，天气热，你脸上晒出油了，不要远走，快回来！”

三三一面走回来，一面就自己轻轻地说："三三不回来了！"

下午天气较热，倦人极了，躺到屋角竹凉床上的三三，耳中听着远处水车陆续的懒懒的声音，眯着眼睛觑母亲头上的髻子，仿佛一个瘦人的脸。越看越活，蒙蒙眬眬便睡着了。

她还似乎看到母亲包了白帕子，拿着扫帚追赶碾盘，绕屋打着圈儿，就听到有人在外面说话，提起她的名字。

只听人说："三三到什么地方去了，怎么不出来？"

她奇怪这声音很熟，又想不起是谁的声音，赶忙走出去，站在门边打望，才望到原来又是那个白脸的人，规规矩矩坐在那儿钓鱼。过细看了一下，却看见那个钓竿，原来是团总家管事先生的烟杆，一头还冒烟。

拿一根烟杆钓鱼，倒是极新鲜的事情，但身旁似乎又已经得到了许多鱼，所以三三非常奇怪。正想走去告母亲，忽然管事先生也从那边走来。

好像又是那一天的那种情景，天上全是红霞，妈妈不在家，自己回来原是忘了把鸡关到笼子里，因此赶忙跑回来捉鸡。如今碰到这两个人：管事先生同那白脸城里人，都站在那石磴子上，轻轻地商量一件事情。这两人声音很轻，三三却听得出是一件关于不利于自己的行为。因为听到说这些话，又不能赚人走开，又不能自己走开，三三就非常着急，觉得自己的脸上也像天上的霞一样。

那个管事先生装作正经人样子说："我们是来买鸡蛋的，要多少钱把多少钱。"

那个城里人，也像唱戏小生那么把手一扬，就说："你说错了，要多少金子把多少金子。"

三三因为人家用金子恐吓她，所以说："可是我不卖给你，不想你的钱。你搬你家大块金子来，到场上去买老鸦蛋吧。"

管事先生于是又说："你不卖行吗？别人卖的凤凰蛋我也不稀罕。你舍不得鸡蛋为我做人情，你想想，妈妈以后写庚帖，还少得了管事先生吗？"

那城里人于是又说：“向小气的人要什么鸡蛋，不如算了吧。”

三三生气似的大声说：“就算我小气也行，我把鸡蛋喂虾米，也不卖给人！我们赌咒不羡慕别人的金子宝贝。你和别人去说金子，恐吓别人吧。”

可是两个人还不走，三三心里就有点着急，很愿意来一只狗向两个人扑去。正那么打量着，忽然从家里就扑出来一条大狗，全身是白色，大声汪汪地吠着，从自己身边冲过去，凶凶地扑到两人身边去，即刻就把这两个恶人冲落到水里去了。

于是溪里的水起了许多波花，起了许多大泡，管事先生露出一个光光的头在水面，那城里人则长长的头发，缠在贴近水面的柳树根上，情景十分有趣。

可是一会儿水面什么也没有了，原来那两个人在水里摸了许多鱼，上了岸，拍拍身上的水点，把鱼全拿走了。

三三想去告给妈妈，一滑就跌倒了。

刚才的事原来是做一个梦。母亲似乎是在灶房煮夜饭，因为听到三三梦里说话才赶出来的。见三三醒了，摇着她问：“三三，三三，你同谁吵闹？”

三三定了一会儿神，望妈妈笑着，什么也不说。

妈妈说：“起来看看，我今天为你焖芋头吃。你去照照镜子，脸睡得一片红！”虽然依照母亲说的，去照了镜子，还是一句话不说，人虽早已清醒，还记得梦里一切的情景。到后来又想起母亲说的同谁吵闹的话，才反去问母亲，究竟听到吵闹些什么话。妈妈自然不注意这些，说听不分明，三三也就不再问什么了。

直到吃饭时，妈妈还说到脸上睡得发红，所以三三就告给老人家先后做了些什么梦，母亲听来笑了半天。

第二次送鸡蛋去时，三三也去了，那时是下午。吃过饭后不久，两人进了团总家的大院子。在东边偏院里，看到城里来的那个客，正躺在廊下藤椅上，眺望天上飞的老鹰。管事的不在家，三三认得那个男子，不大好意思上前去，就要母亲过去，自己站在月门边等候。母亲上前去时节，三三又出主意，要妈妈站在门边大声说“送鸡蛋的来了”，好让他知道。母亲自然什么都照三三主意做去。三三听母亲说这句话，说到第三次，才引起那个白白脸庞的城里人注意，自己就又急又笑。

三三这时是站在月门外边的。从门罅向里面窥看，只见那白脸人站起身来又坐下去，正像梦里那种样子。同时就听到这个人同母亲说话，说起天气和别的事情，妈妈一面说话一面尽掉过头来望到三三所在的一边。白脸人以为她就要走去了，便说：

“老太太，你坐坐，我同你说说话。”

妈妈于是坐下了，可是同时那白脸的城里人也注意到那一面门边有一个人等候了，“谁在那里？是不是你的小姑娘？”

一看情形不妙，三三就想跑。可是一回头，却望到管事先生站在身后，不知已站了多久。打量逃走自然是难办到的，末后就被拉着袖子，牵进小院子来了。

听到那个人请自己坐下，听到那个人同母亲说那天在溪边看见自己的情形，三三眼望另一边，傍近母亲身旁，一句话不说，巴不得即刻离开，可是想不出怎么就可以离开。

坐了一会儿，出来了一个穿白袍戴白帽、装扮古怪的女人。三三先还以为是个男子，不敢细望。后来听这女人说话，且看她站在城里人身旁，用一根小小白色管子塞进那白脸男子口里去，又抓了男子的手捏着，捏了好一会，拿一支好像笔的东西，在一张纸上写了些什么记号。那先生问“多少‘豆’”？就听她回答说：“‘豆瘦’同昨天一样。”且因为另外一句话听到这个人笑，才晓得这是一个女人。这时似乎妈妈那一方面，也刚刚才明白这是一个女人，且听到说“多少‘豆’”，以为奇怪，所以两个互相望望，都抿着嘴笑了起来。

看着这母女生疏的情形，那白袍子女人也觉得好笑，就不即走开。

那白脸城里人说：“周小姐，你到这地方来一个朋友也没有，就同这小姑娘做个朋友吧。她家有个好碾坊，在那边溪头，有一个动人的水车，前面一点还有一个好堰坝。你同她做朋友，就可到那儿去玩，还可以钓些鱼回来。你同她去那边林子里玩玩吧，要这小姑娘告诉你那些花名、草名。”

这周小姐就笑着过来，拖了三三的手，想带她走去。三三想不走，望着母亲，母亲却做样子努嘴要她去，不能不走。

可是到了那一边，两人即刻就熟了。那看护把关于乡下的一切，这样那样问了她许多。她一面答着，一面想问那女人一些事情，却找不出一句可问的话，只很稀奇地望着那一顶白帽子发笑。觉得好奇怪，怎么顶在头上不怕掉下来。

过后听母亲在那边喊自己的名字，三三也不知道还应当同看护告别，还应当说些什么话，只说“妈妈喊我回去，我要走了”，就一个人忙忙地跑回母亲身边，同母亲走了。

母女两人回到路上走过了一个竹林，竹林里恰正当晚霞的返照，满竹林是金色的光。三三把一个空篮子戴在头上，扮作钓鱼翁的样子，同时想起团总家服侍病人那个戴白帽子的女人，就和妈妈说：

“娘，你看那个女人好不好？”

母亲说：“你说的是哪一个女人？”

三三好像以为这答复是母亲故意装作不明白的样子，因此稍稍有点不高兴，向前走去。

妈妈在后面说：“三三，你说谁？”

三三就说：“我说谁，我问你先前那个女子，你还问我！”

“我怎么知道你是说谁？你说那姑娘，脸庞红红白白的，是说她吗？”

三三才停着了脚，等着她的妈。且想起自己无道理处，悄悄地笑了。母亲赶上了三三，推着她的背，“三三，那姑娘长得好体面，你说是不是？”

三三本来就觉得这人长得体面，听到妈妈先说，所以就故意说：“体面什么？人高得像一条菜瓜，也算体面！”

“人家是读过书来的，你没看她会写字吗？”

“娘，那你明天要她拜你做干娘吧。她读过书，娘，你近来只欢喜读书的。”

“嗨，你瞧你！我说读书好，你就生气。可是……你难道不欢喜读书的吗？”

“男人读书还好，女人读书讨厌咧。”

“你以为她讨厌，那我们以后讨厌她得了。”

“不，干吗说‘讨厌她得了’？你并不讨厌她！”

“那你一人讨厌她好了。”

“我也不讨厌她！”

“那是谁该讨厌她？三三，你说。”

“我说，谁也不该讨厌她。”

母亲想着这个话就笑，三三想着也笑了。

三三于是又匆匆地向前走去。因为黄昏太美，三三不久又停顿在前面枫树下了，还要母亲也陪她坐一会儿，送那片云过去再走。母亲自然不会不答应的。两人坐在那石条子上，三三把头上的竹篮儿取下后，用手整理发辫，就又想起那个男人一样短短头发的女人。母亲说：“三三，你用围裙揩揩脸，脸上出汗了。”三三好像没听到妈妈的话，眺望另一方，她心中出奇，为什么有许多人的脸白得像茶花。她不知不觉又把这个话同母亲说了，母亲就说，这是他们称呼为“城里人”的理由，不必擦粉，脸也总是很白的。

三三说：“那不好看。”母亲也说“那自然不好看”。三三又说：“宋家的黑子姑娘才真不好看。”母亲因为到底不明白三三意思所在，拿不稳风向，所以再不敢插言，就只貌作留神地听着，让三三自己去作结论。

三三的结论就只是故意不同母亲意见一致，可是母亲若不说话时，自己就不需结论，也闭了口，不再做声了。

另外某一天，有人从大寨里挑谷子来碾坊挑谷子的男人走后，留下一个女人在旁边照料一切。这女人欢喜说白话，且不久才从六十里外一个寨上吃喜酒回来，有一肚子的故事，许多乡村消息，得和一个人说说才舒服，所以就拿来与碾坊母女两人说。母亲因为自己有一个女儿，有些好奇的理由，专欢喜问人家到什么地方吃喜酒，看见些什么体面姑娘，看到些什么好嫁妆。她还明白，照例三三也愿意听这些故事。所以就问那个人，问了这样又问那样，要那人一五一十说出来。

三三却静静地坐在一旁，用耳朵听着，一句话不说。有时说的话那女人以为不是女孩子应当听的，声音较低时，三三就装作毫不注意的神气，用绳子结连环玩，实际上仍然听得清清楚楚。因为听到些怪话，三三忍不住要笑了，却扭过头去悄悄地笑，不让那个长舌妇人注意。

到后那两个老太太，自然而然就说到团总家中的来客，且说及那个白袍白帽的女人了。那妇人说，她听人说这白帽白袍女人是用钱雇来的，雇来照料那个先生，好几两银子一天。但她却又以为这话不十分可靠，以为这人一定就是城里人的少奶奶，或者小姨太太。

三三的妈妈意见却同那人的恰恰相反，她以为那白袍女人绝不是少奶奶。

那妇人就说："你怎么知道不是少奶奶？"

三三的妈说："怎么会是少奶奶！"

那人说："你告诉我些道理。"

三三的妈说："自然有道理，可是我说不出。"

那人说："你又看不见，你怎么会知道？"

三三的妈说："我怎么看不见？……"

两人争着不能解决，又都不能把理由说得完全一点，尤其是三三的母亲，又忘记说是听到过哪一位喊叫过周小姐的话，用来作证据。三三却记起许多话，只是不高兴同那个妇人去说。所以三三就用别种的方法打乱了两人不能说清楚的问题。三三说："娘，莫争这些闲事情，帮我洗头吧，我去热水。"

到后那妇人把米碾完挑走了。把水热好了的三三坐在小凳上，一面解散头发，一面带着抱怨神气向她娘说：

"娘，你真奇怪，欢喜同那老婆子说空话。"

“我说了些什么空话？”

“人家媳妇不媳妇，关你什么事！”

……

母亲想起什么事来了，抿着口痴了半天，轻轻地叹了一口气。

过几天，那个白帽白袍的女人却同寨子里一个小女孩子到碾坊来玩了。玩了大半天，说了许多话，妈妈因为第一次有这么一个稀客，所以走出走进，只想杀一只肥母鸡留客吃饭，但是又不敢开口，所以十分为难。

三三却把客人带到溪下游一点有水车的地方去，玩了好一阵。在水边摘了许多金针花，回来时又取了钓竿，搬个矮脚凳子，到溪边去陪白帽子女人钓鱼。

溪里的鱼好像也知道凑趣。那女人一根钓竿，一会儿就得了四条大鲫鱼，使她十分欢喜。到后应当回去了，女人不肯拿鱼回去，母亲可不答应，一定要她拿去。并且因为白帽子女人说南瓜子好吃，又另外取了一口袋的生瓜子，要同来的那个小女孩代为拿着。

再过几天，那白脸人同管事先生也来钓了一次鱼，又拿了许多礼物回去。

再过几天，那病人却同女人一块儿来了，来时送了一些用瓶子装的糖，还送了些别的东西，使得主人不知如何措置手脚。因为不敢留这两个人吃饭，所以到临走时，三三母亲还捉了两只活鸡，一定要他们带回去。两人都说留到这里生蛋，用不着捉去，还不行。到后说等下一次来再杀鸡，那两只鸡才被开释放下了。

自从两个客人到来后，碾坊里有点不同过去的样子，母女两人说话，提到“城里”的事情就渐渐多了。城里是什么样子，城里有些什么好处，两人本来全不知道。两人只从那个白脸男子、白袍女人的神气，以及平常从乡下听来的种种，作为想象的根据，模拟到城里的一切景况，都以为城里是那么一种样子——有一座极大的用石头垒就的城，这城里就竖了许多好房子。每一栋好房子里面都住了一个老爷同一群少爷。每一个人家都有许多成天穿了花绸衣服的女人，装扮得同新娘子一样，坐在家里，什么事也不必做。每一个人家，房子里一定还有许多跟班同丫头，跟班的坐在大门前接客人的名片，丫头便为老爷剥莲心、去燕窝毛。城里一定有很多条大街，街上全是车马。城里有洋人，脚杆直直的，就在大街上走来走去。城里还有大衙门，许多官都如"包龙图"一样，威风凛凛，一天审案到夜，夜了还得点了灯审案。虽有一个包大人，坏人还是数不清。城里还有好些铺子，卖的是各样稀奇古怪的东西。城里一定还有许多大庙小庙，成天有人唱戏，成天也有人看戏。看戏的全是坐在一条板凳上，一面看戏一面剥黑瓜子。坏女人想勾引人就向人打瞟瞟眼。城门口有好些屠户，都长得胖墩墩的。城门口还坐有个王铁嘴，专门为人算命打卦。

这些情形自然都是实在的。这想象中的都市，像一个故事一样动人，保留在母女两人心上，永远不使两人痛苦。她们在自己习惯的生活中得到幸福，又从幻想中得到快乐，所以若说过去的生活是很好的，那到后来可说是更好了。

但是，从另外一些记忆上，三三的妈妈却另外还想起了一些事情，因此有好几回同三三说话到城里时，却忽然又住了口不说下去。三三询问这是什么意思，母亲就笑着，仿佛意思就只是想笑一会儿，什么别的意思也没有。

三三可看得出母亲笑中有原因，但总没有方法知道这另外原因究竟是什么。或者是妈妈预备要搬进城里，或者是做梦到过城里，或者是因为三三长大了，背影子已像一个新娘子了，妈妈惊讶着，这些躲在老人家心上一角儿的事可多着呐。三三自己也常常发笑，且不让母亲知道那个理由。每次到溪边玩，听母亲喊"三三你回来吧"，三三一面走一面总轻轻地说："三三不回来了，三三永不回来了。"为什么说不回来，不回来又到什么地方去落脚，三三并不曾认真打量过。

有时候两人都说到前一晚上梦中去过的城里，看到大衙门、大庙的情形，三三总以为母亲到的是一个城里，她自己所到又是一个城里。城里自然有许多，同寨子差不多一样，这个三三老早就想到了的。三三所到的城里一定比母亲那个还远一点，因为母亲凡是梦到城里时，总以为同团总家那堡子差不多，只不过大了一点，却并不很大。三三因为听到那白帽子女人说过，一个城里看护至少就有两百，所以她梦到的，就是两百个白帽子女人的城里！

妈妈每次进寨子送鸡蛋去，总说他们问三三，要三三去玩，三三却怪母亲不为她梳头。但有时头上辫子很好，却又说应当换干净衣服才去。一切都好了，三三却常常临时又忽然不愿意去了。母亲自然不强着三三的。但有几次母亲有点不高兴了，三三先说不去，到后又去；去到那里，两人却都很快乐。

人虽不去大寨，等待妈妈回来时，三三总愿意听听说到那一面的事情。母亲一面说，一面注意三三的眼睛，这老人家懂得到一点三三心事。她自己以为十分懂得三三，所以有时话说得也稍多了一点。譬如关于白帽子女人，如何照料白脸男子那一类事，母亲说时总十分温柔，同时看三三的眼睛，也照样十分温柔。于是，这母亲，忽然又想到了远远的什么一件事，不再说下去；三三也想到了另外一件事，不必妈妈说话了。母女二人就沉默了。

寨子里人有次又过碾坊来了，来时三三已出到外边往下溪水车边采金针花去了。三三回碾坊时，望见母亲同那个人商量什么似的在那里谈话，一见到三三，就笑着什么也不说。三三望望母亲的脸，从母亲脸上颜色，她看出像有些什么事情，很有点蹊跷。

那人一见三三就说："三三，我问你，怎么不到堡子里去玩，有人等你！"

三三望望自己手上那一把黄花，头也不抬说："谁也不等我。"

"你的朋友等你。"

"没有人是我的朋友。"

"一定有人！想想看，有一个人！"

"你说有就有吧。"

"你今年几岁，是不是属龙的？"

三三对这个谈话觉得有点古怪，就对妈妈看着，不即作答。

“你不说我也知道，你妈妈还刚刚告我，四月十七，你看对不对？”

三三心想，四月十七、五月十八你都管不着，我又不稀罕你为我拜寿。但因为听说是妈妈告的，三三就奇怪，为什么母亲同别人谈这些话。她就对母亲把小小嘴唇撇了一下，怪着她不该同人说起这些。本来折的花应送给母亲，也不高兴了，就把花放在休息着的碾盘旁，跑出到溪边，拾石子打飘飘梭去了。

不到一会儿，听到母亲送那人出来了，三三赶忙用背对着大路，装着眺望溪对岸那一边牛打架的样子，好让他们走去。那人见三三在水边，却停顿到路上，喊三姑娘，喊了好几声，三三还故意不理会，又才听到那人笑着走了。

到了晚上，母亲因为见三三不大说话，和平时完全不同了，母亲说:“三三，怎么，是不是生谁的气？”

三三口上轻轻地说“没有”，心里却想哭一会儿。

过两天，三三又似乎仍然同母亲讲和了，把一切事都忘掉了，可是再也不提到大寨里去玩，再也不提醒母亲送鸡蛋给人了。同时母亲那一面，似乎也因为了一件事情，不大同三三提到城里的什么，不说是应当送鸡蛋到大寨去了。

日子慢慢过着，许多人家田间的新稻，为了好的日头同恰当的雨水，长出的禾穗全垂了头。有些人家的新谷已上了仓，有些人家摘着早熟的禾线，舂出新米各处送人尝新了。

因为寨子里那家嫁女的好日子快到了，搭了信来接母女两人过去陪新娘子。母亲正新给三三缝了一件葱绿布围裙，要三三去住两天。三三没有什么理由可以说不去，所以母女两人就带了些礼物到寨子里来了。到了那个嫁女的家里，按照一乡的风气，在女人未出阁以前，有展览妆奁的习惯，一寨子的女人都可来看，就见到了那个白帽子的女人。她因为在乡下除了照料病人就无什么事情可做，所以一个月来在乡下就成天同乡下女人玩玩，如今随同别的女人来看嫁妆，碰到了三三母女两人。

一见面，这白帽子女人便用城里人的规矩怪三三母亲，问为什么多久不到总爷家里来看他们；又问三三，为什么忘了她。这母女两人自然什么也不好说，只按照一个乡下人的方法，望到略显得黄瘦了的白帽子女人笑着。后来这白帽子的女人就告给三三妈妈，说病人的病还不怎么好，城里医生来了一次，以为秋天还要换换地方，预备八月里回城去，再要到一个顶远的有海的地方去养息。因为不久就要走了，所以她自己同病人都很想念母女两人和那个小小碾坊。

这白帽子女人又说，曾托过人带信要她们来玩的，不知为什么她们不来。又说，她很想再来碾坊那小潭边钓鱼，可是因为天气热了一点，不好出门。

这白帽子女人，看见三三的新围裙，裙上还扣了朵小花，式样秀美，充满了一种天真的妩媚，就说：

“三三，你这个围腰真美，妈妈自己做的是不是？”

三三却因为这女人一个月以来脸晒红多了，就只望着这个人的红脸好笑，笑中包含了一种纯朴的友谊。

母亲说：“我们乡下人，要什么讲究东西，只要穿得上身就好了。”因为母亲的话不大实在，三三就轻轻地接下去说：“可是改了三次。”

那白帽女人听到这个话，向母女笑着，“老太太你真有福气，做你女儿的也真有福气。”

“这算福气吗？我们乡下人，哪里比得城里人好。”

因为有两个人正抬了一盒礼物过去，三三追上前想看看是什么时，白帽子女人望着三三的背影，“老太太，你三姑娘陪嫁的，一定比这家还多。”

母亲也望那一方说：“我们是穷人，姑娘嫁不出去的。”

这些话三三都听到，所以看完了那一抬礼，还不即过来。

说了一阵话，白帽子女人想邀母女两人进寨子里去看看病人，母亲见三三神气有点不高兴，同时且想起是空手，乡下人照例不好意思空手进人家大门，所以就答应过两天再去。

又过了几天，母女二人在碾坊，因为谈到新娘子敷水粉的事情，想起白帽子女人的脸，一到乡下后就晒红了许多的情形，且想起那天曾答应人家的话了，所以妈妈问三三，什么时候高兴去寨子里看“城里人”。三三先是说不高兴，到后又想了一下，去也不什么要紧，就答应母亲，不拘哪一天去都行。既然不拘什么时候，那么，自然第二天就可以去了。

因为记起那白帽子女人说的话，很想来碾坊玩，所以三三要母亲早上同去，好就便邀客来，到了晚上再由三三送客回去。母亲却因为想到前次送那两只鸡，客人答应了下次来吃，所以还预备早早回来，好杀鸡款客。

一早上，母女两人就提了一篮鸡蛋，向大寨走去。过桥，过竹林，过小小山坡，道旁露水还湿湿的。金铃子像敲钟一样，叮叮地从草里发出声音来，喜鹊喳喳地叫着从头上飞过去。母亲走在三三的后面，看到三三苗条如一根笋子，拿着棍儿一面走一面打道旁的草，记起从前团总家管事先生问过她的话，不知道究竟是什么意思。又想到几天以前，白帽子女人说及的话，就觉得这些从三三日益长大快要发生的事情，不知还有许多。

她零零碎碎就记起一些属于别人的印象来了……一顶凤冠，用珠子穿好的，搁到谁的头上？二十抬贺礼，金锁金鱼，这是谁？……床上撒满了花，同百果、莲子、枣子，这是谁？……这是谁？……那三三是不是城里人？……

若不是滑了一下，向前一窜，这梦还不知如何放肆做下去。

因为听妈妈口上连作呸呸，三三才回过头来，“娘，你怎么？想些什么？差点儿把鸡蛋篮子也摔了。你想些什么？”

“我想我老了，不能进城去看世界了。”

“你难道欢喜进城吗？”

“你将来一定是要到城里去的！”

“怎么一定？我偏不上城里去！”

“那自然好极了。”

两人又走着，三三忽然又说：“娘，娘，为什么你说我要到城里去？你怎么个想起这事情？”

母亲忙分辩说：“你不去城里，我也不去城里。城里天生是给城里人预备的；我们有我们的碾坊，自然不会离开的。”

不到一会儿，就望到大寨子那门楼了，门前有许多大榆树和梧桐。两人进了寨门向南走，快要走到时，就望见榆树下面有许多人站立，好像在看热闹。其中还有些人，忙手忙脚地搬移一些东西，看情形一定是发生了什么事情，或者来了远客，或者还有别的原因。母女两人也不怎么出奇，依然慢慢地走过去。三三一面走一面说：“莫非是衙门的委员来了？娘，我在这里等你，你先过去看看吧。”母亲随随便便答应着，心里觉得有点蹊跷，就把篮子放下，要三三等着，自己赶上前去了。

这时恰巧有个妇人抱了自己孩子向北走，预备回家，看见三三了，就问：“三三，怎么你这样早，有些什么事？”但同时却看到了三三篮里的鸡蛋了，“三三，你送谁的礼呢？”

三三说：“随便带来的。”因为不想同这人说别的话，于是低下头去，用手盘弄那个盘云的葱绿围腰扣子。

那妇人又说：“你妈呢？”

三三还是低着头，用手向南方指着，“过那边去了。”

那女人说：“那边死了人。”

“是谁死了？”

“就是上个月从城中搬来养病的少爷。只说是病，前一些日子还常常出外面玩，谁知忽然犯病就死了。”

三三听到这个，心里一跳，心想：“难道是真话吗？”

这时节，母亲从那边也知道消息了，匆匆忙忙地跑回来，心门口咚咚跳着，脸儿白白的，到了三三跟前，什么话也不说，拉着三三就走。好像是告三三，又像是自言自语地说：“就死了，就死了，真不像会死！”

但三三却立定了，问：“娘，那白脸先生死了吗？”

“都说是死了的。”

“我们难道就回去吗？”

母亲想想：“真的，难道就回去？”

因此母女两人又商量了一下，还是过去看看，好知道究竟是什么原因。三三且想见见那白帽子女人，找到白帽子女人一切就明白了。但一走进大门边，望见许多人站在那里，大门却敞敞地开着。两人又像怕人家知道他们是来送礼的，不敢进去。在那里就听许多人说到这个病人的一切，说到那个白帽子女人，称呼她为病人的媳妇，又说到别的。都显然证明这些人并不和这两个城里人有什么熟识。

三三脸白白的拉着妈妈的衣角，低声说：“娘，走。”两人于是就走了。

到了磨坊，因为有人挑了谷子来在等着碾米，母亲提着蛋篮子进去了。三三站立溪边，眼望一泓碧流，心里好像掉了什么东西。极力去记忆这失去的东西的名称，却数不出。

母亲想起三三了，在里面喊着三三的名字，三三说：“娘，我在看虾米呢。”

“来把鸡蛋放到坛子里去，虾米在溪里可以成天看！”因为母亲那么说着，三三只好进去了。水闸门的闸板已提起，磨盘正开始在转动，母亲各处找寻油瓶，为碾盘轴木加油，三三知道那个油瓶挂在门背后，却不做声，尽母亲乱乱地各处去找。三三望着那篮子，就蹲到地下去数篮里的鸡蛋，数了半天。后来碾米的人，问为什么那么早拿鸡蛋往别处去，送谁，三三好像不曾听到这个话，站起身来又跑出去了。

1931 年 8 月写成于青岛

1941 年 11 月在昆明重看

1957 年 3 月校正

龙朱

1．说这个人

郎家苗人中出美男子，仿佛是那地方的父母全曾参与过雕塑天王菩萨的工作，因此把美的模型留给儿子了。族长儿子龙朱年十七岁，是美男子中之美男子。这个人，美丽强壮像狮子，温和谦顺如小羊。是人中模型。是权威。是力。是光。种种比譬全只为了他的美。其他德行则与美一样，得天比平常人特别多。

提到龙朱相貌时，就使人生一种卑视自己的心情。平时在各样事业得失上全引不出嫉妒的神巫，因为有次望到龙朱的鼻子，也立时变成小气，甚至于想用钢刀去刺破龙朱的鼻子。这样与天作难的倔强野心却生之于神巫。到后又却因为那个美，仍然把这神巫克服了。

郎家，以及乌婆、彝族、花帕、长脚各族，人人都说龙朱相貌长得好看，如日头光明，如花新鲜。正因为这样说话的人太多，无量的阿谀，反而烦恼了龙朱了。好的风仪用处不是得阿谀（龙朱的地位，已就应当得到各样人的尊敬歆羡了）。既不能在女人中煽动勇敢的悲欢，好的风仪全成为无意思之事。龙朱走到水边去，照过了自己，相信自己的好处，又时时用铜镜观察自己，觉得并不为人过誉。然而结果如何呢？似乎龙朱不像是应当在每个女子理想中的丈夫那么平常，因此反而与妇女们离远了。

女人不敢把龙朱当成目标，做那荒唐艳丽的梦，不是女人的过错。在任何民族中，女子们，不能把神做对象，来热烈恋爱，来流泪流血，不是自然的事么？任何种族的妇人，原永远是一种胆小知分的生物，要情人，也知道要什么样情人才合乎身份。纵其中并不乏勇敢不知事故的女子，也自然能从她的不合理希望上得到一种好教训。相貌堂堂是女子倾心的原由，但一个过分美观的身材，却只作成了与女子相远的方便。谁不承认狮子是孤独兽物？狮子永远孤独，就只为了狮子全身的纹彩与众不同。

龙朱因为美，有那与美同来的骄傲不？凡是到过青石冈的苗人，全都能赌咒作证，否认这个事。人人总说总爷的儿子，从不用地位虐待过人畜，也从不闻对长年老辈妇人女子失过敬礼。在称赞龙朱的人口中，总还不忘同时提到龙朱的相貌。全寨中，年轻汉子们，有与老年人争吵事情时，老人词穷，就必定说，我老了，你年轻人，干吗不学龙朱谦恭对待长辈？这青年汉子若还有羞耻心存在，必立时遁去，不说话；或立即认错，作揖赔礼。一个妇人与人谈到自己儿子，总常说，儿子若能像龙朱，那就卖自己与江西布客，让儿子得钱花用，也愿意。所有未出嫁的女人，都想自己将来有个丈夫能与龙朱一样。所有同丈夫吵嘴的妇人，说到丈夫时，总说你不是龙朱，真不配管我磨我；你若是龙朱，我做牛做马也心甘情愿。

还有，一个女人同她的情人，在山洞里约会，男子不失约，女人第一句赞美的话总是“你真像龙朱。”其实这女人并不曾同龙朱有过交情，也未尝听到谁个女人同龙朱约会过。

一个长得太标致了的人，是这样常常容易为别人把名字放到口上咀嚼的。

龙朱在本地方远远近近，得到如此尊敬爱重，然而他是寂寞的。这人是兽中之狮，永远当独行无伴！

在龙朱面前，人人觉得极卑小，把男女之爱全抹杀，因此这族长的儿子，却仿佛永远无从爱女人了。女人中，属于乌婆族，以出产多情才貌女子著名地方的女人，也从无一个敢来到龙朱的面前，闭上一只眼，荡着她上身，向龙朱挑情。也从无一个女人，敢把她绣成的荷包，掷到龙朱身边来。也从无一个女人，敢把自己姓名与龙朱姓名编成一首歌，来在跳年时节唱。然而所有龙朱的亲随，所有龙朱的奴仆，又正因为强壮美好，正因为与龙朱接近，如何在一种沉醉狂欢中享受这个种族中年轻女人小嘴长臂的温柔！

“寂寞的王子，向神请求帮忙吧。”

使龙朱生长得如此壮美，是神的权力，也就是神所能帮助龙朱的唯一事。至于要女人倾心，是人的事啊！

要自己，或他人，设法使女人来在面前唱歌，疯狂中裸身于草席上面献上贞洁的身，只要是可能，龙朱不拘牺牲自己所有任何物，都愿意。然而不行。任怎样设法，也不行。齐梁桥的洞口终于有合拢的一日，不拘有人能说在高大山洞合拢以前，龙朱能够得到女人的爱，是不可信的事。

民族中积习，折磨了天才与英雄，不是在事业上粉骨碎身，便是在爱情中退位落伍。这不仅仅是白耳族王子的寂寞，他一种族中人，也总不缺少同样的故事！不是怕受天责罚，也不是另有所畏，也不是预言者曾有明示，也不是族中法律限制，自自然然，所有女人都将她的爱情给了一个男子，轮到龙朱却无份了。

在寂寞中，龙朱是用骑马猎狐以及其他消遣把日子混下去的。

日子如此过了四年，他二十一岁。

四年后的龙朱，没有与以前日子龙朱两样处。另一方面也许可以指出一点不同来，那就是说如今的龙朱，更像一个好情人了。年龄在这个神工打就的身体上，增加上了些更表示“力”，更像男子的东西。应长毛的地方生长了茂盛的毛，应长肉的地方添上了结实的肉，一颗心，则同样因为年龄所补充的，更其能顽固地预备承受爱、给予爱了。

他越觉得寂寞。

虽说齐梁洞并未有合拢，二十一岁的人年纪算轻，来日正长，前途大好，然而什么时候是那补偿填还时候呢？有人能作证，说天所给别的男子的那一份幸福与苦恼，过不久也将同样分派给龙朱么？有人敢包，说到另一时，会有个初生之犊一般的女人，不怕一切来爱龙朱么？

郎家族男女结合，在唱歌。大年时，端午时，八月中秋时，以及跳年刺牛大祭时，男女成群唱，成群舞。女人们，各自穿了峒锦衣裙，各戴花擦粉，供男子享受。平常时，大好天气下，或早或晚，在山中深洞，在水滨，唱着歌，把男女吸到一块来，即在太阳或月亮下，成了熟人，做着只有顶熟的人可做的事。在此习惯下，一个男子不能唱歌他是种羞辱，一个女子不能唱歌她不会得到好丈夫。抓出自己的心，放在爱人的面前，方法不是钱，不是貌，不是门阀，也不是假装的一切，只有真实热情的歌。所唱的，不拘是健壮乐观，是忧郁，是怒，是恼，是眼泪，总之还是歌。一个多情的鸟绝不是哑鸟。一个人在爱情上无力勇敢自白，那在一切事业上也全是无希望可言，这样人绝不是好人！

那么龙朱必定是缺少这一项，所以不行了。

事实又并不如此。龙朱的歌全为人引作模范的歌。用歌发誓的青年男子女人，全采用龙朱誓歌那一个韵。一个情人被对方的歌窘倒时，总说胜利人拜过龙朱做歌师傅。凡是龙朱的声音，别人都知道。凡是龙朱唱的歌，无一个女人敢接声。各样的超凡入圣，把龙朱摒除于爱情之外。歌得太完全太好，也仿佛成为一种吃亏理由了。

有人拜龙朱做歌师傅的话，也是当真的。手下的用人，或其他青年汉子，在求爱时腹中歌词为女人逼尽，或为一种浓烈情感扼着了他的喉咙，歌唱不出心中的恩怨，来请教龙朱，龙朱总不辞。经过龙朱的指点，结果是多数把女子引回家，成了管家妇；或者领到山洞中，互相把心愿了销。熟读龙朱的歌的男子，博得美貌善歌的女人倾心，也有过许多人。但是歌师傅永远是歌师傅，直接要龙朱教歌的，总全是男子，并无一个年轻女人。

龙朱是狮子，只有说这个人是狮子，可以使平常人对于他的寂寞得到一种解释！

当地年轻女人到什么地方去了呢？懂得唱歌要男人的，都给一些歌战胜，全引诱尽了。凡是女人都明白在情欲上的固持是一种痴处，所以女人宁愿减价卖出，无一个敢囤货在家。如今只能让日子过去一个办法，因了日子的推迁，希望那新生的犊中也有那不怕狮子的犊在。

龙朱就常常这样自慰着度着每个新的日子，人事凑巧处正多着，在齐梁桥洞口合拢以前，也许龙朱仍然可以得着一种好运。

2. 说一件事

中秋大节的月下整夜歌舞，已成了过去的事了。大节的来临，反而更寂寞，也成了过去的事了。如今已到了九月。打完谷子了。拾完桐子了。红薯早挖完下窖了。冬鸡已上孵，快要生出小鸡了。连日晴明出太阳，天气冷暖宜人。年轻女子全都负了柴耙同篾笼上坡扒草。各处山坡上都有歌声；各处山洞里，都有情人在用干草铺就并撒有野花的临时床铺上并排坐或并头睡。这九月是比春天还好的九月。

龙朱在这样时候更多无聊。出去玩，打鸠本来非常相宜，然而一出门，就听到各处歌声，到许多地方又免不了要碰着那成双作对的人，于是大门也不敢出了。

无所事事的龙朱，每天只在家中磨刀，这预备在冬天来剥豹皮的刀，是宝物，是龙朱的朋友。无聊无赖的龙朱，正用着那“一日三摩挲，剧于十五女”的心情来爱这口宝刀的。刀用清油在一方小石上磨了多日，光亮到暗中照得见人，锋利到把头发放近刀口，吹一口气发就成两截。然而他还是每天把这把刀来磨砺。

某天，一个比平常日子似乎更像是有意帮助青年男女“野餐”的一天，黄黄的日头照满全村，龙朱仍然在阳光下磨刀。

在这人脸上有种孤高鄙夷的表情，嘴角的笑纹也变成了一条对生存感到烦厌的线。他时时凝神听察堡外远处女人的尖细歌声，又时时顾望天空。黄日头临照到他一身，使他身上有春天温暖。天是蓝天，在蓝天作底的景致中，常常有雁鹅排成人字或一字写在那虚空。龙朱望到这些也不笑。

什么事把龙朱变成这样阴郁的人呢？郎家、乌婆族、彝族、花帕、长脚……每一族的年轻女人都应负责，每一对年轻情人都应致歉。妇女们，在爱情选择中遗弃了这样完全人物，是菩萨神鬼不许可的一件事，是爱神的耻辱，是民族灭亡的先兆。女人们对于恋爱不能发狂，不能超越一切利害去追求，不能选她顶欢喜的一个人，不论是什么种族，这种族都近于无用。

龙朱正磨刀，一个五短身材的奴隶走到他身边来，伏在龙朱的脚边，用手攀他主人的脚。

龙朱瞥了一眼，仍然不做声，低头磨刀。

这个奴隶抚着龙朱的脚也不做声。

远处正有一片歌声飞来。过了一阵，龙朱发声了，声音像唱歌，在糅合了庄严和爱的调子中夹着一点儿愤懑，说："矮子，你又不听我话，做这个样子！"

"主，我是你的奴仆。"

"难道你不想做朋友吗？"

"我的主，我的神，在你面前我永远卑小。谁人敢在你面前平排？谁人敢说他的尊严在美丽的龙朱面前还有存在必要！谁人不愿意永远为龙朱做奴做婢？谁……"

龙朱用顿足制止了矮奴的奉承，然而矮奴仍然把最后一句"谁个女子敢想象爱上龙朱？"恭维得不得体的话说毕，才站起来。

矮奴站起了，也仍然如平常人跪下一般高。矮人似乎真适宜于做奴隶的。

龙朱说："什么事使你这样可怜？"

"在主面前看出我的可怜，这一天我真值得生存了。"

"你人太聪明了。"

"经过主的称赞，呆子也成了天才。"

“我说的是毫不必需的聪明。是令人讨厌的废话。我问你，到底有什么事？”

“是主人的事，因为主在此事上又可见出神的恩惠。”

“你这个只会唱歌不会说话的人，真要我打你了。”

矮奴到这时才把话说到身上。这时他哭着脸，表明自己的苦恼和失望，且学着龙朱生气时顿足的神气。这行为，若在别人猜来，也许以为矮子服了毒，或者肚脐被山蜂所螫，所以作成这样子，表明自己痛苦。至于龙朱，则早已明白，猜得出矮子的郁郁不乐，不出赌博输钱或失欢女人两件事。

龙朱不做声，高贵地笑，于是矮子说：

“我的主，我的神，我的事是瞒不了你的。在你面前的仆人，又被一个女子欺侮了！”

“得了，谁能欺侮你？你是一只会唱谄媚曲子的鸟，被欺侮是不会有的事！”

“但是，主，爱情把仆人变成一只蠢鸟了。”

“只有人在爱情中变聪明的事。”

“是的，聪明了，仿佛比其他时节聪明了一点点，但在一个比自己更聪明的人面前，我看出我自己蠢得像一只猪。”

“你这土鹦哥平日的本事往什么地方去了？”

“平时哪里有什么本事呢！这只土鹦哥，嘴巴大、身体大，唱的歌全是学来的歌，不中用。”

“把你所学的全唱唱，也就很可以打胜仗。”

“唱虽唱过了，还是失败。”

龙朱皱了一皱眉毛，心想这事怪。

然而一低头，望到矮奴这样矮，便了然于矮奴的失败是在身体，不是在歌喉了，龙朱微笑说：

“矮东西，莫非是为你相貌把事情弄坏了。”

“但是她并不曾看清楚我是谁。若果她知道我是在美丽无比的龙朱王子面前的矮奴，那她早被我引到黄虎洞做新娘子了。”

“我不信。一定是你土气太重。”

“主，我赌咒。这个女人不是从声音上量得出我身体长短的人。但她在我的歌声上，却一定把我心的长短量出了。”

龙朱还是摇头，因为自己即或见到矮人站在面前，至于度量这矮奴心的长短，还不能够的。

“主，请你信我的话。这是一个美人，许多人唱枯了喉咙，还为她所唱败！”

“既然是好女人，你也就应当把喉咙唱枯，为她吐血，才是爱。”

“我喉咙枯了，才到主面前来求救。”

“不行不行，我刚才还听过你恭维了我一阵，一个真真为爱情绊倒了脚的人，他决不会过一阵又能爬起来说别的话！”

“主啊，”矮奴摇着他那颗大头颅，悲声说道，“一个死人在主面前，也总有话赞扬主的完全美好，何况奴仆呢。奴仆是已为爱情绊倒了脚，但一同主人接近，仿佛又勇气勃勃了。主给人的勇气比何首乌补药还强十倍。我仍然唱去了。让人家战败了，我也不说是主的奴仆，不然别人会笑主用着这样一个蠢人，丢了郎家的光荣！”

矮奴于是走了。但最后说的几句话，却激起了龙朱的愤怒，把矮子叫着，问，到底女人是怎样的女人。

矮奴把女人的脸、身，以及歌声形容了一次。矮奴的言语，正如他自己所称，是用一支秃笔与残余颜色涂在一块破布上的。在女人的歌声上，他就把所有青石冈地方有名的出产比喻净尽。说到像甜酒，说到像枇杷，说到像三羊溪的鳜鱼，说到像大兴场的狗肉，仿佛全是可吃的东西。矮奴用口作画的本领并不蹩脚。

在龙朱眼中，看得出矮奴有点儿饥饿，在龙朱心中，则所引起的，似乎也同甜酒狗肉引起的欲望相近。他有点好奇，不相信，就同到一起去看看。

正想设法使龙朱快乐的矮奴，见说主人要出去，当然欢喜极了，就忙催主人出寨门往山中去。

不一会儿，这郎家的王子就到山中了。

藏在一堆干草后面的龙朱，要矮奴大声唱出去，照他所教的唱。先不闻回声。矮奴又高声唱。过一会儿，在对山，在毛竹林里，却答出歌来了。音调是花帕族中女子悦耳的音调。

龙朱把每一个声音都放到心上去，歌只唱三句，就止了。有一句留着待答歌人解释。龙朱就告给矮奴答复这一句歌。又教矮奴也唱三句出去，等那边解释。龙朱的歌意思是：凡是好酒就归那善于唱歌的人喝，凡是好肉也应归善于唱歌的人吃，只是你姣好美丽的女人应当归谁？

女人就答一句，意思是：好的女人只有好男子才配。她且即刻又唱出三句歌来，就说出什么样男子方是好男子。说好男子时，提到龙朱的大名，又提到别的两个人的名，那另外两个名字却是历史上的美男子名字，只有龙朱是活人。女人的意思是：你不是龙朱，又不是××××，你与我对歌的人究竟算什么人？你糊涂，你不用妄想。

“主，她提到你的姓名！她骂我！我就唱出你是我的主人，说她只配同主人的奴隶相交。”

龙朱说：“不行，不要唱了。”

“她胡说，应当要让她知道她是只够得上为主人擦脚的女子。”

然而矮奴见龙朱不做声，也不敢回唱出去了。龙朱的心深沉到刚才几句歌中去了。他料不到有女人敢这样大胆。虽然许多女子骂男人时，都总说“你不是龙朱”，这事却又当别论了，因为这时谈到的正是谁才配爱她的问题。女人能提出龙朱名字来，女人骄傲也就可知了。龙朱想既然这样，就让她先知道矮奴是自己的用人，再看情形如何。

于是矮奴依照龙朱所教的，又唱了四句。歌的意思是：吃酒糟的人何必说自己量大，没有根柢的人也休想同王子要好，若认为掺了水的酒总比酒糟还行，那与龙朱的用人恋爱也就很写意了。

谁知女子答得更妙，她用歌表明她的身份，说，只有乌婆族的女人才同龙朱用人相好，花帕族女人只有外族的王子可以论交，至于花帕苗中的自己，预备在郎家苗中与男子唱歌三年，再预备来同龙朱对歌的。

矮子说：“我的主，她尊视了你却小看了你的仆人，我要解释我这无用用人并不是你的仆人，免得她知道了耻笑！”

龙朱对矮奴微笑，说：“为什么你不应当说‘你对山的女子，胆量大就从今天起来同我龙朱主人对歌’呢？你不是先才说到要她知道我在此，好羞辱羞辱她吗？”

矮奴听龙朱说的话，还不很相信得过，以为这只是主人说的笑话。他想不到主人因此就会爱上这个狂妄大胆的女人。他以为女人不知对山有龙朱在，唐突了主人，主人纵不生气，自己也应当生气。告女人龙朱在此，则女人虽觉得羞辱了，可是自己的事情也完了。

龙朱见矮奴迟疑，不敢接声，就打一声吆喝，让对山人明白，表示还有接歌的气概，尽女人起头。龙朱的行为使矮奴发急，矮奴说：“主，你在这儿我已没有歌了。”

“你照我意思唱下去，问她胆子既然这样大，就拢来，看看这个如虹如日的龙朱。”

“我当真要她来？”

“当真！要来我看看是什么样女人,敢轻视我们说不配同花帕族女子相好！”

矮奴又望了望龙朱，见主人情形并不是在取笑他的用人，就全答应下来了。他们歌唱出口后，于是等待着女子的歌声，稍过一会儿，女子果然又唱起来了。所唱的意思是：对山的竹雀你不必叫了，对山的蠢人你也不必唱了，还是想法子到你龙朱王子的奴仆跟前学三年歌，再来开口。

矮奴说：“主，这话怎么回答？她要我跟龙朱的用人学三年歌，再开口，她还是不相信我是你最亲信的奴仆，还是在骂我郎家苗的全体！”

龙朱告矮奴一首非常有力的歌，唱过去，那边好久好久不回。矮奴又提高喉咙唱。回声来了大骂矮子，说矮奴偷龙朱的歌，不知羞，至于龙朱这个人，却是值得在走过的路上撒满鲜花的。矮奴烂了脸，不知所答。年轻的龙朱再也不能忍下去了，小心小心，压着了喉咙，平平地唱了四句。声音的低平仅仅使对山一处可以明白，龙朱是正怕自己的歌使其他男女听到，因此哑喉半天的。龙朱的歌中意思就是说：唱歌的高贵女人，你常常提到郎家苗一个平凡的名字使我惭愧，因为我在我族中是最无用的人，所以我族中男子在任何地方都有情人，独名字在你口中出入的龙朱却仍然是个独身。

不久，那一边像思索了一阵，也幽幽唱和起来了，唱的是：你自称为郎家苗王子的人我知道你不是，因为这王子有银锣银钟的声音。本来呢，拿所有花帕苗年轻女子供龙朱作垫还不配，但爱情是超过一切的事情，所以你也不要笑我。所歌的意思极其委婉谦和，音节又极其整齐，是龙朱从不闻过的好歌。因为对山女人总不相信与她对歌的是龙朱，所以龙朱不由得放声唱了。

这歌是用顶精粹的言语，自顶纯洁的一颗心中摇着，从一个顶甜蜜的口中喊出，成为顶热情的音调。这样一来，所有一切声音仿佛全哑了。一切鸟声与一切远处歌声，全成了这王子歌时和拍的一种碎声。对山的女人，从此沉默了。

龙朱的歌一出口，矮奴就断定了对山再不会有回答。这时节等了一阵，还无回声，矮奴说："主，一个在奴仆当来是劲敌的女人，不等主的第二个歌已压倒了。这女人不久还说大话，要与郎家王子对歌，她学三十年还不配！"

矮奴不问龙朱意见，许可不许可，就又用他不高明的中音唱道：

你花帕族中说大话的女子，
大话以后不用再说了，
若你欢喜做郎家王子仆人的新妇，
他愿意你过来见他的主同你的夫。

仍然不闻有回声。矮奴说，这个女人莫非害羞上吊了吧。矮奴说的原只是笑话，然而龙朱却说过对山看看去。龙朱说后就走，沿山谷流水沟下去。跟到龙朱身后追着，两手拿了一大把野黄菊同山红果的，是想做新郎的矮奴。

矮奴常说，在龙朱王子面前，跛脚的人也能跃过阔涧。这话是真的。如今的矮奴，若不是跟了主人，这身长不过四尺的人，就绝不会像腾云驾雾一般地飞！

3. 唱歌过后一天

“狮子，我说过你，永远是孤独的！”郎家为一个无名勇士立碑，曾有过这样句子。

龙朱昨天并没有寻着那唱歌人。到女人所在处的毛竹林中时，不见人。人走去不久，只遗了无数野花。跟踪各处追，还是见不着。各处找遍了，山中不少好女子，各躺在草地唱歌歇憩，见龙朱来时，识与不识都立起来怯怯的，如为龙朱的美所征服。见到的女子，问矮奴是不是那一个人，矮奴总摇头。

龙朱又重复回到女人唱歌的地方，别无所有，只见一片落英撒在垫坐的干草上，望到这个野花的龙朱，如同嗅过血腥气的小豹，虽按捺自己咆哮，仍不免要憎恼矮奴走得太慢。其实那走在前面的是龙朱，矮奴则两只脚像贴了神行符，全不自主，只仿佛像飞。矮奴无过错。不过女人比鸟儿，这称呼得实在太久了，不怕主仆二人走得怎样飞快，鸟儿毕竟还是先已飞往远处去了！

天气渐渐夜下来，各处有鸡叫，各处有炊烟，龙朱废然归了家。那想做新郎的矮奴，跟在主人的后面，把所有的花全丢了，两只长手垂到膝下，还只说见了她非抱她不可，万料不到自己是拿这女人在主人面前开了多少该死的玩笑！天气当时原是夜下来了，矮奴又是跟在龙朱王子的后面，望不到主人脸上的颜色。一个聪明的仆人，即或怎样聪明，总也不会闭了眼睛知道主人心情的。

龙朱过了一个特别的烦恼日子，半夜睡不着，起来怀了宝刀，披上一件豹皮小褂，走到堡墙上去瞭望。无所闻，无所见，入目的只是远山上的野烧明灭。各处村庄全睡尽了，大地也睡了。寒月凉露，助人悲思，于是这个少年王子，仰天叹息，悲怀抑郁。且远处山下，听有孩子哭声，如半夜醒来吃奶时情形，龙朱更难自遣。

龙朱想，这时节，各地各处，那洁白如羔羊、温和如鸽子的女人，岂不是全都正在新棉絮中做好梦？当地的青年，在日里唱歌倦了的心，做工疲倦了的身体，岂不是在这时节也全得到休息了么？只有那扰乱了自己心胃的女人，究竟在什么地方呢？她不应当如同其他女人，在新棉絮中做梦。她不应当有睡眠。她这时应当来思索她所歆慕的王子的歌声。她应当野心扩张，希望我凭空而下。她应当为思我而流泪，如悲悼她情人的死去……但是，这女子究竟是什么人的女儿？

烦恼中的龙朱，拔出刀来，向天作誓说："你大神，你老祖宗，神明在左在右，我龙朱不能得到这女人做妻，我永远不与女人同眠，承宗接祖事我不负责！若爱情必须用血来掉换时，我愿意在神面前立约，我如得到她，斫下一只手也不翻悔！"

立过誓后的龙朱，回转自己的屋中，和衣睡了。睡后不久，就梦到女人缓缓唱歌而来，身穿白衣白裙，钉满了小小银泡，头发纷披在身后，模样如救苦救难观世音。女人的神奇，使白耳族王子屈膝，倾身膜拜。但是女人却不理会，越去越远了。白耳族王子就赶过去，拉着女人的衣裙。女人回过头笑了。女人一笑龙朱就勇敢了，这王子猛如豹子擒羊，把女人连衣抱起飞向一个最近的山洞中去。龙朱做了男子。龙朱把最武勇的力、最纯洁的血、最神圣的爱，全献给这梦中女子了。

郎家的大神是能护佑青年情人的，龙朱所要的，业已由神帮助得到了。

日里的龙朱，已明白昨夜一个好梦所交换的是些什么了，精神反而更充实了一点，坐到那大石礅上晒太阳，在太阳下深思人世苦乐的分界。

矮奴愁眉双结走进院中来，来到龙朱脚边伏下，龙朱轻轻用脚一踢，矮奴就乘势一个筋斗，翻身而起。

“我的主，我的神，若不是因为你有时高兴，用你尊贵的脚踢我，奴仆的筋斗绝不至于如此纯熟！”

“讨厌的东西，你该打十个嘴巴。”

“那大约因为口牙太钝，本来是在主跟前的人，无论如何也应当比奴仆聪明十倍！”

“唉，矮陀螺，你又在做戏了。我警告了你不知道有多少回，不许这样，难道全都忘记了么？你大约似乎把我当作情人，来练习一种精粹的谄媚技能吧。”

“主，惶恐！奴仆是当真有一种野心，在主面前来练习一种技能，以便将来把主的神奇编成历史的。”

“你近来一定赌博又输了，缺少钱扳本，一个天才在穷时越显得是天才，所以这时节的你到我面前时寡话就特别多。”

“主啊，是的。我赌输了。损失不少。但输的不是金钱，是爱情！”

“我以为你肚子这样大，爱情纵输也输不尽的！”

“用肚子大小比爱情贫富，主的想象真是历史上大诗人的想象。不过……”

矮奴从龙朱脸上看出龙朱今天情形不同往日，所以不说了。这据说爱情上赌输了的矮奴，看得出主人有要出去走走的样子，就改口说：

“主，这样好的天气，真是日头神特意为主出游而预备的天气，不出去像不大对得起这大神一番好意！”

龙朱说：“日神为我预备的天气我倒好意思接受，你为我预备的恭维我可受不了。”

“本来主并不是人中的皇帝，要倚靠恭维阿谀而生存。主是天上的虹，同日头与雨一块儿长在世界上的，赞美形容自然多余。”

“那你为什么还是这样唠唠叨叨？”

"在美好月光下野兔也会跳舞，在主的光明照耀下我当然比野兔聪明一点儿。"

"够了！随我到昨天唱歌女人那地方去，或者今天可以见见那个女人。"

"主呵，我就是来报告这件事的。我已经探听明白了，女人是黄牛寨寨主的姑娘。据说这寨主除会酿制好酒以外就是会养女儿。寨中据说姑娘有三个，这是第三的，还有大姑娘二姑娘不常出来，不常出来的据说生长得更美。这全是有福气的人享受的！我的主，当我听到女人是这家人的姑娘时，我才知道我是一只癞蛤蟆。这样人家的姑娘，为郎家王子擦背擦脚，勉勉强强。主若是想要，我们就差人抢来。"

龙朱稍稍生了气，说："给我滚了吧，矮子，白耳族的王子是抢别人家的女儿的么？说这个话不知羞么？"

矮奴当真就把身卷成一个球，滚到院中一角去。是这样，算是知羞了。然而听过矮奴的话以后的龙朱怎么样呢？三个女人就在离此不到三里路的堡寨里，自己却一无所知，白耳族的王子真是多么愚蠢！到第三的小鸟也能出窠迎太阳与生人唱歌，那大姐二姐早已成了熟透的桃子多日了。让好女人守在家中等候那命运中远方大风吹来的美男子作配，这是神的意思。但是神这意思又是多么自私！龙朱如今既把情形探明白了，也不要风，也不要雨，自己马上就应当走去！

龙朱不再理会矮奴就跑出去了。矮奴这时节正在用手代足走路，做戏法娱龙朱，见龙朱一走，知道主人脾气，也忙站起身追出去。

"我的主，慢一点，别太忙！在笼中畜养的雀儿是始终飞不远的。主，你白忙有什么用？"

龙朱虽听到后面矮奴的声音，却仍不理会，如一支箭向黄牛寨射去。

快要到大寨边，郎家的王子是已全身略觉发热了。这王子，一面想起许多事还是要矮奴才行，于是就去到一株大榆树下的青石磴上歇憩。这个地方再有两箭远近就是那黄牛寨用石砌成的寨门了。树边大路下是一口大井。溢出井外的水成一小溪活活流着，溪水清明如玻璃。井边有人低头洗菜，龙朱顾望这人的背影是一个青年女子，心就一动。一个圆圆肩膊，一个大大的发髻，髻上簪了一朵小黄花。龙朱就目不转睛地注意这背影转移，以为总可以有机会见到她的脸。在那边大路上，矮奴却像一只海豹匍匐气喘走来了。矮奴不知道路下井边有人，只望到龙朱，恐怕龙朱冒冒失失走进寨里去却一无所得，就大声嚷：

“我的主，我的神，你不能冒失进去，里面的狗像豹子！虽说你是山中的狮子，无怕狗道理，但是为什么让笑话留给这花帕族，说狮子会被家养的狗吠过呢？”

龙朱也来不及喝止矮奴，矮奴的话却全为洗菜女人听到了。听到这话的女人，就哧地笑了。且知道有人在背后，才抬起头回转身来，望了望路边人是什么样子。

这一望情形全了然了。不必道名通姓，也不必再看第二眼，女人就知道路上的男子便是白耳族的王子，是昨天唱过了歌今天追跟到此的王子。郎家王子也同样明白了这洗菜的女人是谁。平时气概轩昂的龙朱，看日头不眏眼睛，看老虎也不动心，只略微把目光与女人清冷的目光相遇，却忽然觉得全身缩小到可笑的情形中了。女人的头发能系大象，女人的声音能制怒狮，这青年王子屈服到这寨主女儿面前，也是平平常常的一件事啊！

矮奴走到了龙朱身边，见到龙朱失神失志的情形，又望见了井边女人的背影，情形已明白了五分。他知道这个女人就是那昨天唱歌被主人收服的女人，且知道这时候无论如何女人也明白蹲在路旁石礅上的男子是龙朱。他有点慌张，不知所措，对龙朱作出一种呆样子，又用一手掩自己的口，一手指女人。

龙朱轻轻附到他耳边说：“聪明的扁嘴，这时节，是你做戏的时节！”

矮奴于是咳了一声嗽。女人明知道了头却不回。矮奴于是又把音调弄得极其柔和，像唱歌一样开口说道：

“郎家王子的仆人昨天做了错事，今天特意来当到他主人在姑娘面前赔礼。不可恕的过失永远不可恕，因此我如今把姑娘想对歌的人引导前来了。”

女人头不回却轻轻说道：

“跟着凤凰飞的乌鸦也比锦鸡还好。”

矮奴说：

“这乌鸦若无凤凰在身边，就有人要拔它的毛……”

说出这样话的矮奴，毛虽不曾拔，耳朵却被龙朱拉长了。小子知道了自己猪八戒性质未脱，赶忙赔礼作揖。听到这话的女人，笑着回过头来，见到矮奴情形，更好笑了。

矮奴见女人掉回了头，就又说道：

“我的世界上唯一良善的主人，你做错事了。”

“为什么？”龙朱很奇怪矮奴有这种话，所以追问。

“你的富有与慷慨，是各族中全知道的，所以用不着在一个尊贵的女人面前赏我的金银，那本来不必需，你的良善宣传远近，所以你故意这样教训你的奴仆，别人也相信你不是会发怒的人。但是你为什么不差遣你的奴仆，为那花帕族的尊贵姑娘把菜篮提回，表示你应当同她说说话呢？”

郎家的王子与黄牛寨主的女儿，听到这个话全笑了。

矮奴话还说不完，才责备了主人又来自责。他说：

“不过郎家王子的仆人，照理他应当不必主人使唤就把事情做好，这样他才配说是龙朱好仆人——”

于是，不听龙朱发言，也不待那女人把菜洗好，走到井边去，把菜篮拿来挂到屈着的手肘上，向龙朱眨了一下眼睛，却回头走了。

龙朱迟了许久才走到井边去。

十天后，龙朱用三十只牛三十坛酒下聘，做了黄牛寨寨主的女婿。

1929年作于上海

（原载1929年1月10日《红黑》第一期）

萧萧

乡下人吹唢呐接媳妇，到了十二月是成天会有的事情。

唢呐后面一顶花轿，两个夫子平平稳稳地抬着，轿中人被铜锁锁在里面，虽穿了平时没上过身的体面红绿衣裳，也仍然得荷荷大哭。在这些小女人心中，做新娘子，从母亲身边离开，且准备做他人的母亲，从此必然将有许多新事情等待发生。像做梦一样，将同一个陌生男子汉在一个床上睡觉，做着承宗接祖的事情。这些事想起来，当然有些害怕，所以照例觉得要哭哭，于是就哭了。

也有做媳妇不哭的人。萧萧做媳妇就不哭。这小女子没有母亲，从小寄养到伯父种田的庄子上，终日提个小竹兜箩，在路旁田坎捡狗屎挑野菜。出嫁只是从这家转到那家。因此到那一天，这女人还只是笑。她又不害羞，又不怕。她是什么事也不知道，就做了人家的新媳妇了。

萧萧做媳妇时年纪十二岁，有一个小丈夫，年纪还不到三岁。丈夫比她年少九岁，还不曾断奶。按地方规矩，过了门，她喊他作弟弟。她每天应做的事是抱弟弟到村前柳树下去玩，到溪边去玩。饿了，喂东西吃；哭了，就哄他，摘南瓜花或狗尾草戴到小丈夫头上，或者亲嘴，一面说："弟弟，哪，啵。再来，啵。"在那肮脏的小脸上亲了又亲，孩子于是便笑了。孩子一欢喜兴奋，行动粗野起来，会用短短的小手乱抓萧萧的头发。那是平时不大能收拾蓬蓬松松在头上的黄发。有时候，垂到脑后那条小辫儿被拉得太久，把红绒线结也弄松了，生了气，就挞那弟弟几下，弟弟自然哇地哭出声来。萧萧于是也装成要哭的样子，用手指着弟弟的哭脸，说：“哪，人不讲理，可不行！”

天晴落雨日子混下去，每日抱抱丈夫，也帮同家中做点杂事，能动手的就动手。又时常到溪沟里去洗衣，搓尿片，一面还捡拾有花纹的田螺给坐在身边的小丈夫玩。到了夜里睡觉，便常常做这种年龄人所做的梦，梦到后门角落或别的什么地方捡得大把大把铜钱，吃好东西，爬树，自己变成鱼到水中各处溜。或一时仿佛身子很小很轻，飞到天上众星中，没有一个人，只是一片白，一片金光，于是大喊“妈！”人就吓醒了。醒来心还只是跳。吵了隔壁的人，不免骂着：“疯子，你想什么！白天玩得疯，晚上就做梦！”萧萧听着却不做声，只是咕咕地笑。也有很好很爽快的梦，为丈夫哭醒的事情。那丈夫本来晚上在自己母亲身边睡，吃奶方便。有时吃多了奶，或因另外情形，半夜大哭，起来放水拉稀是常有的事。丈夫哭到婆婆无可奈何，于是萧萧轻脚轻手爬起床来，睡眼迷离，走到床边，把人抱起，给他看月光，看星光；或者仍然啵啵地亲嘴，互相觑着，孩子气的“嗨嗨，看猫呵！”那样喊着哄着，于是丈夫笑了。玩一会儿，困倦起来，慢慢地合上眼。人睡定后，放上床，站在床边看着，听远处一传一递的鸡叫，知道天快到什么时候了，于是仍然蜷到小床上睡去。天亮后，虽不做梦，却可以无意中闭眼开眼，看一阵在面前空中变幻无端的黄边紫心葵花，那是一种真正的享受。

萧萧嫁过了门，做了拳头大丈夫的小媳妇，一切并不比先前受苦，这只看她一年来身体发育就可明白。风里雨里过日子，像一株长在园角落不为人注意的蓖麻，大叶大枝，日增茂盛。这小女人简直是全不为丈夫设想那么似的，一天比一天长大起来了。

夏夜光景说来如做梦。大家饭后坐到院中心歇凉，挥摇蒲扇，看天上的星同屋角的萤，听南瓜棚上纺织娘咯咯咯拖长声音纺车，远近声音繁密如落雨，禾花风翛翛吹到脸上，正是让人在各种方便中说笑话的时候。

萧萧好高，一个人常常爬到草料堆上去，抱了已经熟睡的丈夫在怀里，轻轻地轻轻地随意唱着自编的四句头山歌。唱来唱去却把自己也催眠起来，快要睡去了。

在院坝中，公公婆婆、祖父祖母，另外还有帮工汉子两个，散乱地坐在小板凳上，摆龙门阵学古，轮流下去打发上半夜。

祖父身边有个烟包，在黑暗中放光。这用艾蒿做成的烟包，是驱逐长脚蚊的得力东西，蜷在祖父脚边，犹如一条乌梢蛇。间或又拿起来晃那么几下。

想起白天场上的事情，祖父开口说话：

“我听三金说，前天又有女学生过身。”

大家就哄然笑了起来。

这笑的意义何在？只因为在大家印象中，都知道女学生没有辫子，留下个鹌鹑尾巴，像个尼姑，又不完全像。穿的衣服像洋人，又不是洋人。吃的、用的……总而言之，事事不同，一想起来就觉得怪可笑！

萧萧不大明白，她不笑。所以老祖父又说话了，他说：

“萧萧，你长大了，将来也会做女学生！”

大家于是更哄然大笑起来。

萧萧为人并不愚蠢，觉得这一定是不利于己的一件事情，所以接口便说：

“爷爷，我不做女学生。”

“你像个女学生，不做可不行。”

“我不做。”

众人有意取笑，异口同声地说：“萧萧，爷爷说得对，你非做女学生不行！”

萧萧急得无可如何：“做就做，我不怕。”其实做女学生有什么不好，萧萧全不知道。

女学生这东西，在本乡的确永远是奇闻。每年一到六月天，据说放“水假”日子一到，照例便有三三五五女学生，由一个荒谬不经的热闹地方来，到另一个远地方去，取道从本地过身。在乡下人眼中看来，这些人都近于另一世界中活下的人，装扮奇奇怪怪，行为更不可思议。这种女学生过身时，使一村人都可以说一整天的笑话。

祖父是当地一个人物，因为想起所知道的女学生在大城中的生活情形，所以说笑话要萧萧也去做女学生。一面听到这话，就感觉一种打哈哈趣味，一面还有那被说的萧萧感觉一种惶恐，说这话的不为无意义了。

女学生由祖父方面所知道的是这样一种人：她们穿衣服不管天气冷热，吃东西不问饥饱，晚上交到子时才睡觉，白天正经事全不做，只知唱歌打球，读洋书。她们都会花钱，一年用的钱可以买十六只水牛。她们在省里京里想往什么地方去时，不必走路，只要钻进一个大匣子中，那匣子就可以带她到地。城市中还有各种各样的大小不同匣子，都用机器开动。她们在学校，男女在一处上课读书。人熟了，就随意同那男子睡觉，也不要媒人，也不要财礼，名叫“自由”。她们也做州县官，带家眷上任，男子仍然喊作“老爷”，小孩子叫“少爷”。她们自己不养牛，却吃牛奶羊奶，如小牛小羊；买那奶时是用铁罐子盛的。她们无事时到一个唱戏地方去，那地方完全像个大庙，从衣袋中取出一块洋钱来（那洋钱在乡下可买五只母鸡），买了一小方纸片，拿了那纸片到里面去，就可以坐下看洋人演的影子戏。她们被冤了，不赌咒，不哭。她们年纪有老到二十四岁还不肯嫁人的，有老到三十四十居然还好意思嫁人的。她们不怕男子，男子不能使她们受委屈，一受委屈就上衙门打官司，要官罚男子的款，这笔钱她有时独占自己花用，有时和官平分。她们不洗衣煮饭，也不养猪喂鸡；有了小孩子，也只花五块钱或十块钱一月，雇个人专管小孩，自己仍然整天看戏打牌，或者读那些没有用处的闲书……

总而言之，说来事事都稀奇古怪，和庄稼人不同，有的简直还可说岂有此理。这时经祖父一说明，听过这话的萧萧，心中却忽然有了一种模模糊糊的愿望，以为倘若她也是个女学生，她是不是照祖父说的女学生一个样子去做那些事情？不管好歹，做女学生并不可怕，因此一来却已为这乡下姑娘初次体念到了。

因为听祖父说起女学生是怎样的人物，到后萧萧独自笑得特别久。笑够了时，她说：

“爷爷，明天有女学生过路，你喊我，我要看看。”

“你看，她们捉你去做丫头。”

“我不怕她们。”

“她们读洋书念经你也不怕？”

“念观音菩萨消灾经，念紧箍咒，我都不怕。”

“她们咬人，和做官的一样，专吃乡下人，吃人骨头渣渣也不吐，你不怕？”

萧萧肯定地回答说：“也不怕。”

可是这时节萧萧手上所抱的丈夫，不知为什么，在睡梦中哭了，媳妇于是用做母亲的声势，半哄半吓说：

“弟弟，弟弟，不许哭，不许哭，女学生咬人来了。”

丈夫还仍然哭着，得抱起各处走走。萧萧抱着丈夫离开了祖父，祖父同人说另外一样古话去了。

萧萧从此以后心中有个“女学生”。做梦也便常常梦到女学生，且梦到同这些人并排走路。仿佛也坐过那种自己会走路的匣子，她又觉得这匣子并不比自己跑路更快。在梦中那匣子的形体同谷仓差不多，里面还有小小灰色老鼠，眼珠子红红的，各处乱跑，有时钻到门缝里去，把个小尾巴露在外边。

因为有这样一段经过，祖父从此喊萧萧不喊“小丫头”，不喊“萧萧”，却唤作“女学生”。在不经意中萧萧答应得很好。

乡下的日子也如世界上一般日子，时时不同。世界上人把日子糟蹋，和萧萧一类人家把日子吝惜是同样的，各有所得，各属分定。许多城市中文明人，把一个夏天完全消磨到软绸衣服、精美饮料以及种种好事情上面。萧萧的一家，因为一个夏天的劳作，却得了十多斤细麻，二三十担瓜。

做小媳妇的萧萧，一个夏天中，一面照料丈夫，一面还绩了细麻四斤。到秋八月工人摘瓜，在瓜间玩，看硕大如盆、上面满是灰粉的大南瓜，成排成堆摆到地上，很有趣味。时间到摘瓜，秋天真的已来了，院子中各处有从屋后林子里树上吹来的大红大黄木叶。萧萧在瓜旁站定，手拿木叶一束，为丈夫编小笠帽玩。

工人中有个名叫花狗的，年纪二十三岁，抱了萧萧的丈夫到枣树下去打枣子。小小竹竿打在枣树上，落枣满地。

“花狗大①，莫打了，太多了吃不完。”

虽听这样喊，还不停手。到后，仿佛完全因为丈夫要枣子，花狗才不听话。萧萧于是又警告她那小丈夫：

“弟弟，弟弟，来，不许捡了。吃多了生东西肚子痛！”

丈夫听话，兜了大堆枣子向萧萧身边走来，请萧萧吃枣子。

“姐姐吃，这是大的。”

“我不吃。”

“要吃一颗！”

她两手哪里有空！木叶帽正在制边，工夫要紧，还正要个人帮忙！

“弟弟，把枣子喂我口里。”

丈夫照她的命令做事，做完了觉得有趣，哈哈大笑。

她要他放下枣子帮忙捏紧帽边，便于添加新木叶。

丈夫照她吩咐做事，但老是顽皮地摇动，口中唱歌。这孩子原来像一只猫，欢喜时就得捣乱。

“弟弟，你唱的是什么？”

“我唱花狗大告我的山歌。”

“好好地唱一个给我听。”

丈夫于是一面帮忙拉着帽边，一面就唱下去，照所记到的歌唱：

天上起云云起花，
包谷林里种豆荚，

① 花狗大的“大”字，即大哥简称。

豆荚缠坏包谷树，
娇妹缠坏后生家。

天上起云云重云，
地下埋坟坟重坟，
娇妹洗碗碗重碗，
娇妹床上人重人。

歌中意义丈夫全不明白，唱完了就问萧萧好不好。萧萧说好，并且问跟谁学来的，她知道是花狗教他的，却故意盘问他。

“花狗大告我，他说还有好多歌，长大了再教我唱。”

听说花狗会唱歌，萧萧说：

“花狗大，花狗大，你唱一个好听的歌我听听。”

那花狗，面如其心，生长得不很正气，知道萧萧要听歌，人也快到听歌的年龄了，就给她唱“十岁娘子一岁夫”。那故事说的是妻年大，可以随便到外面做一点不规矩事情；夫年小，只知吃奶，让他吃奶。这歌丈夫完全不懂，懂到一点儿的是萧萧。把歌听过后，萧萧装成“我全明白”那种神气，她用生气的样子，对花狗说：

“花狗大，这个不行，这是骂人的歌！”

花狗分辩说：“不是骂人的歌。”

“我明白，是骂人的歌。”

花狗难得说多话，歌已经唱过了，错了赔礼，只有不再唱。他看她已经有点懂事了，怕她回头告祖父，会挨顿臭骂，就把话支开，扯到“女学生”上头去。他问萧萧，看没看过女学生习体操唱洋歌的事情。

若不是花狗提起，萧萧几乎已忘却了这事情。这时又提到女学生，她问花狗近来有没有女学生过路，她想看看。

花狗一面把南瓜从棚架边抱到墙角去，告她女学生唱歌的事情，这些事的来源还是萧萧的那个祖父。他在萧萧面前说了点大话，说他曾经到官路上见过四个女学生，她们都拿得有旗子，走长路流汗喘气之中仍然唱歌，同军人所唱的一模一样。不消说，这自然完全是胡诌的笑话。可是那故事把萧萧可乐坏了，因为花狗说这个就叫作“自由”。

花狗是“起眼动眉毛，一打两头翘”，会说会笑的一个人。听萧萧带着歆羡口气说：“花狗大，你膀子真大。”他就说：“我不止膀子大。”

“你身个子也大。”

“我全身无处不大。”

萧萧还不大懂得这个话的意思，只觉得憨而好笑。

到萧萧抱了她的丈夫走去以后，同花狗在一起摘瓜，取名字叫哑巴的，开了平时不常开的口。

“花狗，你少坏点。人家是十三岁黄花女，还要等十年才圆房！”

花狗不做声，打了那伙计一巴掌，走到枣树下捡落地枣去了。

到摘瓜的秋天，日子计算起来，萧萧过丈夫家有一年半了。

几次降霜落雪，几次清明谷雨，一家人都说萧萧是大人了。天保佑，喝冷水，吃粗粝饭，四季无疾病，倒发育得这样快。婆婆虽生来像一把剪子，把凡是给萧萧暴长的机会都剪去了，但乡下的日头同空气都帮助人长大，却不是折磨可以阻拦得住。

萧萧十五岁时已高如成人，心却还是一颗糊糊涂涂的心。

人大了一点，家中做的事也多了一点。除绩麻、纺车、洗衣、照料丈夫以外，打猪草、推磨一些事情也要做，还有浆纱织布。凡事都学，学学就会了。乡下习惯，凡是行有余力的都可从劳作中攒点私房，两三年来仅仅萧萧个人份上所聚集的粗细麻和纺就的棉纱，已够萧萧坐到土机上抛三个月的梭子了。

丈夫早断了奶。婆婆有了新儿子，这五岁儿子就像归萧萧独有了。不论做什么，走到什么地方去，丈夫总跟在身边。丈夫有些方面很怕她，当她如母亲，不敢多事。他们俩实在感情不坏。

地方稍稍进步，祖父的笑话转到“萧萧你也把辫子剪去好自由”那一类事上去了。听着这话的萧萧，某个夏天也看过了一次女学生，虽不把祖父笑话认真，可是每一次在祖父说过这笑话以后，她到水边去，必不自觉地用手捏着辫子末梢，设想没有辫子的人那种神气，那点趣味。

打猪草，带丈夫上螺蛳山的山阴是常有的事。

小孩子不知事故，听别人唱歌也唱歌。一开腔唱歌，就把花狗引来了。

花狗对萧萧生了另外一种心，萧萧有点明白了，常常觉得惶恐不安。但花狗是男子，凡是男子的美德恶德都不缺少，劳动力强，手脚勤快，又会玩会说，所以一面使萧萧的丈夫非常欢喜同他玩，一面一有机会即缠在萧萧身边，且总是想方设法把萧萧那点惶恐减去。

山大人小，到处是树木蒙茸。平时不知道萧萧所在，花狗就站在高处唱歌逗萧萧身边的丈夫；丈夫小口一开，花狗穿山越岭就来到萧萧面前了。

见了花狗，小孩子只有欢喜，不知其他。他原要花狗为他编草虫玩，做竹箫哨子玩，花狗想方法支使他到一个远处去找材料，便坐到萧萧身边来，要萧萧听他唱那使人开心红脸的歌。她有时觉得害怕，不许丈夫走开；有时又像有了花狗在身边，打发丈夫走去反倒好一点。终于有一天，萧萧就这样给花狗把心窍子唱开，变成个妇人了。

那时节，丈夫走到山下采刺莓去了，花狗唱了许多歌，到后却向萧萧唱：

娇家门前一重坡，
别人走少郎走多，
铁打草鞋穿烂了，
不是为你为哪个？

末了却向萧萧说："我为你睡不着觉。"他又说他赌咒不把这事情告给人。听了这些话仍然不懂什么的萧萧，眼睛只注意到他那一对粗粗的手膀子，耳朵只注意到他最后一句话。末了花狗大便又唱了许多歌给她听，她心里乱了。她要他当真对天赌咒，赌过了咒，一切好像有了保障，她就一切尽他了。到丈夫返身时，手被毛毛虫螫伤，肿了一大片，走到萧萧身边。萧萧捏紧这一只小手，且用口去呵它，吮它，想起刚才的糊涂，才仿佛明白自己做了一点不大好的糊涂事。

花狗诱她做坏事情是麦黄四月，到六月，李子熟了，她欢喜吃生李子。她觉得身体有点特别，在山上碰到花狗，就将这事情告给他，问他怎么办。

讨论了多久，花狗全无主意。虽以前自己当天赌得有咒，也仍然无主意。原来这家伙个子大，胆量小。个子大容易做错事，胆量小做了错事就想不出办法。

到后，萧萧捏着自己那条乌梢蛇似的大辫子，想起城里了，她说：

"花狗大，我们到城里去自由，帮帮人过日子，不好么？"

"那怎么行？到城里去做什么？"

"我肚子大了。"

"我们找药去。场上有郎中卖药。"

"你赶快找药来，我想……"

"你想逃到城里去自由，不成的。人生面不熟，讨饭也有规矩，不能随便！"

"你这没有良心的，你害了我，我想死！"

"我赌咒不辜负你。"

"负不负我有什么用，帮我个忙，赶快拿去肚子里这块肉吧。我害怕！"

花狗不再做声，过了一会儿，便走开了。不久丈夫从他处拿了大把山里红果子回来，见萧萧一个人坐在草地上眼睛红红的，丈夫心中纳罕。看了一会儿，问萧萧：

“姐姐，为什么哭？”

“不为什么，灰尘落到眼睛窝里，痛。”

“我吹吹吧。”

“不要吹。”

“你瞧我，得这些这些。”

他把手中拿的和从溪中捡来放在衣口袋里的小蚌、小石头全部陈列到萧萧面前，萧萧泪眼婆娑看了一会儿，勉强笑着说：“弟弟，我们要好，我哭你莫告家中。告家中我可要生气！”到后这事情家中当真就无人知道。

过了半个月，花狗不辞而行，把自己所有的衣裤都拿去了。祖父问同住的长工哑巴，知不知道他为什么走路，走哪儿去了？是上山落草，还是做薛仁贵投军？哑巴只是摇头，说花狗还欠了他两百钱，临走时话都不留一句，为人少良心。哑巴说他自己的话，并没有把花狗走的理由说明。因此这一家稀奇一整天，谈论一整天。不过这工人既不偷走物件，又不拐带别的，这事情过后不久，自然也就把他忘掉了。

萧萧仍然是往日的萧萧。她能够忘记花狗就好了，但是肚子真有些不同了，肚中东西总在动，使她常常一个人干着急，尽做怪梦。

她脾气坏了一点，这坏处只有丈夫知道，因为她对丈夫似乎严厉苛刻了好些。

仍然每天同丈夫在一处，她的心，想到的事自己也不十分明白。她常想，我现在死了，什么都好了。可是为什么要死？她还很高兴活下去，愿意活下去。

家中人不拘谁在无意中提起关于丈夫弟弟的话，提起小孩子，提起花狗，都像使这话如拳头，在萧萧胸口上重重一击。

到九月，她担心人知道更多了，引丈夫庙里去玩，就私自许愿，吃了一大把香灰。吃香灰被她丈夫看见了，丈夫问这是做什么，萧萧就说肚痛，应当吃这个。虽说求菩萨保佑，菩萨当然没有如她的希望，肚子中的东西依旧在慢慢长大。

她又常常往溪里去喝冷水，给丈夫看见时，丈夫问她，她就说口渴。

一切她所想到的方法都没有能够使她同自己不欢喜的东西分开。大肚子只有丈夫一人知道，他却不敢告这件事给父母晓得。因为时间长久，年龄不同，丈夫有些时候对于萧萧的怕同爱，比对父母还深切。

她还记得花狗赌咒那一天里的事情，如同记着其他事情一样。到秋天，屋前屋后毛毛虫都结茧，成了各种好看蝶蛾。丈夫像故意折磨她一样，常常提起几个月前被毛毛虫螫手的旧话，使萧萧心里难过。她因此极恨毛毛虫，见了那小虫就想用脚去踹。

有一天，又听人说有好些女学生过路，听过这话的萧萧，睁了眼做过一阵梦，愣愣地对日头出处痴了半天。

萧萧步花狗后尘，也想逃走，收拾一点东西预备跟了女学生走的那条路上城去。但没有动身，就被家里人发觉了。这种打算照乡下人说来是一件大事，于是把她两手捆了起来，丢在灶屋边，饿了一天。

家中追究这逃走的根源，才明白这个十年后预备给小丈夫生儿子继香火的萧萧肚子已被另一个人抢先下了种。这在一家人生活中真是了不得的一件大事！一家人的平静生活，为这件新事全弄乱了。生气的生气，流泪的流泪，骂人的骂人，各按本分乱下去。悬梁、投水、吃毒药，被禁困着的萧萧，诸事漫无边际地全想到了，究竟是年纪太小，舍不得死，不曾做。于是祖父从现实出发，想出个聪明主意，把萧萧关在房里，派人好好看守着，请萧萧本族的人来说话，照规矩，看是“沉潭”还是“发卖”？萧萧家中人要面子，就沉潭淹死她；舍不得死就发卖。萧萧只有一个伯父，在近处庄子里为人种田，去请他时先还以为是吃酒，到了才知是这样丢脸事情，弄得这老实忠厚的家长手足无措。

大肚子作证，什么也没有可说。照习惯，沉潭多是读过“子曰”的族长爱面子才作出的蠢事。伯父不读“子曰”，不忍把萧萧沉潭，萧萧当然应当嫁人作“二路亲”了。

这也是一种处罚，好像极其自然，照习惯受损失的是丈夫家里，然而却可以在发卖上收回一笔钱，当作损失赔偿。那伯父把这事情告给了萧萧，就要走路。萧萧拉着伯父衣角不放，只是幽幽地哭。伯父摇了一会儿头，一句话不说，仍然走了。

一时没有相当的人家来要萧萧，送到远处去也得有人，因此暂时就仍然在丈夫家中住下。这件事情既经说明白，照乡下规矩，倒又像不什么要紧，只等待处分，大家反而释然了。先是小丈夫不能再同萧萧在一处，到后又仍然如月前情形，姐弟一般有说有笑地过日子了。

丈夫知道了萧萧肚子中有儿子的事情，又知道因为这样萧萧才应当嫁到远处去。但是丈夫并不愿意萧萧去，萧萧自己也不愿意去。大家全莫名其妙，只是照规矩像逼到要这样做，不得不做。究竟是谁定的规矩，是周公还是周婆，也没有人说得清楚。

等候主顾来看人，等到十二月，还没有人来，萧萧只好在这人家过年。

萧萧次年二月间，十月满足，坐草生了一个儿子，团头大眼，声响洪壮。大家把母子二人照料得好好的，照规矩吃蒸鸡同江米酒补血，烧纸谢神。一家人都欢喜那儿子。

生下的既是儿子，萧萧不嫁别处了。

到萧萧正式同丈夫拜堂圆房时，儿子已经年纪十岁，有了半劳动力，能看牛割草，成为家中生产者一员了。平时喊萧萧丈夫作大叔，大叔也答应，从不生气。

这儿子名叫牛儿。牛儿十二岁时也接了亲，媳妇年长六年。媳妇年纪大，才能诸事做帮手，对家中有帮助。唢呐吹到门前时，新娘在轿中呜呜地哭着，忙坏了那个祖父、曾祖父。

这一天，萧萧抱了自己新生的毛毛，在屋前榆树篱笆间看热闹，同十年前抱丈夫一个样子。

1929 年作
1957 年 2 月校改字句

如蕤

（秋天，仿佛春天的秋天）

协和医院里三楼甬道上，一个头戴白帽身穿白色长袍的年轻女看护，手托小小白瓷盆子，匆匆忙忙从东边回廊走向西去。到楼梯边时，一个招呼声止住了她的脚步。

从二楼上来了一个女人，在宽阔“之”字形楼梯上盘旋，身穿绿色长袍，手中拿着一个最时新的朱红皮夹，使人一看有“绿肥红瘦”的感觉。这女人有一双长长的腿子，上楼时便显得十分轻盈。年纪大约有了二十七八，由于装饰合式，又仿佛可以把她岁数减轻一些。但靥额之间，时间对于这个人所作的记号，却不能倚赖人为的方法加以遮饰。便是那写在口角眉目间的微笑，风度中也已经带有一种佳人迟暮的调子。

她不能说是十分美丽，但眉眼却秀气不俗，气派又大方又尊贵。身体长得修短合度，所穿的衣服又非常称身，且正因为那点“绿肥红瘦”的暮春风度，使人在第一面后，就留下一个不易忘掉的良好印象。

这个月以来，她因为每天按时来院中看一位病人，同那看护已十分熟悉。如今在楼梯边见到了看护，故招呼着，随即快步跑上楼了。

她向那看护又亲切又温柔地说：

“夏小姐，好呀！”

那看护含笑望望喊她的人手中的朱红皮夹。

“如蕤小姐，您好！”

“夏小姐，医生说病人什么时候出院？”

“曾先生说过一礼拜好些，可是梅先生自己，上半天却说今天想走。”

“今天就走吗？”

“他那么说的。”

穿绿衣的不做声，把皮夹从右手递到左手。

穿白衣的看护仿佛明白那是什么意思，便接着说：

“曾先生说‘不行’。他不签字，梅先生就不能出院。”

甬道上西端某处病房的门开了，一个穿白衣剃光头的男子露出半个身子，向甬道中的看护喊：

“密司夏？快一点来！”

那看护轻轻地说：“我偏不快来！”用眉目作了一个不高兴的表示，就匆匆走去了。

如蕤小姐站在楼梯边一阵子，还不即走，看到一个年轻圆脸女孩，手中执了一把浅蓝色的大花，搀扶了一个年轻优美的男子，慢慢地走下楼去。男子显得久病新瘥的样子，脸色苍白，面带笑容；女孩则脸上光辉红润，极其愉快。

一双美丽灵活的眼睛，随着那两个下楼人在“之”字形宽阔楼梯上转着，到后那俪影不见了，为楼口屏风掩着消失了。这美丽的眼睛便停顿在楼梯边棕草垫上，那是一朵细小的蓝花。

“把我拾起来，我的名字叫‘毋忘我草’。”

她弯下腰把它拾起来。

一张猪肝色的扁脸，从肩膊边擦过去。一个毛子军人用一双碧眼似乎很情欲地望着这女人，她仿佛感到了侮辱，匆匆就走了。

不到一会儿，三楼三百十七号病房外，就有只带着灰色丝织手套的纤手，轻轻地叩着门。里面并无声音，但她仍然轻轻地推开了那房门。门开后，她见到那个病人正披了白色睡衣，对窗外望，把背向着门边。似乎正想到某样事情，或为某种景物堕入玄思，故来了客人，他却全不注意。

她轻轻地把门掩上，轻轻地走近那病人身边，且轻轻地说：

“我来了。”

病人把头掉回，便笑了。

“我正想到为什么秋天来得那么快。你看窗外那株杨柳。”

穿绿衣的听到这句话，似乎忽然中了一击，心中刺了一下。装作病人所说的话与彼全无关系的神气，温柔地笑着。

“少想些，秋来了，你认识它就得了，并不需要你想它。”

“不想它，能认识它吗？”

女人于是轻轻地略带解嘲的神气说：

“譬如人，有些人你认识她，就并不必去想她！”

“坐下来，不要这样说吧。这是如蕤小姐说话的风格，昨天不是早已说好不许这样吗？”

病人把如蕤小姐拉在一张有靠手的椅子旁坐下，便站在她面前，捏着那两只手不放。

“你为什么知道我不正在念你？”

女人嘴唇略张，绽出两排白色小贝，披着优美卷发的头略歪，作出的神气，正像一个小姑娘常作的神气。

病人说：

“你真像小孩子。”

“我像小孩子吗？”

“你是小孩子！”

“那么，你是个大人了。”

“可是我今年还只二十二岁。”

“但你有些方面，真是个二十二岁的大人。”

“你是不是说我世故？”

“我说我不如你那么……”

“得了。”病人走过窗边去，背过了女人，眉头轻微蹙了一下。回过头来时就说：“我想出院了，那医生不让我走。”

女人说：“忙什么？”随即又说：“我见到那看护，她也说曾医生以为你还不能出去。”

“我心里躁得很。我还有许多事……”

“你好些没有？睡得好不好？”

病人听到这种询问，似乎从询问上引起了些另一时另一事不愉快的印象，反问女人：

“你什么时候动身？”

女人不即回答，抬起头把一双水汪汪的眼睛望着病人，望了一会儿，柔弱无力地垂下去，轻轻地透了一口气，自言自语地说：“什么时候动身？我倒想问一问天，因为天知道什么风会吹到我心上来，我就走了！”

病人明白那是什么原因，就说：

“不走也好！北京的八月，无处景物不美。并且你不是说等我好了，出了医院，就陪我过西山去住半个月吗？那边山上树叶极美，我欢喜那些树木。你若走了，我一个人可不想到那边去。你为什么要走？”

女的把头低着，带着点伤感气氛说：“我为什么要走？我真不知道！”

病人说：

“我想起你一首诗来了。那首名为《季蘩之谜》的诗，我记得你那么……”若说下去，他不知道应当说的是“寂寞”还是“多情善感”，于是换了口气向女人说：“外边一定很冷了，你怎么不穿那件紫衣？”

女人装作不曾听到这句话，无力地扭着自己那两只手套。到后又问：“你出了院，预备上山不预备上山？”

病人似乎想起了这一个月来病中的一切，心中柔和了，悄然说道：“你不走，你同我上山，不很好吗？你又一定要走。”

“我一定要走，是的，我要走。”

“我要你陪我！”

“你并不要我陪你！”

“但你知道……”

“但你……”

什么话也不必说了，两人皆为一件事喑哑了。

她爱他，他明白的，他不爱她，她也明白的。问题就在这里，三年来各人的地位还依然如故，并不改变多少。

他们年龄相差约七岁。一片时间隔着了这两个人的友谊，使他们不能不停顿到某一层薄幕前面。两人皆互相望着另外一个心上的脉络，却常常黯然无声地呆着，无从把那个人的臂膊张开，让另一个无力地任性地卧到那一个臂膊里去。

（夏天，热人闷人倦人的夏天）

三年前，南国 ×× 暑期海滨学术演讲会上，聚集五十个年轻女人，七十个年轻男子，用帐幕在海边经营暑期生活。这些年轻男女皆从各大学而来，上午齐集在林荫里与临时搭盖的席棚里，听北平来的名教授讲学。下午过海边浴场做海水浴。到了晚上，则自由演剧，放映电影，以及小组谈话会，跳舞会，同时分头举行。海边沙上与小山头，且常燃有火炬，焚烧柴堆，为海上荡舟人与入山迷失归途的人指示营幕所在地。

女子中有个杰出的人物。×× 总长庶出的女儿，岭南大学二年级学生。这女子既品学粹美，相貌尤其艳丽。游泳、骑马、划船、击球，无不精通超人一等。且为人既活泼异常，又无轻狂佻野习气。待人接物，温柔亲切，故为全个团体所倾心。其中尤以一个青年教授，一个中年教授，两人异常崇拜这个女子。但在当时，这女孩子对于一切殷勤，似乎皆不甚措意。俨然这人自觉应永远为众人所倾心，永远属于众人，不能尽一人所独占，故个人仍独来独往，不曾被任何爱情所软化。

当她发觉了男子中即或年纪到了四十五岁，还想在自己身边装作天真烂漫的神气，认为妨碍到她自己自由时，就抛开了男子们，常常带领了几个年纪较幼的女孩，驾了白色小船，向海中驶去。在一群女孩中间她处处像个母亲，照料得众人极其周到，但当几人在沙滩上胡闹时，则最顽皮、最天真的也仍然推她。

她能独唱独舞。

她穿着任何颜色、任何质料的衣服，都十分相称，坏的并不显出俗气，好的也不显出奢华。

她说话时声音引人注意，使人快乐。

她不独使男子倾倒，所有女子也无一不十分爱她。

但这就是一个谜，这为上帝特别关切的女孩子，将来应当属谁？

就因为这个谜，集会中便有很多男子发着痴，心中思索着，苦恼着。林荫里，沙滩上，帐幕旁，大清早有人默默地单独地踱着躺着，黄昏里也同样如此。大家明白“一切路皆可以走近罗马”那句格言，却不明白有什么方法，可以把这颗心傍近这漂亮女人的心。“一切美丽皆使人痴呆”，故这美丽女孩，本身所到处，自然便有这些事情发生，同时也将发生些旁的使男子们显得可怜可笑的事情。

她明白这些，她却不表示意见。

她仍然超越于人类痴妄以上，又快乐又健康地打发每个日子。

她欢喜散步，海滨潮落后，露出一块赭色沙滩，整齐如茵褥，比茵褥还更柔和。脚所践履处，皆起微凹，分分明明印出脚掌或脚跟的美丽痕迹。这沙滩常常便印上了一行她的足迹。许多年轻学生，在无数足迹中辨识得出这种特别足迹，一颗心便追数着留在那沙上那点东西，直至潮水来到，洗去了那东西时，方能离开。

每天潮水的来去，正似乎是特别为洗去那沙上其他纵横凌乱的践履记号，好让这女孩子脚迹最先印到这长沙上。

海边的潮水涨落因月而异。有时恰在中午夜半，有时又恰在天明黄昏。

有一天，日头尚未从海中升起，潮水已缩，淡白微青的天空，还嵌了疏疏的几颗白星，海边小山皆还包裹在银红色晓雾里，大有睡犹未醒的样子。沿海小小散步石道上，矗立在轻雾中的电灯白柱，尚有灯光如星子，苍白着一张张小脸儿。

她照常穿了那身轻便的衣服，披了一件薄绒背心，持了一条白竹鞭子，钻出了帐幕，走向海边去。晨光熹微中大海那么温柔，一切万物皆那么温柔，她饱饱地吸了几口海上的空气，便起始沿了尚有湿气与随处还留着绿色海藻的长滩，向日头出处的东方走去。

她轻轻地啸着，因为海也正在轻轻地啸着。她又轻轻地唱着，因为海边山脚豆田里，有初醒的雀鸟也正在轻轻地唱着。

有些银粉色的朝雾，流动在沿海山上与大海水面上。

这些美丽的东西会不会到人的心头上？

望到这些雾她便笑着。她记起蒙在她心头上一张薄薄的人事网子。昨天黄昏时，她曾同一个女伴坐到海边一个岩石上，听海涛呜咽，波浪一个接着一个撞碎在岩石下。那女孩子年纪不过十七岁，爱了一个圣公会牧师的儿子，那牧师儿子却以为她是小孩子，一切打算皆由于小孩子的糊涂天真，全不近于事实所许可。那牧师儿子伤了她的心。她便一一诉说着，且说他若再只把她当小孩，她就预备自杀给他看。她问那女孩子："自杀了，他会明白么？除了自杀，难道就并无别的办法让他明白吗？而且，是不是当真爱他？爱他即或是真的，这人究竟有什么好处可爱？"那女孩沉默了许久，昂起头带着羞涩的眼光，却回答说："我自己也不知道这是怎么回事。他所有好处在别个男孩子品性中似乎都可以发现，我爱他似乎就只是他不理我那份骄傲处。

我爱那点骄傲。”当时她以为这女孩子真正是小孩子。

但现在给她有了一个反省的机会。她不了解这女孩子的感情，如今却极力来求索这感情的起点与终点。

爱她的人可太多了，她却不爱他们。她觉得一切爱皆平凡得很，许多人在她面前见得又可怜又好笑。许多人皆因为爱了她，把他自己灵魂、感情、言语、行为、某种定型弄走了样子。譬如大风，百凡草木无不为这风而摇动，在暴风下无一草木能够坚凝静止。她的美丽也如大风。可是她希望的正是一株永远不动摇的大树，在她面前昂然立定，不至于为她那点美丽所征服。她找寻这种树，却始终没有发现。

她想：“海边不会有这种树。若需要这种树，还应当向深山中去找寻。”

的的确确，都市中人是全为一种都市教育与都市趣味所同化。一切女子的灵魂，俨然从一个模子里印就；一切男子的灵魂，又从另一模子中印出，个性与特性是不易存在的。领袖标准是在共通所理解的榜样中产生的。一切皆显得又庸俗又平凡，一切皆转成为商品形式。便是人类的恋爱，没有恋爱时那份观念，有了恋爱时那份打算，也正在商人手中转着，千篇一律，毫不出奇。

海边没有一株稍稍倔强的树，也无一个稍稍倔强的人。为她倾倒的人虽多，却在同样情形下露出蠢相，作出同样的事情。世故一些的先是借些别的原因同在一处，其次就失去了人的样子，变成一只狗了。年纪轻些的，则只知写出那种又粗鲁又笨拙的信，爱了就谦卑谄媚，装模作样。眼看到自己所作的糊涂样子，还不能够引动女人的注意，既不知道如何改善方法，便作出更可笑的表示，或要自杀，或说请你好好防备，如何如何。一切爱不是极其愚蠢，就是极其下流，故她把这些爱看得一钱不值。

真没有一个稍稍可爱的男子。

她厌倦了那些成为公式的男子与成为公式的爱情。她忽然想起那个女孩口中的牧师儿子。她为自己倏然而来飘然而逝的某种好奇意识所吸引，吃了点惊。她望望天空，一颗流星正划空而逝，于是轻轻地自言自语说道：“逝去的，也就完事了。”

但记忆中那颗流星，还闪着悦目的光辉。“强一些，方有光辉！”她微笑了，因为她自觉是极强的。然而在意识之外，就潜伏了一种欲望，这欲望是隐秘的，方向是暧昧的。

左拉在他的某篇小说上，曾提及一个贞静的女人，拒绝了所有向她献媚输诚的一群青年绅士，逃到一个小乡村后，却坦然尽一个粗鲁的农夫，在冒昧中吻了她的嘴唇同手足。骄傲的妇人厌倦轻视了一切柔情，却能在强暴中得到快感。

她记起了左拉那篇小说。那作品中从前所不能理解的，现在完全理解了。倘若有那么凑巧的遭遇，她也将如故事所说，“毫不拒绝地躺到那金黄色稻草积上去”。固执的热情，疯狂的爱，火焰燃烧了自己后还把另外一个也烧死，这爱情方是爱情！

但什么地方有这种农夫？所有的农夫皆大半饿死了。这里则面前只是一片沙，一片海。

民族衰老了，为本能推动而做成的野蛮事，也不会再发生了。都市中所流行的，只是为小小利益而出的造谣中伤，与为稍大利益而出的暗杀诱捕。恋爱则只是一群阉鸡似的男子，各处扮演着丑角喜剧。

她想起十个以上的丑角，温习这些自作多情的男子各种不得体的爱情，不愉快的印象。

她走着，重复又想着那个不识面的牧师儿子。这男子，十七岁的女子还只想为他自杀哩，骄傲的人！

流星，就是骑了这流星，也应当把这种男子找到，看他的骄傲，如何消失到温柔雅致、体贴亲切的友谊应对里。她记着先前一时那颗流星。

日光出来了，烧红了半天。海面一片银色，为薄雾所包裹。

早日正在融解这种薄雾。清风吹人衣袂如新秋样子。

薄雾渐渐融解了，海面光波耀目，如平敷水银一片，不可逼视。

炫目的海需要日光，炫目的生活也需要类乎日光的一种东西。这东西在青年绅士中既不易发现，就应当注意另外一处！

当天那集会里应当有她主演的一个戏剧，时间将届时，各处找寻这个人，皆不能见到。有人疑心她或在海边出了事，海边却毫无征兆可得。于是有人又以可笑的测度，说她或者走了，离开这里了，因此赴她独自占据的小帐幕中去寻觅。一点简单行李虽依然在帐幕里，却有个小字条贴在撑柱上，只说："我不高兴再到这里，我走了，大家还是快乐地打发这个假期吧。"大家方明白这人当真走了。

也像一颗流星，流星虽然长逝了，在人心中，却留下一个光辉夺目的记号。那件事在那个消夏会中成为一群人谈论的中心，但无一个人明白这标致出众的女人，为什么忽然独自走去。

日头出自东方，她便向东方注意，坐了法国邮船向中国东部海岸走去。她想找寻使她生活放光，同时他本身也放光的一种东西。她到了属于北国的东方另一海滨。

那里有各地方来的各样人。有久住南洋带了椰子气味的美国水兵，有身穿宽博衣裳的三岛倭人，有流离异国的北俄，有庞然大腹由国内各处跑来的商人政客，有……

她并不需要明白这些。她住到一个滨海著名旅馆中后，每日皆默默地躺到海滩白沙大伞下眺望大海太空的明蓝。她正在用北海风光，洗去留在心上的南海厌人印象。她在休息。她在等待。

有时赁了一匹白马，到山上各处跑去，或过无人海浴处，沿了潮汐退尽的沙滩上跑去。有时又一人独自坐在一只小艇内，慢慢地摇着小桨，把船划到离岸远到三里五里的海中，尽那只小艇在一汪盐水中漂流荡漾。

陌生地方、陌生的人群，却并不使她感到孤寂。在清静无扰孤独生活中，她有了一个同伴，就是她自己的心。

当她躺在沙上时，她对自然与对本性，皆似乎多认识了一些。她看一切，听一切，分析一切，皆似乎比先前明澈一些。

尤其使她愉快的，便是到了这地方来，若干游客中，似乎并无一个人明白她是谁。虽仿佛有若干双陌生的眼睛，每日皆可在沙滩中无意相碰，她且料想到，这些眼睛或者还常常在很远处与隐蔽处注视到她，但却并无什么麻烦。一个女子即或如何厌烦男子，在意识中，也仍然常常有把这种由于自己美丽使男子现出种种蠢相的印象，作为一种秘密悦乐的时节。我们固然不能欢喜一个嗜酒的人，但一个文学者笔下的酒徒，却并不使我们看来皱眉。这世界上，也正有若干种为美所倾倒的人类可怜悯的姿态，玩味起来令人微笑！

划船是她所擅长的运动，青岛的海面早晚尤宜于轻舟浮泛。有一天她独自又驾了那白色小艇，打着两桨，沿海向东驶去。

东方，为日头所出的地方，也应当有光明热烈如日头的东西，等待在那边。可是所等待的是什么？

在东方除了两个远在十哩[①]以外金字塔形的岛屿以外，就只一片为日光镀上银色的大海。这大海上午是银色，下午则成为蓝色，放出蓝宝石的光辉。一片空阔的海，使人幻想无边的海。

东边一点，还有两个海湾，也有沙滩，可以做海水浴，游人却异常稀少。

她把船慢慢地划去，想到了第三个海湾时为止。她欢喜从船上看海边景物。她欢喜如此寂寞地玩着，就因她早为热闹弄疲倦了。

当船摇到离开浴场约两哩，将近第三海湾，接近名为太平角的山岨时，海上云雾奇幻无方，为了看云，忘了其他事情。

盛夏的东海，海上有两种稀奇的境界——一是自海面升起的阵云，白雾似的成团成饼从海上涌起，包裹了大山与一切建筑；一是空中的云彩，五色相渲，尤以早晨的粉红细云与黄昏前绿色片云为美丽。至于中午则白云嵌镶于明蓝天空，特多变化，无可仿佛，又另外有一番惊人好处。

---

① 英里旧也作“哩”。

她看的是白云。

到后夏季的骤雨到了，夹以雷声电闪，向海面逼来，海面因之咆哮起来，各处是白色波帽，一切皆如正为一只人目难于瞧见的巨手所翻腾，所搅动。她匆忙中把船向近岸处尽力划去。她向一个临海岩壁下划去，她以为在那方面当容易寻觅一个安全地方。

那一带岩石的海岸，却正连续着有屋大的波浪，向岩石撞去，成为白沫。船若傍近，即不能不与一切同归于尽。

船离岩壁尚远就倾覆了，她被波浪卷入水中后，便奋力泅着。

头上是骤雨与吓人的雷声，身边是黑色愤怒的海，她心想："这不是一个坏经验！"她毫不畏怯，以为自己的能力足够支持下去，不会有什么不幸。她仍然快乐地向前泅去。

她忽然记起岩壁下海面的情形，若有船只，尚可停泊，若属空手，恐怕无上岸处，故重复向海中泅去，再看看方向，观察从某一方泅去，可以省事一些，方便一些。

她发现了她应当向东泅去，则可在第二海湾背风的一面上岸。

她大约还应泅半哩。她估计她自己能力到岸有剩余，故她毫不忙乱。

但到后离岸只有二百米左右时，她的气力已不济事了，身体为大浪所摇撼，她感觉疲倦，以为不能拢岸，行将沉入海底了。

她被波浪推动着。

她把方向弄迷糊了，本应当再向东泅去，忽又转向南边一点泅去。再向南泅去，她便将为浪带走，摔碎到岩石上。

当她在海面挣扎中，被一只强而有力的手臂攫住头发，带她向海岸边泅去时，她知道她已得了救助，她手脚仍然能够拍水分水，口中却喑哑无言，到了岸时便昏迷了。那人把她抱上了岸，尽她俯伏着倒出了些咸水，后来便让她卧下，蹲在她身边抚摩着手心。

她慢慢地清楚了。张开两只眼睛，便看到一个黑脸长身青年俯伏在她身边。她记起了前一时在水中种种情形，便向那身边陌生男子孱弱地笑着，做的是感谢的微笑。她明白这就是救她出险的男子。她想起来，男子却把手摇着，制止了她。男子也微笑着，也感谢似的微笑着，因为他显然在这件事情上得到了最大的快乐。

她闭上眼睛时，就看到一颗流星，两颗流星。这是流星还是一个男孩子纯洁清明的眼睛呢？

她迷糊着。

重新把眼睛睁开时，那陌生青年男子因避嫌已站远了一些了。她伸出手去招呼他，且让他握着那只无力的手。于是两人皆微笑着。一句“感谢”的话语融解成为这种微笑，两人皆觉得感谢。

年轻人似乎刚满二十岁，健全宽阔的胸脯，发育完美的四肢，尖尖的脸，长长的眉毛，悬胆垂直的鼻头，带着羞怯似的美丽嘴唇，无一不见得青春的力与美丽。

行雨早过了，她望着那男子身后的天空，正挂着一条长虹。女人说：

“先生，这一切真美丽！”

那男子笑了，也点头说：

“是的，太美丽了。”

“谢谢你，没有你来带我一手，我这时一定沉到这美丽海底，再不能看到这种好景致了。为什么我在海中你会见到？”

“我也划了一只小船来的，我看看云彩，知道快要落雨了，就把船泊近岸边去。但我见到你的白船，我从草帽上知道您是个小姐，我想告诉你一下，又不知道如何呼喊你。到后雨来了，我眼看着你把船尽力向岸边划来，大声告诉你不能向那边岩壁下划去，你却不能听到。我见你把船向岩边靠拢，知道小船非翻不可，果然一会儿就翻了，我才从那边跳下来找你。”

“你冒了险做这件事，是不是？”

男子笑着，承认了自己的行为。

“你因为看清楚我是个女人，因此那么勇敢从悬岩上跃下把我救起，是不是？”

那男子羞怯似的摇着头，表示承认也同时表示否认。

“现在我们已经成为朋友了，请告诉我些你自己的事情吧，我希望多知道些。譬如说，你住在什么地方？在什么学校念书？家里有些什么人？家中人谁对你最好？谁最有趣？你欢喜读的书是哪几本？”

“我姓梅，……”

“得了，好朋友是用不着明白这些的。这对我们友谊毫无用处。你且告诉我，你能够在这一汪咸水里尽你那手足之力，泅多远？”

“我就从不疲倦过。”

“你欢喜划船吗？”

“我有时也讨厌这些船。”

“你常常是那么一个人把船划到海中玩着吗？”

“我只是一个人。”

“我到过南方。你见不见到过南方的大棕榈树同凤尾草？”

“我在黑龙江黑壤中长大的。”

“那么你到过北京城了？”

“我在北京城受的中学教育。”

“你不讨厌北京吗？”

“我欢喜北京。”

“我也欢喜北京。”

“北京很好。”

“但我看得出你同别的人欢喜北京不同。别人以为北京一切是旧的，一切皆可爱。你必定以为北京罩在头上那块天，踏在脚下那片地，四面八方卷起黄尘的那阵风，一些无边无际那种雪，莫不带点儿野气。你是个有野性的人，因此欢喜它，是不是？”

这精巧的阿谀使年轻男子十分愉快。他说：

“是的，我当真那么欢喜北京，我欢喜那种明朗粗豪风光。”

女子注意到面前男子的眉目口鼻，心中想说：“这是个小雏儿，不济事，一点点温柔就会把这男子灵魂高举起来！你并不欢喜粗野，对于你最合适的，恐怕还是柔情！”

但这小雏儿虽天真却不俗气，她不讨厌他。她向他说：

“你傍我这边坐下来，我们再来谈谈一点别的问题，会不会妨碍你？你怕我吗？”

青年人无话可说，只好微带腼腆站近了一点，又把手遮着额部，眺望海中远处，吃惊似的喊着：

“我们的船并不在海中，一定还在岩壁附近。”

他们所在的地方已接近沙滩，为一个小阜上，却被树林隔着了视线，左边既不能见着岩壁，右边也看不到沙滩，只是前面一片海在脚下展开。年轻男子走过左边去，不见什么，又走过右边去，女人那只白色小艇正斜斜地翻卧在沙滩上，赶忙跑回来告给女人。

女的口上说“船坏了并不碍事”，心中却想着：“应当有比这小船儿更坚固结实的‘小船’，容载这个心，向宽泛无边的人海中摇去！”她看看面前，却正泊着一只理想的小船。强健的胳膊，强健的灵魂，一切皆还不曾为人事所脏污。如若有所得般微笑着，她几乎是本能地感到了他们的未来一切。

她觉得自己是美丽的，且明白在面前一个人眼光中，她几乎是太美丽了。她明白他曾又怯又贪注意过她的身体每一部分。她有些羞恧，但她却不怕他也不厌烦他。

他毫无可疑，只是一个大学一年级生，一切兴味同观念，就是对女人的一分知识，也不会离开那一年级生的限制。他读书并不多，对于人生的认识有限，他慢慢地在学习都市中人的生活，他也会成为庸碌而无个性的城市中人。她初看他，好像全不俗气，多谈了几句话，就明白凡是高级中学所灌输给学生的那分坏处，这个人也完全得到他应得的一分。但不知怎么样的稀奇原因，这带着乡下人气氛的男子，单是那点野处单纯处，使她总觉得比绅士有意思些。他并不十分聪明，但初生小犊似的，天下事什么都不怕的勇气，仿佛虽不使他聪明，却将令他伟大。真是的，这孩子可以伟大起来！

她问他：

“你每天洗海水浴吗？”

他点着头。她又问：

“你什么时候离开这海滨？”

“我自已也不知道。”

“自己应当知道自己。想怎么样就怎么样，你难道不想么？”

“我想也没有用处。”

“你这是小孩子说法，还是老头子说法？小孩子，相信爸爸，因为家中人管束着他，可以那么说。老头子相信上帝，因为一切事以为上帝早有安排，常常也不去过分折磨自己情感。你……”

女的说到这里时，她眼看着身边那一个有一分害羞的神气，她就不再说下去了。她估计得出他不是个“老头子”。她笑了。

那男子为了有人提说到小孩与老人，意思正像请他自行挑选，他便不得不说出下面的话语：

“我跟了我爸爸来的。我爸爸在 ×× 部里做参事，有人请我们上崂山去，我在山上住了两天厌倦了，独自跑回来了，爸爸还在山上作诗！”

“你爸爸会作诗吗？”

“他是诗人，他同梁任公夏 ×× 曾……”

“啊，你是 ×× 先生的少爷吗？”

“你认识我爸爸吗？”

“在 ×× 讲演时我见过一次，我认得他，他不认识我。”

“你愿不愿意告给我……”

女的想起了自己来此本不愿意另外还有人知道她的打算了，她实极不愿意人家知道她是 ×× 总长的小姐，她尤其不愿意想傍近她的男子知道她是个百万遗产的承继人。现在被问到时，她一时不易回答，就把手摇着，且笑着，不许男的询问。且说：

“崂山好地方，你不欢喜吗？”

“我怕寂寞。”

“寂寞也有寂寞的好处，它使人明白许多平常所不明白的事情。但不是年轻人需要的，人年纪轻轻的时节，只要的是热闹生活，不会在寂寞中发现什么的。”

“你样子像南方人，言语像北方人。”

“我的感情呢，什么都不像。”

“我似乎在什么地方见过你。”

“这是句绅士说的话，绅士看到什么女人，想同她要好一点时，就那么说，其实他们在过去任何一时都不曾见到。他那句话意思也不过是说‘我同你熟了’或‘看你使人舒服’罢了。你是不是这意思？”

男的有点羞怯了，把手去抓取身边小石子，奋力向海中掷去，要说什么又不好说，不敢说。其实他记忆若好一点，就能够说得出他在某种画报上看到过她的相片，但他如今一时却想不起。女的希望他活泼点、自由点，于是又说：

“我们应当成为很好的朋友，你说，我是怎么样一种人？”

男的说：

“我不知道你是怎么样身份的人，但你实在是个美人！”

听到这种不文雅的赞美，女的却并不感觉怎样难堪。其实他不必说出来，她就知道她的美丽早已把这孩子眼目迷乱了。这时她正躺着，四肢匀称柔和。她穿的原是一件浴衣，浴衣外面再罩了一件白色薄绸短褂。这短褂落水时已弄湿，紧紧地贴着身体，各处襞皱着。她这时便坐了起来，开始脱去那件短褂，拧去了水，晾到身边有太阳处去。短褂脱掉后，这女人发育合度的肩背与手臂，以及那个紧束在浴衣中典型的胸脯，皆收入了男子的眼底。

男子重新拾起了一粒石子，奋力向海中抛去，仿佛那么一来，把一点引起妄想的东西同时也就抛入了海中。他说：“得把它摔得极远极远，我会做这件事！”但石子多着，他能摔尽吗？

女的脱掉短褂后，站起来活动了一下四肢，也拾起了一粒石子向海中摔去，成绩似乎并不出色，女的便解嘲一般说道：

“这种事我不成，这是小孩子做的事！”

两人想起了那只搁在浅滩上的小船，便一同跑下去看船，从水中拉起搁到沙上，且坐在那船边玩。玩得正好，男的忽向先前两人所在的小阜上跑去，过一会儿，才又见他跑回来，原来他为的是去拿女人那件短褂！把短褂拿来时晾到船边，直到这时两人似乎才注意到这个男子身上所穿的衣服，不是入水的衣服。这男孩子把船从浴场方面绕过炮台摇来时，本不预备到水中去，故穿的是一件白色翻领衬衫，一件黄色短裤。当时因为匆忙援救女子，故从岩壁上直向海中跳下，后来虽离了险境，女子苏醒了，只顾同她谈话，把自己全身也忘记了。

若干时以来，湿衣在身上还裹着，这时女子才说：

“你衣全湿了，不好受吧。”

“不碍事。”

“你不脱下衣拧拧吗？”

“不碍事，晒晒就干了。”

男子一面用木枝画着沙土，一面同女子谈了很多的话。他告给她，关于他自己过去未来的事情，或者说得太多了些，把不必说到的也说到了，故后来女人就问他是不是还想下海中去游泳一阵。他说他可以把小船送她回到惠泉浴场去，她却告他不必那么费事，因为她的船是旅馆的，走到前面去告给巡警一声，就不再需要照料了。她自己正想坐车回去。

其实她只是因为同这男子太接近了，无从认清这男子。她想让他走后，再来细细玩味一下这件凑巧的奇遇。

她爬上小阜去，眼看到那男孩子上了船，把船摇着离开了海岸后，这方面摇着手，那方面也摇着手，到后船转过峭壁不见了，她方重新躺下，甜甜地睡了一阵。

他们第二天又在浴场中见了面。

他们第三天又把船沿海摇去，停泊在浴人稀少的长沙旁小湾里，在原来树林里玩了半天。分别时，那女孩子心想："这倒是很好的，他似乎还不知道说爱谁，但处处见得他爱我！"她用的是快乐与游戏心情，引导这个男孩子的感情到了一个最可信托的地位。她忘了这事情的危险。弄火的照例也就只因为火的美丽，忘了一切灼手的机会。

那男孩子呢？他欢喜她。他在她面前时又活泼，又年轻，离开她时，便诸事毫无意绪。他心乱了。他还不会向她说他爱了她，他并不清楚什么是爱。

她明白他是不会如何来说明那点心中烦乱的爱情的，她觉得这些方面美丽处，永远在心上构成一条五色的虹。

但两人在凑巧中成了朋友，却仍然在另一凑巧中发生了点误会，终于又离开了。

（一个极长的冬天）

那年秋天他转入了北京的工业大学理科。她也到了北京，入了燕京大学的文科二年级。

他们仍然见了面。她成了往日在南海之滨所见到的一个十七岁女孩子，非得到那个男孩子不成了。

她爱了他。他却因为明白了她就是一个官僚的女儿，且从一些不可为据的传闻上，得到这个女人一些故事，他便尽避着她。

年龄同时形成两人间一重隔阂。女人却在意外情形中成为一个失恋者，在各样冷淡中她仍然保持到她那份真诚。至于他呢？还只是一个二十一岁的孩子，气概太强了点，太单纯了点，只想在化学中将来能有一分成就，对于国家有所贡献。这点单纯处使他对于恋爱看得与平常男子不同了。事实上他还是个小孩子，有了信仰，就不要恋爱了。

如此在一堆无多精彩的连续而来的日子中，打发了将近一千个日子。两人只在一分亲切友谊里自重地过下去。

到后却终于决裂了。女人既已毕了业，且在那个学校研究院过了一年，他也毕业了。她明白这件事应当有一个结束，她便结束了这件事，告给他，她已预备过法国去。那男的只是用三年来已成习惯的态度，对于她所说的话表示同意。他到后却告诉她，他只想到上海一家酸类工厂做助理技师，积了钱再出国读书。

她告诉他，只要他想读书，她愿意他把她当个好朋友，让她借给他一笔钱。他就说他并不想这样读书，这种读书毫无意思。

他们另外还说了别的，这骄傲美丽的男子，差不多全照上面语气答复女子。

她到后便什么话也不说，只预备走了。

他恰好于这时节在实验室中了毒。

后来入了医院，成为协和医院病房中一位住院者，病房中病人床边那张小椅子上，便常常坐了那个女子。

人在病中性情总温柔了些。

他们每天温习三年前那海上一切，这一片在各人印象中的海，颜色鲜明，但两人相顾，却都不像从前那么天真了。这病对于女人给了许多机会，使女人的柔情在各种小事上，让那个躺在白色被单里的病人，明白它，领会它。

（春天，有雪微融的春天。不，黄叶作证，这不是春天！）

一辆汽车停顿在西山饭店前门土地上，出来了一个男子，一个硕长俊美的男子，一个女人，一个穿了绿色丝质长袍的女人，两人看了三楼一间明亮的房间。一会儿，汽车上的行李，一个黄衣箱，一个黑色打字机小箱，从楼下搬来时，女人告给穿制服的仆役，嘱告汽车夫，等一点钟就要下山。

过了一点钟后，那辆汽车在八里庄坦平官道上向城中跑去时，却只是一辆空车。

……

将近黄昏时，男子拥了薄呢大衣，伴同女人立定在旅馆屋顶石栏杆边，望一抹轻雾流动于山下平田远村间，天上有霞如女人脸，天空东北方角隅里现出一粒星星，一切皆如梦境。旅馆前面是上八大处的大道，山道上正有两个身穿中学生制服的女孩子，同一个穿翻领衬衣、黄色短裤的男子，向旅馆看门人询问上山过某处的道路。一望而知，这些年轻人皆是从城中结伴上山来旅行的。

女人看看身旁久病新瘥的男子，轻轻地透了口气。

去旅馆大约半里远近，有一个小小山阜，阜上种的全是洋槐，那树林浴在夕阳中，黄色的叶子更觉得耀人眼目。男子似乎对这小阜发生了兴味，向女人说：

“我们到那边去看看好不好？”

女人望了一望他的脸儿，便轻轻地说：

“你不是应当休息吗？”

“我欢喜那个小山，”男的说，“这山似乎是我们的……”

“你不能太累！”女的虽那么说，却侧过了身，让男的先走。

“我精神好极了，我们去玩玩，回来好吃饭。”

两人不久就到了那山阜树林。这里一切恰恰同数年前的海滨地方一样，两人走进树林时，皆有所惊讶，不约而同急促地举步穿过树林，仿佛树林尽处即是那片变化无方的大海。但到了树林尽头处，方明白前面不是大海，却只是一个私人的坟地。女的一见坟地，为之一怔，站着发了痴。男的却不注意到这坟地，只愉快地笑着。因为更远处，夕阳把大地上一切皆镀了金色，奇景当前，有不可形容的瑰丽。

男子似乎走得太急促了一些，已微微作喘，把手递给女子后，便问女子这地方像不像一个两人十分熟悉的地方。她听着这个询问时，轻微地透了一口气，勉强笑着，用这个微笑掩饰了自己的感情。

“回忆使人年轻了许多。”男的自语地说着。

但那女的却自心中回答着：“一个人用回忆来生活，显见得这人生活也只剩下些残余渣滓了。”

晚风轻轻地刷着槐树，黄色叶子一片一片落在两人身上与脚边，男子心中既极快乐，故意作成感慨似的说：

“夏天过了，春天在夏天的前面，继着夏天而来的是秋天。多美丽的秋天！”

他说着，同时又把眼睛望着有了秋意的女人的眼、眉、口、鼻。她的确是美丽的，但一望而知这种美丽不是繁花压枝的三月，却是黄叶藉地的八月。但他现在觉得她特别可爱，觉得那点妩媚处，却使她超越了时间的限制，变成永远天真可爱，永远动人吸人的好处了。他想起了几年来两人间的关系，如何交织了眼泪与微笑。他想起她因爱他而发生的种种事情。他想起自己几年来如何被爱，却只是看来好像故意逃避，其实说来则只是漫无理性的拒绝，便带了三分羞惭，把一只手向女人伸去，两人握着了手，眼睛对着眼睛时，他便抱歉似的轻轻地说：

“我快乐得很。我感谢你。”

女人笑了。瞳子湿湿的，放出晶莹的光。一面愉快地笑，一面似乎也正孤寂地有所思索，就在那两句话上，玩味了许久，也就正是把自己嵌入过去一切日子里去。

过了一会儿，女人说：

“我也快乐得很。”

“我觉得你年轻了许多，比我在山东那个海边见你时还年轻。”

“当真吗？”

“你看我的眼睛，你看看，你就明白你的美丽，如何反映在一个男子的惊讶上！”

“但你过去并不为什么美丽所惊讶，也不为什么温柔所屈服。”

“我这样说过吗？”

“虽不这样说过，却有这样事实。”

他傍近了她，把另一只手轻轻地搭上她的肩部，且把头靠近她鬓边去。

“我想起我自己糊涂处，十分羞惭。”

她把脸掉过去，遮饰了自己的悲哀，却轻轻地说道：

“看，下面的村子多美！……”

男子同一个小孩子一样，走过她面前去，搜索她的脸，她便把头低下去，不再说话。他想拥抱她，她却向前跑了。前面便是那个不知姓氏的坟园短墙，她站在那里不动，他赶上前去把她两只手皆捏得紧紧的，脸对着脸，两人皆无话可说。两人皆似乎触着一样东西，喑哑了，不能用口再说什么了。

女的把一只白白的手摩着男的脸颊同胳膊，“冷不冷？夜了，我们回去。”男的不说什么，只把那只手拖过嘴边吻着。

两人默默地走回去。

到旅馆后，男的似乎还兴奋，躺在一张靠背椅上。女的则站在他的身边，带着亲切的神气，把手去抚男子的额部，且轻轻地问他：

“累不累？头昏不昏？”

男的便仰起头颅，看到女人的白脸，作将近第五十次带着又固执又孩气的模样说：

“我爱你。”

女的笑说：

“不爱既不必用口说我就明白，爱也可以无须乎用口说。”

男的说：

“还生我的气吗？”

女的说：

“生你什么气？生气有什么用处？”

两人后来在煤油灯下吃了晚饭。饭吃过后，女的便照医生所嘱咐的把两种药水混合到一个小瓶子里，轻轻地摇了一会，再倒出到白瓷杯子里去。

服过了药，男的躺在床上，女的便坐在床边，同他来谈说一切过去事情。

两人谈到过去在海边分手那点误会时，男的向女的说：

“……你不是说过让我另外给你一个机会，证明你是个什么样的人吗？我问你，究竟是什么样的机会？”

女的不说什么，站起了一下，又重复坐下去，把脸贴到男的脸边去。男的只觉得香气醉人，似乎平时从不闻过这种香味。

第二天早上约莫八点钟，男的醒来时房中不见女人，枕头边有个小信封，一个外面并不署名，一拈到手中却知道有信件在里面的白色封套。撕去了那个信封的纸皮，里面果然有一张写了字的白纸，信上写着：

> 我不知为什么，总觉得走了较好，为了我的快乐，为了不委屈我自己的感情，我就走了。莫想起一切过去有所痛苦，过去既成为过去，也值不得把感情放在那上面去受折磨。你本来就不明白我的。我所希望的，几年来为这点心愿经验一切痛苦，也只是要你明白我。现在你既然已明白我，而且爱了我，为了把我们生命解释得更美一些，我走了，当然比我同你住下去较好的。
>
> 你的药已配好，到时照医生说的方法好好吃完，吃后仍然安静地睡

觉。学做个男子，学做个你自己平时以为是男子的模样，不必大惊小怪，不必让旅馆中知道什么。

希望你能照往常一样，不必担心我的事情。我并不是为了增加你的想念而走的。我只觉得我们事情业已有了一个着落，我应当走，我就走了。

愿天保佑你

如蕤留

把信看完后，他赶忙揿床边电铃，听差来了，他手中还捏着那个信，躺在床上，本想询问那听差的，同房女人什么时候下的山，但一看到听差，却不做声，只把头示意，要他仍然出去。听差拉上了门出去后，他伸手去攫取那个药瓶，药瓶中的白汁被振荡时便发着小泡沫。

他望着这些泡沫在振荡静止以后就消灭了，便继续摇着。他爱她，且觉得真爱了她。

1933 年 6 月在青岛写成

虎雏

我那个做军官的六弟上年到上海时，带来了一个勤务兵，见面之下就同我十分谈得来，因为我从他口上打听出了许多事情，全是我想明白终无法可以明白的。六弟到南京去同政府接洽事情时，就把他丢在我的住处。这小兵使我十分中意，我到外边去玩时也常常带他一起去，人家不知道的，都以为这就是我的弟弟，有些人还说他很像我的样子。我不拘把他带到什么地方去，见到的人总觉得这小兵不坏。其实这小孩真是体面得出众的。一副微黑的长长的脸孔，一条直直的鼻子，一对秀气中含威风的眉毛，两个大而灵活的眼睛，都生得非常合式，比我六弟品貌还出色。

这小兵乖巧得很，气派又极伟大，他还认识一些字，能够看《建国大纲》，能够看《三国演义》。我的六弟到南京把事办完要回湖南军队去销差时，我就带开玩笑似的说：

“军官，咱们俩商量一下，把你这个年轻的当差的留下给我，我来培养他，他会成就一些事业。你瞧他那样子，是还值得好好儿来料理一下的！”

六弟先不大明白我的意思，就说我不应当用一个副兵，因为多一个人就多一种累赘。并且他知道我脾气不好，今天欢喜的自然很有趣味，明天遇到不高兴时，送这小子回湘可不容易。

他不知道我意思是要留他的副兵在上海读书的，所以说我不应当多一个累赘。

我说："我不配用一个副兵，是不是？我不是要他穿军服，我又不是军官，用不着这排场！我要他穿的是学校的制服，使他读点书。"我还说："倘若机会使这小子傍到一个好学堂，我敢断定他将来的成就比我们弟兄高明。我以为我估计的绝不会有什么差错，因为这小兵决不会永远做小兵的。可是我又见过许多人，机会只许他当一个兵，他就一辈子当兵，也无法翻身。如今我意思就是另外给这小兵一种机会，使他在一个好运气里，得到他适当的发展。我认为我是这小兵的温室。"

我的六弟听到了我这种意见，他觉得十分好笑，大声笑着。

"你在害他！"他很认真地说，"你以为那是培养他，其中还有你一番好意值得感谢，你以为他读十年书就可以成一个名人，这真是做梦！你一定问过他了，他当然答应你说这是很好的。这个人不止是外表可以使你满意，他的另外一方面做人处也自然可以逗你欢喜。可是你当真把他关到学校里去看看，你就可以明白，一个做过一阵勤务兵在野蛮地方长大的人，是不是还可以读书了。你这时告他读书是一件好事，同时你又引他去见那些大学教授以及那些名人，你口上不说这是读书的结果，他仍然知道这些人是因为读书才那么舒服尊贵的。我听到他告诉我，你把他带到那些绅士的家中去，坐在软椅上，大家很亲热和气地谈着话。又到学校去，看看那些大学生，走路昂昂作态，仿佛家养的公鸡，穿的衣服又有各种样子，他实在也很羡慕。但是他正像你看军人一样，就只看到表面。你不是常常说想去当兵吗？好，你不妨去试试？我介绍你到一个队伍里去试试，看看我们的生活，是不是如你所想象的美，以及旁人所说的坏。你欢喜谈到，你去详细生活一阵好了。等你到了那里拖一月两月，你才明白我们现在的队伍是些什么生活。平常人用自己的物质爱憎与道德观念做标准，批评到与他们生活完全不同的军人，没有一个人说得较对。你是退伍的人，十年来什么也变迁了，你如今再去看看，你就不会再写那种从容疏放的军人生活回忆了。战争使人类的灵魂野蛮粗糙，你能说这句话却并不懂它的真实意思。"

我原来同我六弟说的，是把他的小兵留下来读书的事，谁知平时说话不多的他就有了那么多空话可说。他的话中意思有笑我是书生的神气。我因为那时正很有一点自信，以为环境可以变更任何人性，且有点觉得六弟的话近于武断了。我问他当了兵的人就不适宜进一个学校去的理由是些什么，有些什么例子。

六弟说："二哥，我知道你话里意思有你自己。你正在想用你自己作辩护，以为一个兵士并不较之一个学生为更无希望，因为你是一个兵士。你莫多心，我不是想取笑你，你不是很有些地方觉得出众吗？也不只是你自己觉得如此，你自己或许还明白你不会做一个好军人，也不会成一个好艺术家。（你自己还承认过不能做一个好公民，你原是很有自知之明的！）人家不知道你时，人家却异口同声称赞过你！你在这情形下虽没有什么得意，可是你却有了一种不甚正确的见解，以为一个兵士同一个平常人有同样的灵魂这一件事情。我要纠正这个，你这是完全错误的。平常人除了读过几本书学得一些礼貌和虚伪外，什么也不会明白，他当然不会理解这类事情。但是你不应当那么糊涂。这完全是两种世界、两种阶级，把它牵强混合起来，并不是一个公平的道理！你只会做梦，打算一篇文章如何下手，却不能估计一件事情。"

"你不要说我什么，我不承认的。"我自然得分辩，不能为一个军官说输。"我过去同你说过了，我在你们的生活里，不按到一个地方好好儿习惯，好好儿当一个下级军官，慢慢地再图上进，已经算是落伍了的军人。再到后来，逃到另外一个方向上来，又仍然不能服从规矩，和目下的习俗谋妥协，现在成为不文不武的人，自然还是落伍。我自己失败，我明白是我的性格所成，我有一个诗人的气质，却是一个军人的派头，所以到军队人家嫌我懦弱，好胡思乱想，想那些远处，打算那些空事情，分析那些同我在一处的人的性情，同他们身份不合。到读书人里头，人家又嫌我粗率，做事马虎，行为简单得怕人，与他们身份仍然不合。在两方面皆得不到好处，因此毫无长进，对生活且觉得毫无意义。这是因为我的体质方面的弱点，那当然是毫无办法的。

至于这小副兵，我倒不相信他仍然像我这样子。”

“你不希望他像你，你以为他可以像谁？还有就是他当然也不会像你。他若当真同你一样，是一个只会做梦不求实际，只会想象不要生活的人，他这时跟了我回去，机会只许他当兵，他将来还自然会做一个诗人。因为一个人的气质虽由环境造成，但他还将因为另外一种气质反抗他的环境，可以另外走出一条道路。若是他自己不觉得要读书，正如其他人一样，许多人从大学校出来，还是作不出什么事业来。”

“我不同你说这种道理，我只觉得与其让这小子当兵，不如让他读书。他是家中舍弃了的人，把他留在这里，送到我们熟人办的那个 ×× 中学校去，既不花钱，又不费事，这事何乐不为。”

我的六弟好像就无话可说了，问我 ×× 中学要几年毕业。我说，还不是同别的中学一个样子，六年就可以毕业吗？六弟又笑了，摇着那个有军人风的脑袋。

“六年毕业，你们看来很短，是不是？因为你说你写小说至少也要写十年才有希望，你们看日子都是这样随便，这一点就证明你不是军人。若是军人，他将只能说六个月的。六年的时间，你不过使这小子从一个平常中学卒业，出了学校找一个小事做，还得熟人来介绍，到书铺去当校对，资格还发生问题。可是在我们那边，你知道六年的时间会使世界变成什么样子？一个学生在六年内还只有到大学的资格，一个兵士在六年内却可以升到团长，这个事比较起来，相差得可太远了。生长在上海，家里父兄靠了外国商人供养，做一点小事情，慢慢向上爬，十年八年因为业务上的谨慎，得到了外国资本家的信托，把生活举起，机会一来就可以发财。儿子大学毕业就又到洋行去做写字，这是上海洋奴的人生观。另外不做外国商人的奴隶，不做官，宁愿用自己所学去教书，自然也还有人。但是你若没有依傍，到什么地方去找书教？你一个中学出身的人，除了小学还可以教什么书？本地小学教员比兵士收入不会超过一倍，一个稍有作为的兵士，对于改变生活的机会却比一个小学教员多十倍。若是这两件事放在一处，你意思选择什么？”

我说：“你以为六年内你的副兵可以做一个军官，是不是？”

“我的意思只以为他不宜读书。因为你还不宜于同读书人在一处谋生活，他自然更不适当了。”

我还想对这件事有所争论，六弟却明白我的意思，他就抢着说：“你若认为你是对的，我尽你试验一下，尽事实来使你得到一个真理。”

本来听了他说的一些话，我把这小子改造的趣味已经减去一半了，但这时好像故意要同这位军官闹气似的，我说：“把他交给我再说。我要他从国内最好的一个大学毕业，才算是我的主张成功。”

六弟笑着，“你要这样麻烦你自己，我也不好意思坚持了。”

我们算是把事情商量定局了。六弟三天后即将返回湖南，等他走后我就预备为这未来的学士找朋友补习数学和一切必需学问，我自己还预备每天花一点钟来教他国文，花一点钟替他改正卷子。那时是十月，两月后我算定他就可以到 ×× 中学去读书了。我觉得我在这小兵身上当真会作出一份事业来，因为这一块原料是使人不能否认可以治成一件有价值的东西的。

我另外又单独和这个小兵谈话，问他是不是愿意不回去，就留在这里读书。他欢喜的样子是我描摹不来的。他告诉我，他不愿意做将军，愿意做一个有知识的平民。他还就题发挥了一些意见，我认为意见虽不高明，气概却极难得。到后我把我们的谈话同六弟说，六弟总是觉得好笑。我以为这是六弟军人顽固自信的脾气，所以不愿意同他分辩什么。

过了三天，三天中这小副兵真像我的最好的兄弟，我真不大相信有那么聪颖懂事的人。他那种识大体处，不拘为什么人看到时，我相信都得找几句话来加以赞美才会觉得不辜负这小子。

我不管六弟样子怎么冷落，却不去看他那颜色，只顾为我的小友打算一切。我六弟给了我一百块钱，我那时在另外一个地方又正得到几十块钱稿费，一时没有用去，我就带了他到街上去，为他看应用东西。我们又到另一处去看中了一张小床，在别的店铺又看中其他许多东西。他说他不欢喜穿长衣，那个太累赘了一点，我就为他定了一套短短黑呢中山服，制了一件粗毛呢大衣。他说小孩子穿方头皮鞋合式一点，我就为他定制了一双方头皮鞋。我们各处看了半天，估计一切制备齐全，所有钱已用去一半，我还好像不够的样子，倒是他说不应当那么用钱，我们两个人才转回住处。我预备把他收拾得像一个王子，因为他值得那么注意。我预备此后要使他的天才同年龄一齐发展，心里想到了这小子二十岁时，一定就成为世界上一个理想中的完人。他一定会音乐和图画，不擅长的也一定极其理解。他一定对文学有极深的趣味，对科学又有极完全的知识。他一定坚毅诚实，又一定健康高尚。他不拘做什么事都不怕失败，在女人方面，他的成功也必然如其他生活一样。他的品貌与他的德行相称，使同他接近的人都觉得十分爱敬……

不要笑我，我原是一个极善于在一个小事情上做梦的人，那个头顶牛奶心想二十年后成家立业的人是我所心折的一个知己，我小时听到这样一个故事，听人说到他的牛奶泼在地上时，大半天还是为他惆怅。如今我的梦，自然已经早为另一件事破灭了。可是当时我自己是忘记了我的奢侈夸大想象的，我在那个小兵身上做了二十年梦，我还把二十年后的梦境也放肆地经验到了。我想到这小子由于我的力量，成为了一个世界上最完全最可爱的男子，还因为我的帮助，得到了一个恰恰与他身份相称的女子做伴。我在这一对男女身边，由于他人的幸福，居然能够极其从容地活到这世界上。那时我应当已经有了五十多岁，我感到生活的完全，因为那是我的一件事业，一种成功。

到后只差一天六弟就要回转湖南销差去了，我们三人到一个照相馆里去拍了一个相片。把相照过后，我们三人就到 × × 戏院去看戏，那时时候还不到，故就转到 × × 园里去玩。在园里树林子中落叶上走着，走到一株白杨树边，就问我的小朋友，爬不爬得上去，他说爬得上去。走了一会儿，又到一株合抱大枫树边，问这个爬不爬得上去，他又说爬得上去。一面走就一面这样说话，他的回答全很使我满意。六弟却独在前面走着，我明白他觉得我们的谈话是很好笑的。到后听到枪声，知道那边正有人打靶，六弟很高兴地走过去，我们也跟了过去，远远地看那些人伏在一堵土堆后面，向那大土堆的白色目标射击，我问他是不是放过枪，这小子只向着六弟笑，不敢回答。

我说："不许说谎，是不是亲自打过？"

"打过一次。"

"打过什么？"

这小子又向着六弟微笑，不敢回答。

六弟就说："不好意思说了吗？二哥你看起他那样子老实温和，才真是小土匪！为他的事我们到 ×× 差一点儿出了命案。这样小小的人，一拳也经不起，到 ×× 去还要同别的人打架，把我手枪偷出去，预备同人家拼命，若不是气运，差一点儿就把一个岳云学生肚子打通了。到汉口时我检查枪，问他为什么少了一颗子弹，他才告诉我在长沙同一个人打架用了。我问他为什么敢拿枪去打人，他说人家骂了他丑话，又打不过别人，所以想一枪打死那个人。"

六弟觉得无味的事，我却觉得更有趣味，我揪着那小子的短头发，使他脸望着我，不好躲避，我就说："你真是英雄，有胆量。我想问你，那个人比你大多少？怎么就会想打死他？"

"他大我三岁，是岳云中学的学生。我同参谋在长沙住在 ××，六月里我成天同一个军事班的学生去湘河洗澡，在河里洗澡，他因为泅水比我慢了一点，和他的同学，用长沙话骂我屁股比别人的白，我空手打不过他，所以我想打死了他。"

"那以后怎么又不打死他？"

"打了一枪不中，子弹捎了膛，我怕他们捉我，所以就走脱了。"

六弟说："这种性情只好去当土匪，半年就可以做大王。"

我说："我不承认你这句话。他的胆量使他可以做大王，也就可以使他做别的伟大事业。你小时也是这样的。同人到外边去打架胡闹，被人用铁拳星打破了头，流满了一脸的血，说是不许哭，你就不哭，所以你现在做军官，也不失为一个好军人。若是像我那么不中用，小时候被人欺侮了，不能报仇，就坐在草地上去想，怎么样就学会了剑仙使剑的方法，飞剑去杀那个仇人，或者想自己如何做了官，派家将揪着仇人到衙门来打他一千板屁股，出出这一口气。单是这样空想，有什么用处？一个人越善于空想，也就越近于无用，我就是一个最好的榜样。”

六弟说：“那你的脾气也不是不好的脾气，你就是因为这种天赋的弱点，成就了你另外一个天赋的长处。若是成天都想摸了手枪出去打人，你还有什么创作可写。”

“但是你也知道多少文章就是多少委屈。”

“好，我汉口那把手枪就送给你，要他为你收着，从此有什么被人欺侮的事，就要这个小英雄去替你报仇好了。”

六弟说得我们大家都笑了。我向小兵说，假若有一把手枪，将来我讨厌什么人时，要你为我去打死他们，敢不敢去动手？他望了我笑着，略略有点害羞，毅然地说“敢”。我很相信他的话，他那态度是诚恳天真，使人不能不相信的。

我自然是用不着这样一个镖客喔！因为始终我就没有一个仇人值得去打一枪。有些人见我十分沉静，不大谈长道短。间或在别的事上造我一点谣言，正如走到街上被不相识的狗叫了一阵的样子，原因是我不大理会他们，若是稍稍给他们一点好处，也就不至于吃惊受吓了。又有些自己以为读了很多书的人，他不明白我，看我不起，那也是平常的事。至于女人都不欢喜我，其实就是我把逗女人高兴的地方都太疏忽了一点。若我觉得是一种仇恨，那报仇的方法，倒还得另外打算，更用不着镖客的手枪了。

不过我身边有了那么一个勇敢如小狮子的伙伴，我一定从此也要强干一点，这是我顶得意的。我的气质即或不能许我行为强梁，我的想象却一定因为身边的小伴，可以野蛮放肆一点。他的气概给了我一种气力，这气力是永远还能存在而不容易消灭的。

那天我们看的电影是《神童传》，说一个孤儿如何奋斗成就一生事业。

第二天，六弟就动身回湖南去了。因六弟坐飞机去，我们送他到飞机场，六弟见我那种高兴的神气，不好意思说什么扫兴的话批评到小兵。他当到小兵告诉我，若是觉得不能带他过日子时，就送到南京师部办事处去，因为那边常有人回湖南，他就仍然可以回去。六弟那副坚决冷静的样子，使我感到十分不平，我就说：

"我等到你后来看他的成就，希望你不要再用你的军官身份看待他！"

"那自然是好的。你自信能成就他，恐怕的是他不能由你造就。你就留下他过几个月看看吧。"

我纠正他的前面一句话大声地说："过几年。"

六弟忙说："好，过几年，一件事你能过几年不变，我自然也高兴极了。"

时间已到，六弟坐到飞机客座里去，不一会儿这飞机就开走了，我们待飞机完全不见时方回家来。回来时我总记到六弟那种与我意见截然相反的神气，觉得非常不平，以为六弟真是一个军人，看事情都简单得怕人，自信成见极深，有些地方真似乎顽固得很。我因为六弟说的话放在心上，便觉得更想耐烦来整顿我这个小兵，我也就想用事实来打破六弟的成见，我以为三年后暑假带这小兵回乡时，将让一切人为我处理这小孩子的成绩惊讶不已。

六弟走后我们预定的新生活便开始了，看看小兵的样子，许多地方聪明处还超过了我的估计，读书写字都极其高兴。过了四天，数学教员也找到了，教数学的还是一个大学教授！这大教授一到我处，见到这小兵正在读书，他就十分满意，他说："这小朋友我很爱他，真是一个笑话。"我说："那就妙极了，他正在预备考 ×× 中学，你大教授权且来尽义务充一个小学教员，教他乘法、除法同分数吧。"这大教授当时毫不迟疑就答应了。

许多朋友都知道我家中有一个小天才的事情了，凡是来到我住处玩的，总到亭子间小朋友处去谈谈。同了他玩过一点钟的，无一人不觉得他可爱，无一人不觉得这小子将来成就会超过自己。我的朋友音乐家 ××，就主张这小朋友学提琴，他愿意每天从公共租界极北跑来教他。我的朋友诗人 ××，又觉得这小孩应当成一个诗人。还有一个工程学教授宋先生，他的意见却劝我送小孩子到一个极严格的中学校去，将来卒业若升入北洋大学时，则他愿意帮助他三年学费。还有一个律师，一个很风趣的人，他说："为了你将来所有作品版税问题，你得让他成一个有名的律师，才有生活保障。"

大家都愿意这小朋友成为自己的同志，且因这个缘故，他们各个还向我解释过许多理由。为什么我的熟人都那么欢喜这小兵，当时我还不大明白，现在才清楚，那全是这小兵有一个迷人的外表。这小兵，确实是太体面一点了。我的自信，我的梦，也就全是为那个外表所骗而成的！

这小兵进步是很快的，一切都似乎比我预料得还顺利一点。我看到我的计划，在别人方面的成功，感到十分快乐。为了要出其不意使六弟大吃一惊，目前却不将消息告给六弟。为这小兵读书的原因，本来生活不大遵守秩序的我，也渐渐找出秩序来了。我对于生活本来没有趣味，为了他的进步，我像做父亲的人在佳子弟面前，也觉得生活还值得努力了。

每天我在我房中做事情，他也在他那间小房中做事情，到吃饭时就一同往隔壁一个外国妇人开的俄菜馆吃牛肉汤同牛排。清早上有时到 ×× 花园去玩，有时就在马路沿走走。晚上饭后应当休息一会儿时节，不是我为他学西北绥远包头的故事，就是学东北的故事。有时由他说，则他可以告诉我近年来随同六弟到各处剿匪的事情。他用一种诚实动人的湘西人土话说到六弟的胆量，说到六弟的马。说到在什么河边滩上用盒子枪打匪，他如何伏在一堆石子后面，如何船上失了火，如何满河的红光。又说到在什么洞里，搜索残匪，用烟子熏洞，结果得到每只有三斤多重的白老鼠一共有十七只，这鼠皮近来还留在参谋家里。又说到名字叫作"三五八"的一个苗匪大王，如何勇敢重交情，不随意抢劫本乡人。凡事由于这小兵说来，掺入他自己的观念，仿佛在这些故事的重述上，见到一个小小的灵魂，放着一种奇异的光。我在这类情形中，照例总是沉默到一种幽杳的思考里，什么话也没有可说。因这小朋友观念、感想、兴味的对照，我才觉得我已经像一个老人，再不能同他一个样子了。这小兵的人格，使我在反省中十分忧郁，我在他这种年龄上时，除了逃学胡闹或和了一些小流氓蹲在土地上掷骰子赌博以外，什么也不知道注意的。到后我便和他取了同样的步骤，在军队里做小兵，极荒唐地接近了人生。但我的放荡的积习，使我在做书记时只有一件单汗衣，因为自己一洗以后即刻落下了行雨，到下楼吃饭时还没有干，不好意思赤膊到楼下去同副官们吃饭，我就饿过一顿饭。如今这小兵，却俨然用不着人照料也能够站起来成一个人。因为小兵的人格，想起我的过去，以及为过去积习影响到的现在，我不免感觉到十分难过。

日子从容过去，一会儿就有了一个月。小兵同我住在一处，一切都习惯了，有时我没有出门，要他到什么地方去看看信，也居然做得很好。有时数学教员不能来，他就自己到先生那里去。时间一久，有些性质在我先时看来，认为是太粗鲁了一点的，到后也都没有了。

有一天，我得到我的六弟由长沙来的一个信，信上说着：

> ……二哥，你的计划成功了没有？你的兴味还如先前那样浓厚没有？照我的猜想，你一定是早已觉得失败了。我同你说到过的，“几个月”你会觉得厌烦，你却说“几年”也不厌烦，我知道你这是一句激出来的话，你从我的冷静里看出我不相信你能始终其事，你样子是非常生气的。可是你到这时一定意见稍稍不同了。我说这个时，我知道，你为了骄傲，为了故意否认我的见解，你将仍然能够很耐烦地管教我们的小兵，你一定不愿意你做的事失败。但是，明明白白这对你却是很苦的，如今已经快到两个月了，你实在已经够受了。小孩子的劣点以及不适宜于读书的根性，倘若当初是因为他那迷人的美使你原谅疏忽，到如今，他一定使你渐渐地讨厌了。

……我希望你不要太麻烦自己。你莫同我争执，莫因拥护你那做诗人的见解，在失败以后还不愿意认账。我知道你的脾气，因为我们为这件事讨论过一阵，所以你这时还不愿意把小兵送回来，也不告诉我关于你们的近状。可是我明白，你是要在这小子身上创造一种人格，你以为由于你的照料，由于你的教育，可以使他成一个好人。但是这是一种夸大的梦，永远无从实现的。你可以影响一些人，使一些人信仰你、服从你，这个我并不否认的。但你并不能使那个小兵成好人。你同他在一处，在他是不相宜的，在你也极不相宜。我这时说这个话也许仍然还早了一点，可是我比你懂那个小兵，他跟了我两年，我知道他是什么材料。他最好还是回来，明年我当送他到军官预备学校去，这小子顶好的气运，就是在军队中受一种最严格的训练，他才有用处，才有希望。

……你不要以为我说的话近于武断，我其实毫无偏见。现在有个同事王营长到南京来，他一定还得到上海来看看你，你莫反对我这诚实的提议，还是把小兵交给那个王同事带回去。两个月来我知道你为他用了很多的钱，这是小事；最使我难过的，还是你在这个小兵身上，关于精神方面损失得很多，将来出了什么事，一定更有给你烦恼处。

……你觉得自信并不因这一次事情的失败而减去，我同你说一句笑话，你还是想法子结婚。自己的小孩，或者可以由自己意思改造，或者等我明年结婚后，有了小孩，半岁左右就送给你，由你来教养培植。我很相信你对小孩教育的认真，一定可以使小孩子健康和聪敏。但一个有了民族积习稍长一点的孩子，同你在一块，会发生许多纠纷。

…………

六弟的信还是那么军人气度，总以为我是失败了，而在斗气情形下勉强同他的小兵过日子。尤其他说到那个“民族”积习，使我很觉得不平。我很不舒服，所以还想如果姓王的过两天来找寻我时，我将不会见他。

过了三天，我同小兵出外到一个朋友家中去，看从法国寄回来的雕刻照片。返身时，二房东说有一个军官找我，坐了一会儿留下一个字条就走了。看那个字条，才知道来的就是姓王的，先是六弟只说同事王营长，如今才知道六弟这个同事却是我十多年前的同学。我同他在本乡军士技术班做学生时，两个人成天皆从家中各扛了一根竹子，预备到学校去练习撑竿跳。我们两个人年纪都极小，每天穿灰衣着草鞋扛了两根竹子在街上乱撞，出城时，守城兵总开玩笑叫我们作小猴子，故意拦阻说是小孩子不许扛竹子进出，恐怕戳坏他人的眼睛。这王军官非常狡猾，就故意把竹子横到城门边，大声嚷着说是守城兵抢了他的撑竿跳的竿儿。想不到这人如今居然做营长了。

为了我还想去看看我这个同学，追问他撑竿跳进步了多少，还想问他是不是还用得着一根腰带捆着身上，到沙里去翻筋斗。一面我还想带了小兵给他看看，等他回去见到六弟时，使六弟无话可说。故当天晚上，我们在大中华饭店就见面了。

见到后一谈，我们提到那竹子的事情，王军官说：

“二爷，你那个本领如今倒精细许多了，你瞧你把一丈长的竹子缩短到五寸，成天拿了它在纸上画，真亏你！”

我说：“你那一根呢？”

他说：“我的吗？也缩短了，可是缩短成两尺长的一支笛子。我近来倒很会吹笛子。”

我明白他说的意思，因为这人脸上瘦瘦白白的，我已猜到他是吃大烟了。我笑着装作不甚明白的神气，说：“吹笛子倒不坏，我们小时都只想偷道士的笛子吹，可是到手了也仍然发不成声音来。”

军官以为我愚，领会不到他所指的笛子是什么东西，就极其好笑。

“不要说笛子吧，吹上了瘾真是讨厌的事！”

我说：“你难道会吃烟了吗？”

“这算奇怪的事吗？这有什么会不会？这个比我们俩在沙坑前跳三尺六

容易多了。不过这些事倒是让人一着较好，所以我还在可有可无之间，好像唱戏的客串，算不得角色。”

“那么，我们那一班学撑竿跳的同学，都把那竹子截短了？”

“自然也有用不着这一手的，不过习惯实在不大好，许多拿笔的也拿‘枪’，无从编遣。”

说到这里我们记起了那个小兵了，他正站在窗边望街，王军官说：

“小鬼头，你样子真全变了。你参谋怕你在上海捣乱，累了二先生，要你跟我回去，你是想做博士，还是想做军官？”

小兵说：“我不回去。”

“你跟了二先生这么一点日子，就学斯文得没有用处了。你引我的三多到外面玩玩去。你一定懂得到‘白相’了。你就引他到大马路白相去，不要生事，你找个小馆子，要三多请你喝一杯酒，他才得了许多钱。他想买靴子，你引他买去，可不要买像巡捕穿的。”

小兵听到王军官说的笑话，且说要他引带副兵三多到外面去玩，望着我只是笑，不好作什么回答。

王军官又说：“你不愿同三多玩，是不是？你二先生现在到大学堂教书还高兴同我玩，你以为你就是学生，不能同我副兵在一起白相了吗？”

小兵见王军官好像生了气，故意拿话窘着他，不会如何分辩，脸上显得绯红。王军官便一手把他揪过去，说：“小鬼头，你穿得这样体面，人又这样标致，同我回去，我为你做媒讨老婆，不要读书了吧。”

小兵益觉得不好意思，又想笑又有点怕，望着我想我帮帮他的忙，且听我如何吩咐，他就照样做去。

我见到我这个老同学爽利单纯，不好意思不让他陪勤务兵出去玩，我就说：“你熟悉不熟悉买靴子的地方？”

他望了我半天，大约又明白我不许他出去，又记到我告诉过他不许说谎，所以到后才说：“我知道。”

王军官说："既然知道就陪三多去。你们是老朋友，同在一堆，你不要以为他的军服就辱没了你的身份。你的样子倒像学生，你的心可不是学生。你莫以为我的勤务兵相貌蠢笨，将军多像猪，三多是有将军的分的。你们就去吧，我同你二先生还要在这里谈话，回头三多请你喝酒，我就要二先生请我喝酒……"

王军官接着就喊："三多，三多。"那副兵当我们来时到房中拿过烟茶后，出去似乎就正站立在门外边，细听我们的谈话，这时听到营长一叫，即刻就进来了。

这副兵真像一个将军，年纪似乎还不到十六岁，全身就结实得如成人，身体虽壮实却又非常矮短，穿的军服实在小了一点，皮带一束因此全身绷得紧紧的如一木桶，衣服同身体便仿佛永远在那里作战。在一种紧张情形中支持，随时随处身上的肉都会溢出来，衣服也会因弹性而飞去。这副兵样子虽痴，性情却十分好，他把话都听过了，一进来就笑嘻嘻地望着小兵。

王军官一见到自己勤务兵的痴样子，作出十分难受的神情，"三大人，我希望你相信我的忠告，少吃喝一点，少睡一点！你到外面去瞧瞧，你的肉快要炸开了。我要你去爬到那个洋秤上去过一下磅，看这半个月来又长了多少，你磅过没有？人家有福气的人肥得像猪，一定是先做官再发体，你的将军还没有得到，在你的职务上就预先发起胖来，将来怎么办？"

那勤务兵因为在我面前被王军官开着玩笑，仿佛一个十几岁处女一样，十分腼腆害羞，说道："我不知为什么总要胖。"

"沈参谋告诉你每天喝醋一碗，你试验过没有？"

那勤务兵说不出话来，低下头去，很有些地方像《西游记》上的猪八戒，在痴呆中见出妩媚。我忍不住要笑了，就拈了一支烟来，他见到时赶忙来刮自来火。我问他，是什么乡下的，今年有了多大岁数？他告诉我他是 ×× 的人，搬到城里住，今年还只十六岁。我又问他为什么那么胖，他十分害羞地告诉我说，是因为家中卖牛肉同酒，小小儿吃肉就发了膘。

王军官告三多可以跟着小兵去玩，我不好意思不让他们去，到后两人就出去了。

我同这个老同学谈了许多很有趣味的话，到后我就说："营长，你刚才说的你的未来将军请我的未来学士喝酒，我就来做东，只看你欢喜吃什么口味。"

王军官说："什么都欢喜，只是莫要我拿刀刀叉叉吃盘中的饭，那种罪我受不了。"

……

第二天我们早约定了要到王军官处去的，因为一去我怕我的"学士"又将为他的"将军"拖去，故告诉他，今天不要出去，就在家中读书，等一会儿一个杜先生同一个孙先生或许还要来。（这些朋友是以到我处看看小兵为快乐的。）我又告诉他，若是杜教授来了，他可以接待客人到他小房间里去，同客人玩玩。把话嘱咐过后，我就到大中华饭店找寻王军官去了。晚上我们一同到一个电影院去消磨了两个钟头，那时已经快要十二点钟了，我很担心一个人留在家中的小兵，或者他还等候着我没有睡觉，所以就同王军官分了手。约好明天我送他上车过南京。回来时，我奇怪得很，怎么不见了小兵。我先以为或者是什么朋友把他带走看戏去了，问二房东有什么朋友来找我，二房东恰恰日里也没有在家，回来时也极晏。我又问到二房东家的用人，才知道下午有一个大块头兵士来邀他出去，出门时还是三点钟以前。我算定这兵士就是王军官处那个勤务兵，来邀他玩，他又不好推辞。以为这一对年轻人一定是到什么热闹场所去玩，所以把回家的时间也忘却了，当时我就很生气，深悔昨天不应该带他到那里去，今天又不该不带他去。

我坐在房中等着，预备他回来时为他开门，一直等过了十二点还毫无消息。我以为不是喝醉了酒，就一定是在外面闯了乱子，不敢回来，住到那将军住处去了，这些事我认为全是那个王军官的副兵勾引成功的，所以非常愤恨那个小胖子。我想我此后可再不同这军官来往了，再玩一天我的学士就会学坏，使我为他所有一切的打算，都将付之泡影。

到十二点后他不回来，我有点疑心，就到他住身的亭子间去，看看是不是留得什么字条。看了一下，却发现了他那个箱子位置有点不同，蹲下去拖出箱子看看，他的军衣都不见了，我忽然明白他是做些什么事了，非常生气，跑回到我自己房中来，检查我的箱子同写字台的抽屉，什么东西都没有动过，一切秩序井然如旧，显然他是独自私逃走去的。我恐怕王军官那边还闹了乱子，拐失了什么东西，赶快又到大中华饭店去，到时正见王军官生气骂茶房，见我来了才不做声，还以为我是来陪他过夜的，就说：

“来得好极了，我那‘将军’这时还不回来，莫非被野鸡捉去了！”

我说：“恐怕他逃了，你赶快清查一下箱子，有些东西失落没有。”

“哪里有这事，他不会逃的。”

“我来告诉你，我的‘学士’也不在家了！你的‘将军’似乎下午三点钟时候，就到我住处邀他，两人一块儿走了！”

王军官一跳而起，拖出箱子一看，一些日前为太太兑换的金饰同钞票全在那里，还有那支手枪，也搁在那里，不曾有人动过。他一面搜检其他一个为朋友们代买物件所置的皮箱，一面同我说：“这土匪，我看不出他会逃走！”看到另外一个箱子也没有什么东西失掉，王军官松了一大口气，向我摇着头说：“不会逃走，不会逃走，一定是两人看戏恐怕责罚不敢回来了。一定是被野鸡拉去了，上海野鸡这样多，我这营长到乡下的威风，来到此地为她们一拉也头昏了，何况我那个宝贝。不过那宝贝也要人受，他是不会让别人占多少便宜的，身上油水虽多，可不至于上当。他是那么结实的，在女人面前他不会打下败仗来，只是你那个‘学士’，我真为他担心。她们恐怕放不过他，他会为那些老鸡折磨一整夜，这真是糟糕的事。”

我说：“恐怕不是这样，我那个‘学士’，他把军服也带走了。”

王军官先还笑着，因为他见到东西没有失掉，所以总以为这两个人是被妓女扣留到那里过夜的，所以还露着羡慕的神气，笑说他的将军倒有福气。

他听到我说是小兵军服也拿走了，才相信我的话，大声辱骂着“杂种”，同时就打着哈哈大笑。他向我笑着说：

“你六弟说这小子心野得很，得把他带回去，只有他才管得到这小土匪，不至于多事，我还没有和你好好商量，事就发生了。我想不到的是我那个‘将军’居然也想逃走，你看他那副尊范，居然在那全是板油的肚子里也包得有一颗野心。他们知道逃走也去不远，将来终有方法可以知道所去的地方，恐怕麻烦，所以不敢偷什么东西……”

说到这里，这军官忽然又觉得这事一定另外还有蹊跷了，因为既然是逃走，一个钱不拐去，他们又到什么地方去了呢？若说别处地方有好事情干，那么两个宝贝又没有枪械，徒手奔走去会做什么好事情？

他说：“这个事我可不明白了！我不相信我那个‘将军’到另外一个地方去比他原来的生活还好！你瞧他那样子，是不是到别的地方去就可以补上一个大兵的名额？他除了河南人要把戏，可以派他站到帐幕边装傻子收票以外，没有一个去处是他合式的去处！真是奇怪的世界，这种傻瓜还要跳槽！”

我说：“我也想过了，我那一位也不应当就这样走去的。我问你，你那‘将军’他是不是欢喜唱戏？他若欢喜唱戏，那一定是被人骗走了。由他们看来，自然是做一个名角也很值得冒一下险。”

王军官摇着头连说：“绝对不会，绝对不会。”

我说：“既不是去学戏，那真是古怪事情。我们应当赶即写几个航空信到各方面去，南京办事处、汉口办事处、长沙、宜昌，一定只有这几个地方可跑，我们一定可以访得出他们的消息。明天早上我们两人还可到车站上去看看，还可到轮船上去看看。”

“拉倒了吧，你不知道这些土匪的根基是这样的，你对他再好也无益处。你不要理他们算了，这些小土匪有许多天生是要在各种古怪境遇里长大成人的，有些鱼也是在逆水里浑水里才能长大。我们莫理他，还是好好睡觉吧。”

我这个老同学倒真是一个军人胸襟，这件事发生后，骂了一阵，说了一阵，到后不久仍然就躺在沙发上睡着了。我是因为告诉他不能同人共床，被他勒到一个人在床上睡的。想到这件事情的突然而至，而为我那个小兵估计到这事不幸的未来，又想到或者这小东西会为人谋杀或饿死，到无人知道的什么隐僻地方，心中轮转着辘轳，听着王军官的鼾声，响四点钟了我才稍稍合了一下眼。

第二天八点，我们就到车站上去，到各个车上去寻找，看到两路快慢车开去后，又赶忙走到黄浦江边，向每一只本日开行的轮船上去探询。我们又买了好几份报纸，以为或者可以得到一点线索，自然什么结果也没有得到。

当天晚上十一点钟，那个王军官仍然一个人上车过南京去了，我还送他到车上去。开车后，我出了车站，一个人极其无聊，想走到北四川路一个跳舞场去看看，是不是还可以见到个把熟人。因为我这时回去，一定又睡不着，我实在不愿意到我那住处去，我想明天就要另外搬一个家。我心上这时难受得很，似乎一个男子失恋以后的情形，心中空虚，无所依傍。从老靶子路一个人慢慢儿走到北四川路口，站了一会儿，见一辆电车从北驶来，心中打算不如就搭个车回去，说不定到了家里，那个小兵还在打盹等候着我回来！可是车已上了，这一路车过海宁路口时，虹口大旅社的街灯光明烛照引起了我的注意，我临时又觉得不如在这旅馆住一夜，就即刻跳下了车。到虹口大旅社，我看了一间小房间，茶房看见我是单身，以为我或者是来到这里需要一个暗娼作陪的，就来同我说话，到后见我告诉他不要在房里，只嘱咐他重新上一壶开水就用不着再来时，把事做了出去，他看到我抑郁不欢，一定猜我是来此打算自杀的人。我因为上一晚没有睡好，白天又各处奔走累了一天，当时倒下去就睡着了。

第二天大清早我回到住处，计划搬家的事，那个听差为我开门时，却告诉我小朋友已经回来了。我听到这个消息，心中说不分明的欢喜，一冲就到三楼房中去，没有见到他，又走过亭子间去，也仍然没有见到他，又走到浴间去找寻，也没有人。那个听差跟在我身后上来，预备为我生炉子，他也好像十分诧异，说：

“又走了吗？”

我以为他或因为害羞躲在床下，还向床下去看过一次。我急急促促地问他：“这是怎么回事，他什么时候到这儿来？”

听差说：“昨天晚上来的，我还以为他在这里睡。”

我说：“他不说什么话吗？”

听差说：“他问我你是什么时候出去的。”

“没说别的了吗？”

“他说他饿了，饭还不曾吃，到后吃了一点东西，还是我为他买的。”

“一个人吗？”

“一个人。”

“样子有什么不同吗？”

听差好像不明白我问他这句话的意义，就笑着说：“同平常一样长得好看，东家都说他像一个大少爷。”

我心里乱极了，把听差轰出房门，訇地把门一关，就用手抱着头倒在床上睡了。这事情越来越使我觉得奇怪，我为这迷离不可摸捉的问题，把思想弄成纷乱一团。我真想哭了。我真想殴打我自己，我又来深深地悔恨自己，为什么昨天晚上没有回来？我又悔恨昨天我们为了找寻这小兵，各处都到过了，为什么不回到自己住处来看看？

使我十分奇怪的，是这小东西为什么拿了衣服逃走又居然回来？若说不是逃走，那这时又到哪里去了呢？难道是这时又跑到大中华去找我们，等一会儿还回来吗？难道是见我不回来，所以又逃走了吗？难道是被那个“将军”所骗，所以逃回来，这时又被逼到逃走了吗？

事情使我极其糊涂，我忽然想到他第二次回来一定有一种隐衷，一定很愿意见见我，所以等着我，到后大约是因为我不回来，这小兵心里吓怕，所以又走去了。我想到各处找寻一下，看看是不是留得有什么信件，以及别的线索，把我房中各处皆找到了，全没有发现什么。到后又到他所住的房里去，把他那些书本通通看过，把他房中一切都搜索到了，还是找不出一点证据。

因为昨天我以为这小兵逃走，一定是同王军官那个勤务兵在一处，故找寻时绝不疑心他到我那几个熟人方面去。此时想起他只是一个人回来，我心里又活动了一点，以为或者是他见我不回来，所以大清早走到我那些朋友处找我去了。我不能留在住处等候他，所以就留下了一个字条，并且嘱咐楼下听差，倘若是小兵回来，叫他莫再出去，我不久就当回来的。我于是从第一个朋友家找到第二个朋友家，每到一处当我说到他失踪时，他们都以为我是在说笑话，又见到我匆匆忙忙问了就走，相信这是一个事实时，就又拦阻了我，必得我把情形说明，才能够许我脱身。我见到各处皆没有他的消息，又见到朋友们对这事的关心，还没有各处走到，已就心灰意懒明白找寻也是空事了。先前一点点希望，看看又完全失败，走到教小兵数学的 ×× 教授家去，他的太太还正预备给小朋友一支自来水笔，要 ×× 教授今天下半天送到我住处去，我告诉他小兵已逃走了，这两夫妇当时的神气，我真永远还可以记忆得到。

各处皆绝望后，我回家时还想或者他会在火炉边等我，或者他会睡在我的床上，见我回来时就醒了。听差为我开门的样子，我就知道最后的希望也完了。我慢慢地走到楼上去，身体非常疲倦，也懒得要听差烧火，就想去睡睡，把被拉开，一个信封掉出来了。我像得到了救命的绳子一样，抓着那个信封，把它用力撕去一角，上面只写着这样一点点话：

二先生，我让这个信给你回来睡觉时见到。我同三多惹了祸，打死了一个人，三多被人打死在自来水管上。我走了。你莫管我，你莫同参谋说。你保佑我吧。

为了我想明白这“将军”究竟因什么事被人打死在自来水管子上，自来水管又在什么地方，被他们打死的另外一个人，又是什么人，因此那一个冬天，我成天注意到那些本埠新闻的死亡消息，凡是什么地方发现了一个无名尸首时，我总远远地跑去打听，但是还仍然毫无结果。只听到一个巡警被人打死的一次消息，算起日子来又完全不对。我还花了些钱，登过一个启事，告诉那个小兵说，不愿意回来，也可以回到湖南去，我想来这启事是不是看得到，还不可知，若见到了，他或者还是不会回湖南去的。

这就是我常常同那些不大相熟爱讲故事的人，说笑话时，说我有一个故事，真像一个传奇，却不愿意写出这原因！有些人传说我有一个稀奇的恋爱，也就是指这件事而言的。有了这件事以后，我就再也不同我的六弟通信讨论问题了。我真是一个什么小事都不能理解的人，对于性格分析认识，由于你们好意夸奖我的，我都不愿意接受。因为我连一个十二岁的小孩子，还为他那外表所迷惑，不能了解，怎么还好说懂这样那样。至于一个野蛮的灵魂，装在一个美丽盒子里，在我故乡是不是一件常有的事情，我还不大知道；我所知道的，是那些山同水，使地方草木虫蛇皆非常厉害。我的性格算是最无用的一种型，可是同你们大都市里长大的人比较起来，你们已经就觉得我太粗糙了。

1931年5月15日完于新窄而霉斋

小砦

引　子

天上正落小雨，河面一片烟雾。河下一切，都笼罩在这种灰色雨雾里，朦朦胧胧。

远远地可听到河下游三里那个滩水吼着。间或还可听到上游石峡谷里弄船人拍桨击水呼口号的声音，住在河街上的人，从这种呼号里可知道有一只商船快拢码头了。这码头名 × 村，属 × × 府管辖，位置在酉水流域中部。下行二百余里到达沅陵，就是酉水与沅水汇流的大口岸。上行二百里到达茶峒，地在川湘边上，接壤酉阳。茶峒和酉阳，应当就是读书人所谓“探二酉之秘笈”的地方。

中国读书人对酉水这个名称，照例会发生一种心向往之情绪，因为二酉洞穴探奇访胜可作多数读书人好奇心的尾闾。

事实上这种大小洞穴，在边地上虽随处可以发现，但除了一些当地乡下人，按时携带粮食家具冒险走进洞穴深处去煎熬洞硝，此外就很少有人过问。正因为大多数洞穴内部奇与险平分，内中且少不了野兽长虫，即便是乡下人，也因为险而裹足，产生若干传说和忌讳，把它看成一个神或魔鬼寄身的窟宅。只有滨河一带石壁上的大小洞穴，稍微不同一点，虽无秘笈可寻，还有人烟。住在那些天然洞穴里的，多是一些似乎为天所弃却不欲完全自弃的平民。有些是单身汉子，俨然过的是半原始生活，除随身有一点生活所恃的简单工具，此外别无所有。有些却有妻儿子女和家畜。住在这种洞穴的人，从石壁罅缝间爬上爬下，上可在悬崖间以及翻过石梁往大岭上去采药猎兽，下就近到河边，可用各种方法钓鱼捕鱼。（孩子们不小心也会从崖上跌到水中去喂鱼。）把草药采来晒干后，带到远隔六十里路的易城中去，卖给当地官药铺，得钱换油盐和杂粮回家。兽皮多卖给当地收山货的坐庄人。

进一次县城来回奔走一百二十里路，有时还得不到一块钱，在他们看来，倒正如其余许多人事一样，十分平常。下河捕鱼钓鱼，就把活鱼卖给来往船只上的客商。或晾在崖石上晒干，用细篾贯穿起来，另一时向税关上的办事人去换一点点盐。（这种干鱼，办事人照例会把它托人捎回家乡，孝敬亲长或献给局长。）地方气候极好，风景美丽悦目。一条河流清明透澈，沿河两岸是绵延不绝高矗而秀拔的山峰。善鸣的鸟类极多，河边黛色庞大石头上，晴朗的冬天里，还有野莺和画眉鸟，以及红头白翅鸟，从山中竹篁里飞出来，群集在石头上晒太阳，悠然自得啭唱着它们悦耳的曲子。直到有船近身时，方从从容容欢噪着一齐向竹林飞去。码头是个丁字街，沿河一带房屋并不很多，多数是船上人住的；另外一条竖街，凭水倚山，接瓦连椽堆叠而上，黑瓦白粉墙，不拘晴雨，光景都俨然如画。

离码头一里路河上游那一带石壁，五彩斑驳，在月下与日光下，无时不像两列具有魔性的屏障，在一只魔手作弄中，时时变换色彩。并且住家在那石壁上洞穴石罅间的，还养鸡养狗，在人语中夹杂鸡犬的鸣吠，听来真可说有仙家风味。可是事实上这地方人却异常可怜。住洞穴的大多数人生活都极穷苦、极平凡，甚至于还极愚蠢，无望无助活下去。住码头街上的，除了几个庄头号上的江西籍坐庄人和税关上的办事员司，其余多是做小生意人。这些人卖饮食供人吃喝，卖鸦片烟，麻醉人灵魂也毁坏人身体。卖下体，解除船上人疲乏，同时传播文明人所流行的淋病和梅毒。食物中害天花死去的小猪肉，发臭了的牛内脏，还算是大荤。鸦片烟多标明云土川土，其实还只是本地货，加上一半用南瓜肉皮等物熬炼而成的料子。至于身体买卖的交易，妇女们四十岁以上，还有机会参加这种生活竞争。

女孩子一到十三四岁，就常常被当地的红人花二十三十叫去开苞，用意不在满足一种兽性，得到一点残忍的乐趣，多数却是借它来冲一冲晦气，或以为如此一来就可以把身体上某种肮脏病治愈。

比较起来住在洞穴里的人生活简单些、稳定些，不大受外来影响。住码头上的人生活却宽广得多，同时也堕落得多。

这地方商业和人民体力与道德，都似乎在崩溃，向不可救药的一方滑去。关于这个问题，应当由谁来负责？是必然的还是人为的？若说是人为的，是人民本身还是统治人民的地方长官？很少人考虑过。至于他们自己呢，只觉得世界在变，不断地变。变来变去究竟成个什么样子，不易明白。但知道越下去买东西越贵，混日子越艰难。这变动有些人不承认是《烧饼歌》里所早已注定的，想把它推在人事上去，所以就说一切都是“革命”闹成的。话有道理，自从辛亥革命以来，这小地方因为是一条河流中部的码头，并且是一条驿道所经过的站口，前后已被焚烧过三次。因大军过道和兵败后土匪的来去，把地方上一点精华，吮剥得干干净净。所有当地壮丁，老实的大多数已被军队强迫去充夫役，活跳的也多被土匪裹去做喽啰。剩下一点老弱渣滓，自然和其他地方差不多，活在这个小小区域里，拖下去，挨下去等待灭亡和腐烂。上年纪的一面诅咒革命，以为一切不幸都应当由革命来负责，同时一面却也幻想着，六十年一大变，二十年一小变，世界或许过不久又会居然变好起来。所谓变好，当然是照过去样子一一恢复转来：京师朝廷里有个皇帝，有个军机大臣，省里有个督抚，县里有个太爷。（太爷所做的事是坐在公堂上审案，派粮房催租，或坐轿下乡给乡绅点主。）皇帝管大官，大官管小官，小官管百姓，百姓耕田织布做生意，好好过日子。此外庙里还有几多神，官管不了的事情统归神管。

还有佛菩萨，笑眯眯地坐在莲花宝座上，听人许愿，默认。念阿弥陀佛吃长斋的人，都可以在死后升往西天，那里有五色莲花等待这些信士去坐。人人胸腔子里都有个良心，借贷的平时必出利息，到还账时不赖债。心肠坏的人容天不容，做好事必有好报应。偷人鸡吃生烂嘴疮，不孝父母糟蹋米粮会被雷公打死。至于年纪较轻的，明白那个“过去”只是一个故事，一段老话，世界一去再也不回头了，就老老实实从当前世界学习竞争生存的方法。生活中无诅咒、无幻想，只每日各在分上做人。学习忍受强暴，欺凌懦弱，与同辈相互嫉视争夺，在弄钱事情上又虚伪诡诈，毫无羞耻。过日子且产生一个邻于哲人与糊涂虫之间的生死观：活着，就那么活。

活不下去，要死了，尽它死，倒下去，躺在土里，让它臭，腐烂，生蛆，化水，于是完事。一切事在这里过细一看，令人不免觉得惊奇惶恐，因为都好像被革命变局扭曲了，弄歪了，全不成形，返回过去已无望，便是重造未来也无望。地方属于自然一部分，虽好像并未完全毁去，占据这地方的人，却已无可救药。然而不然。

生命是无处不存在的东西。一片化石有一片化石的意义，我们从它上面可以看出那个久经寒暑交替、日月升降的草木，当时是个什么样子。这里多的却是活人，生命虽和别的地方不同一点，还是生命。凡是生命就有它在那小地方的特殊状态，又与别一地方生命还如何有个共同状态。并且凡是生命照例在任何情形中有它美好的一面。丑恶、下流、堕落，说到头来还是鲜活的“人生”。（一片脏水塘生长着绿霉，蒸发着臭气，泛着无数泡沫，依然是生命。）人就是打从这儿来的。

这里所有的情形，是不是在这个国家另外一片土地上同样已经存在或将要产生的？另外地上所有的，在这一个小区域里是不是也可能发生？想想看就会明白。日光之下无新事，我们先得承认这一点。

就譬如说这倒霉的雨给人的意义，照例是因人而不同的，在这地方也就显然因之有了人事的忧乐。税关办事人假公济私，用公家款项囤买的十石粮食，为这场雨看长已无希望。山货庄管事为东家收买的二十五张牛皮，这场雨一落，每张牛皮收湿气加重二斤，至少也可以增加五十斤的分量。住在洞穴里的山民，落了雨可就不便采药，只好闷坐在洞口边，如一只黄羊一样对雨呆看。住在码头上横街的小娼妇，可给雨帮忙把个盐巴客留住了，老娘为了媚这个“财神”，满街去买老母鸡款待盐巴客，鸡价由客人出，还可从中落个三两百钱放进荷包里去作零用。

第一章

税关上办事人同山货庄管事，在当地原代表一个阶级，所谓上等阶级。与一般人不特地位不同，就是生活方式也大不相同。表现这不同处是弄钱方便，用钱洒脱，钱在手中流转的数目既较多，知识或经验也因之就在当地俨然丰富得多而又高人一等。

这些人相互之间日常必有“应酬”，换言之，就是每天不是这些大老板到局上吃喝，就是大老板接局长和驻防当地的省军副营长、连长到庄号上去吃喝。吃喝并不算是主要的事情，吃喝以前坐在桌边玩牌，吃喝以后躺在床上去烧烟，好像都少不了。直到半夜，才点灯笼送客。军官照例有一个勤务兵，手持长约两尺的大手电筒，乱摇着那个代表近代文明的东西走去。局长却点了一盏美孚牌桅灯，一个人提着摇摇晃晃回他的税局。

“应酬”既已成为当地几个有身份的人成天发生的事情，所以输赢二十三十，做局长的就从不放在心上。倒是一种凑巧的好牌，冒险的怪牌，不管是他人手上的还是自己的，却很容易把它记着，加以种种研究。说真话，这局长不特对于牌道大有研究，便是对于其他好些事情，也似乎都富于研究性，懂的很多。尤其是本行上的作伪舞弊，挪此填彼，大有本领。这小局卡本来只是复查所性质，办事员正当月薪不过二十五元，连津贴办公费也不过五十元上下，若不是夺弄多方，单凭这笔收入，哪能长久“应酬”下去？

这局长在这个小地方，既是个无形领袖，为人又长袖善舞，职位且增加他经营生活的便利，若非事出意外，看情形将来就还会起发的。今年才三十一岁，真是前程远大！

其时约上午九点钟样子，照当地规矩普通人都已吃过了早饭，上工做事了。这当地大人物却刚刚起床不久，赤着脚，趿着一双扣花拖鞋，穿一身细白布短裤褂，用老虎牌白搪瓷漱口罐漱口，用明星牌牙刷擦牙，牙粉却是美女老牌。一面站在局所里屋廊下漱口刷牙，一面却对帘口的细雨想起许多心事。这雨落下去，小虽小，到辰州就会成为“半江水”，泊在辰州以上百十里河面的木排，自然都得趁水大放流，前前后后百十个木排集中在乌宿木关前时，会忙坏了办事人，也乐坏了办事人。但这些事对彼不相干。那些税关人员因涨水而来的一个好处，他无福分享受。他担心却是和当地一个字号上人，共同做的一笔生意。

万千浮在大河中的木头，其中有三根半沉在水中的木头，中心镂空装了两挑川货，冒险偷关，若过了关，他便稳稳当当赚了六百个“袁头”，若过不了关，那他就赌输将近一千块钱了。

他想起李吉瑞唱的《独木关》。

漱过口后他用力呱嗒呱嗒呱嗒把那支牙刷在搪瓷罐中搅着，且把水用力倒到天井中去。问小公丁：“黑子，我白木耳蒸好了吗？”

黑子其时正在房门边一张条凳上拭擦局长的烟具。盘子、灯、小罐儿、烟扦儿、一块豆腐干式的打火石、一块圆打火石，此外还有那把小茶壶，还有两支有价值的烟枪（枪上有包银装潢的老象牙嘴），一一拭擦着。

那小子刚害过水臌，病愈后不久，眼皮肿肿的，头像一个三角形，颈膊细细的。老是张着个嘴，好像下唇长了一点，吊不上去；又好像从小就没有得到一次充足的睡眠，随时随地都想打盹，即或在做事情，也一面打盹。但事实上他却一面擦烟具一面因雨想起那个业已改嫁给船夫的母亲，坐了那条三舱桐油船，装满了桐油向下游漂去的情形。也许船正下滩，一条船在白浪里钻出钻进，舱板上全是水。三五个水手弯着腰用力荡桨，那船夫口含旱烟管，两只多毛露筋的大手，把着白檀木舵把，大声吼着，和水流争斗。母亲呢，蹲在舱里缸罐边淘米烧水……因此局长叫他时他不做声。

于是局长生了气，用着特有的辞令骂那小子："黑子，黑子，你耳朵被×弄聋了吗？我说话你怎么老不留心。你想看水鸭子打架去了，是不是？你做事磨磨蹭蹭真像个妇人。小米大事情半天也做不好，比绣花还慢，末了还得把我的宝贝打碎。"

黑子被骂后，着忙去整理烟具，忙中有错，差点儿把那小盒里的烟膏泼翻。局长一眼瞥见了。

"祖宗，杂种，你怎不小心一点？你泼了我那个，你赔得起？把你熬成膏子也无用处。熬成膏子不到四两油，最多值一毛钱。你真是个吃冤枉饭的东西……"

黑子知道局长的脾气，骂虽骂，什么稀奇古怪的话都说得出口，为人心倒很好，待下属并不刻薄。骂人似乎只是一种口技的训练，一种知识的排泄，有利于己而无害于人。有时且因为听到他那种巧妙的骂人语言，引起笑乐，觉得局长为人大有意思。唯其如此，局长的话给黑子听来倒常常是另外一种意义了。

被骂的黑子把下唇吊着，聆受局长的训诲，话越骂越远，听到厨房有猫儿叫了一声，才想起蒸在锅中的白木耳。赶忙把那全副烟具端进房中去，取白木耳给局长补神。事实上到得白木耳入口时，局长已将近把那碗白木耳的力量，全支付在骂那小子话语上了。

河街某处有鸭子大声呷呷地叫着，局长想起自己的鸭子，知道黑子又忘了喂那个白蛀木虫粉给斗鸭时，又是一番排调，把小子比作种种吃饭不工作的鸟兽虫鱼，结果却要他过上街一个专门贩卖鸭子的人家去，看那老板是不是来了好货。自己动手喂鸭子。

黑子戴了一个斗笠，张着嘴，缩着个肩膊，向外面跑。局长还把话向黑子抛去：

“早回来点，不要又在三合义看下棋。人家下棋你看，狗在街上联亲你也看，你什么戏都看，什么都有分，只差不看你妈和划船的唱戏，因为那个你无分。”

黑子默默地出了局门，却自言自语说：

“什么都看，你全知道。你趴在楼板上，看三合义闺女洗澡，你自己好像不知道，别人倒知道！”

黑子年纪只十二岁，样子像个半白痴，心里却什么事都明白，什么事都懂。

××地方人家，也正如其余小地方差不多，每家必畜养几只鸡鸭，当作生产之一部门，又当作娱乐之一种。养鸡的母鸡用处多是生蛋孵小鸡，或炖汤吃。（白毛乌骨的且为当地阔佬当补品。）公鸡用作司晨、辟邪、啄蜈蚣虫蚁。临到年底，主人就把它捉来，不客气地用刀割断了它的喉管，拔下那个金色炫目的颈毛或背部羽毛，一撮撮蘸上热鸡血贴到门楣上，灶坎上，床梁上，船头上和一切大件农具上，用意也是辟邪。

且把它整个身子白煮了，献给家神祖先。有时当地人上山采药打猎、入洞熬硝也带那么一只活雄鸡，据说迷了路大有用处。至于用它来战斗，因习惯不同，倒只是当地小孩子玩的事情了。近大河边人家因地利宜于畜鸭，当地人因之也把鸭子的斗性加以训练，变成一个有韧性的战士，用来赌博。

一只上好的绿头花颈膊的雄鸭，价值也就很高。平时被人关在笼子里，喂养各种古怪食品；在水边打架时，船上人和住家人便各自认定其中一只，放下赌注，猜测胜负，赌赛输赢。

只有母鸭才十分自由，大清早各放出来，到大河里聚齐，在平潭中去找虾米和浮食吃，到天晚才各自还家。落了雨，不再下大河，就三三五五在横街头泥水里摇着短短的尾巴，蹒跚来去，有所寻觅，仿佛异常快乐。街中两家豆腐作坊前，照例都积下一片脏水，泛着白沫，水中还有不少红丝虫蠕动着，被这群母鸭发现时，便如发现了一个宝库，争着把一个淡红色的扁嘴壳插进脏水中去唼喋。至于这时节那些公鸡母鸡呢，却多躲藏在家中桌椅下和当地小摊子下横木上，缩敛着身子，看街头鸭子群游戏。间或把头偏着望望天，轻轻地咕噜一声，好像说：“这是天气，到明天会放晴的。”因为天一放晴，鸭子就得下河，一条街便依然为鸡所专有了。

黑子到了养鸭子的老东西处，望了一下鸭子，随便说了几句闲话，就走过上街头去看染坊，看碾工踹石磅碾布，一个工人在半空中左右宕着，布在滚子下光滑滑的，觉得大有意思。同时还有河下横街两个脏小孩子，也在那门前泥水中站定，看那个玩意儿。黑子原本同他们都极熟悉，就说笑话，叫其中之一诨名作“鼻涕虫”，胡扯乱说，以为鼻涕虫若碾在石滚子下，必不免如申公豹被孙悟空一金箍棒打成稀糊子烂，成一片水不复人形。

鼻涕虫明白黑子根本来源，虾米螃蟹同样是水里长的，分不出谁高谁低，就说：“黑子，我不经压你经压，你试试去看，压不出水一定压出油，压出三两油点灯，照你娘上清秋路！”

黑子说：“你娘嫁给卖油的，你的油早被榨完了，所以瘦得像个地底鬼。你是个实心油瓶。”

鼻涕虫被人提到心窝子里事情，轮眨着他那双凸出的大眼睛，狠狠地望着黑子说：“你娘嫁撑船的，檀木舵把子和竹篙子都 × 到你娘的 × 心子上。你就是被那撑船的 × 出来的。你娘才真正经压！”

黑子因为新近做了公务员，吃公家饭，虽在税局里时时刻刻被打被骂，可是比起同街小子，总觉得身份已高了一着，可以凭身份唬人。平时到小摊子买桃李水果，讲价钱时就总有点不讲道理，倚势强人。价钱说好了，还挑三拣四，拈斤播两。向乡下妇人买辣子豆荚，交易办好，临走时，还会伸手到篮子里去多抓一把，使得妇人发急扯着他的衣袖不放，就说：“我又不是抢人欠债，你一个妇人女子，青天白日抓我是什么意思！”故意引起旁人的笑乐。在官家方面有势力的人，买东西照例发官价，欢喜送多少把多少，但这是过去的事，革命后就不成了。虽说如今做局长的好处还多，随时可收受一点小生意人当令的蔬果孝敬，采药打猎人遇到大头的何首乌、大蛇皮，也必先把它拿来献给局长。局中公丁在执行公务时，尚有好些小便宜可占，但到底今不如古，好处也不过是连抢带骗，多抓一把辣椒之类罢了。但在另外一件事情上，譬如同道闹嘴舌，无形中自然大家都得让一手，年纪长一点的因之也有被黑子骂倒过的。于是这公务人也就骄傲了一些，大意了一些。现在不意钢对钢碰了头。鼻涕虫身世被黑子掘出后，气愤不过，也就不顾一切，照样还口。

黑子不把鼻涕虫看在眼里，就走近他身边去，打了鼻涕虫一拳。那小子跄踉了一下，回过头来说："黑子，君子动口不动手，你怎么打人？"

黑子以为鼻涕虫怕他，不理会这句话，赶过去又是一拳。

且打且说："我打扁你这个狗杂种，你怎么样？"

鼻涕虫一面用手保护头部，一面用脚去踢黑子。

另一个小子原同鼻涕虫一伙，见两人打起来了，就一面劝架，一面嘶着个嗓子说："不许打架，不许打架，君子动口不动手，有话好说！"因为两只手抱着了黑子膀子，黑子便被鼻涕虫迎面猛打了三拳。接着几人就滚丸子似的在泥水中滚起来了。

街户中人听着有人打架，即刻都活跃起来了，大家都从烟盘边或牌桌边离开，集中到街前来看热闹。本来是两人相打，已变成三人互殴，黑子双拳难敌四手，虽压住了鼻涕虫，同时却也为人压住，三人全身都是脏泥。看热闹的都说好打好打，认不清谁是谁非，正因为照习惯一到了这种情形，也就再无所谓是非。

正当一个小子从污泥中摸着一个拳头大鹅卵石，捏在手中向黑子额角上砸去时，一个老妇人锐声大喊了一声："狗 × 的小杂种，你干什么！"一手捞着了那小子细瘦的膀子，救了黑子。可是救了黑子却逃了母鸡，原来这时节另一胁下夹着那只老母鸡，却逃脱了，在泥水中乱扑，把泥水扇得四溅。大家都笑嚷着：

"好热闹，好热闹！"

几个劣小子的架被其余人劝开了，老妇人赶忙去泥水中捕捉她的老母鸡。把鸡擒着后大声骂着："你这扁毛畜生，以为会飞到天上去！"

有人插嘴问："老娘，多少钱，这只肥鸡？"

老娘看了那人一眼，把一张瘦瘪的嘴扁着，作成发笑的样子，一面用手抹鸡尾上泥水，一面说："这年头，什么东西都贵得要人命。杨氏养鸡好像养儿女，三斤半毛重，要我七角钱，真是吃高丽参。"

料不到这个杨氏正在人丛中观战，就接口说："老娘，你说什么高丽参洋参？你有钱，我有货，做生意两相情愿，我难道抢你不成？儿花花女花花嘴角不干不净，你是什么意思……"

老娘过意不去，不好回嘴。可是当众露脸，面子上大不光彩，正值那母鸡挣扎，就重重地打了那母鸡一巴掌，指冬瓜骂葫芦道："你这扁毛畜生，也来趁火打劫！"且望着帮同打架的那小子说："还不回家我打断你的狗腿！别人打架关你什么事，打出人命案你来背！"

一面骂那小子，一面推搡着那小子，就走开了。

杨氏说："扁毛畜生谁不是养它吃它？哪像你，养儿养女让人去玩，大白天也只要人有钱就关上房门，不知羞耻，不是前三辈子造孽？"

老娘虽明知道杨氏还在骂她，却当作不听见，顾自走了。

那杨氏也知道老娘已认屈，恶狗不赶上墙人，经过大家一劝，就不再说什么。

三个打架小子走了一个，另两个其时已被拉开，虽还相互悻悻地望着，已无意再打。

旁边一个解围的中年男子刚过足烟瘾，精神充足，因此调弄那小公务人黑子说："黑子，你局长看你这样会打架，赶明天一定把喂鸭子的桂圆枸杞汤给你喝，补得你白白胖胖，好在你身上下注！你下次上场，我当裤子也一定在你名下赌三角钱！"说得大家都笑起来。

另一个退伍兵就说："若不亏老婊子大吼一声，你黑子不带花见红，你才真是黑子。”

黑子说：“她那侄子打破我的头，我要掀掉她的家神牌子。”

退伍兵说:“她有什么家神牌子？她家里有的是肉盾牌，你这样小孩子去，老 × 子放一泡热尿，也会冲你到洞庭湖！”

黑子悻悻地望着那退伍兵士，退伍兵士为人风趣而随和，就说：“黑子，你难道要同我打一架吗？我打不过你，我怕你，我领过教！”

烟客就说：“黑子，算了吧，快回局里去换衣，你局长知道你打架，又会赏你吃‘笋子炒肉’，打得你像猪叫。”

“局长没有烟吃，发了烟瘾，才同你一样像猪哼！”

黑子说完，拔脚就走。到下坎时一个跄踉差点儿滑倒，引得人人大笑。

黑子走后，退伍兵士因为是鼻涕虫的表叔，所以嘲笑他说：“鼻涕虫，你打架本领真好，全身滑滑的，我也不是你的对手，何况小黑子。以后你上圈和他打架时，我一定赌你五百。”

鼻涕虫说：“小黑子狗仗人势，以为在局里当差，就可欺凌人，我才不怕他！”

“这年头谁不是狗仗人势？你明天长大了当兵去，三枪两炮打出个天下，做了营长连长，局长那件紫羔袍子就会给你留下，不用派人送上保靖营部了。大鱼吃小鱼，小鱼吃虾米，你得立志！”

鼻涕虫不知“立志”为何物，只知道做了营长就可以胡来乱为，做许多无法无天的事情。局长怕他，县长也怕他。要钱用时把商会总办和乡下团总提到营里来就有钱用。要钱做什么用？买三炮台纸烟，把纸烟嵌在长长的象牙骨烟管里去，一口一口吸。审案时一面吸烟，一面叫人打板子。生气时就说:“你个狗 × 的，我枪毙了你！”于是当真就派卫队绑了这人到河边石滩上去一枪打了。营长的用处，在鼻涕虫看来，如此而已。退伍兵士年纪大一点，见识多一点，对营长看法自然稍稍不同。不过事实上一个营长在当地的威风，却只能从这些事上可以看出，别的是不需要的。

鼻涕虫说："我一定要立志做营长。"

老娘好事，信口开河说了本街杨氏两句坏话，谁知反受杨氏屈辱一番，心中大不舒畅，郁郁积积回到河街家里，拉开腰门，把那只老母鸡尽力向屋中地下一掼，拍着手说："人背时，偏偏遇到你这畜生！"老母鸡喔地喊了声，好像说："这关我什么事？你这个人，把我出气！"

小娼妇桂枝，正在里房花板床上给盐客烧烟，一面唱《十想郎》《四季思想》等小曲子逗盐客。听鸡叫声，知道老娘回来了，就高声和她干娘说话："娘，娘，鸡买来了吗？肥不肥？"

老娘余气未尽，进屋里到水缸边去用水瓢舀水洗手，一面自言自语说："怎不肥？一块钱吃大户，还不肥得像个大蜘蛛？"话本来还是指卖鸡高抬价钱的杨氏。桂枝听到上句听不到下句，就说："怎么一块钱？娘。"她意思是鸡为什么这样贵，话里有相信不过的神气。

老娘买鸡花七角，本想回来报八角，扣一角钱放进自己贴身荷包里。现在被杨氏一气，桂枝问及，就顺口念经："怎么不是一块钱？你不信你去问。为这只扁毛畜生，像找寻亲舅舅，我哪里不找到。杨氏把这只鸡当成八宝精，要我一块钱，少一个不成交易。我落一个钱拿去含牙齿。"

桂枝见老娘生了气，知道老娘的脾气，最怕人疑心她落钱，忙赔笑脸把话说开了，出得房来两只手擒着了那肥母鸡，带进房中去给盐客过目。口中却说："好肥鸡，好肥鸡。"

盐客只是笑，不开口。两人的对白听得清清楚楚。

盐客年纪约莫三十四五，穿一身青布短褂，头上包着一条绉绸首巾，颈膊下扯有三条红记号，一双眼睛亮光光的，脸上吊着高高的两个颧骨，手膀上还戴了一只风藤包银的手镯，一望而知是会在生意买卖上捞钱，也会在妇女身上花钱的在行汉子。从 × 村过身，来到这小娼妇家和桂枝认相识还是第一回。只住过一夜，就咬颈膊赌了一片长长的咒，以为此后一定忘不了，丢不下。事实上倒亏雨落得凑巧，把他多留了一天。这盐客也就借口水大抛了锚，住下来，和桂枝烧烟谈天。早上说好要住下时，老娘就说："姐夫，人不留客天留客，人留不住天帮忙把你留住了，我要杀只鸡招待你，炖了鸡给你下酒，我陪你喝三杯，老命不要也陪你喝。"

盐客因为老婊子称他作姐夫，笑嘻嘻地说："老娘，你用不着杀鸡宰鹅把我当稀客待，留着它那老命吧。我们一回生，二回熟。我不久还得来。我一个人吃得多少？不用杀鸡。"

老娘也笑着："烧酒水酒一例摆到神面前，好歹也是尽尽我一番心！姐夫累了，要补一补。"

盐客拗不过这点好意，所以自己破钞，从麂皮抱兜里掏出一块洋钱，塞到老娘手心里，说是鸡价。老娘虽一面还借故推辞，故意大声大气和桂枝说："瞧，这算什么！哪有这个道理，哪有这个道理，要姐夫花钱？"

盐客到后装作生气神气说："老娘，得了，你请客我请客不是一样吗？我这人心直，你太婆婆妈妈，我不高兴的。"

好像万不得已，到后才终于把它收下拿走了。

老娘虽吃的是这么一碗肮脏饭，年纪已过四十五岁，还同一个弄船的老水手交好，在大街上追着那水手要关门钱。前不久且把一点积蓄买过一对猪脚，送给个下行年轻水手，为的是水手答应过她一件事。对于人和人做的丑事虽毫不知羞耻，可是在许多人和人的通常关系上，却依然同平常人一样，也还要脸面，有是非爱恶，换言之就是道德意识不完全泯灭。

言语和行为要他人承认，要他人赞美。生活上必须从另一人方面取得信任或友谊，似乎才能够无疚于心活下去。人好利而自私，习惯上礼法仍得遵守，照当地人说法，是心还不完全变黑。

桂枝年纪还只十八岁，已吃了将近三年码头饭。同其他吃这碗饭的人一样，原本住在离此地十多里地一个小乡里，头发黄黄的，身子干干的，终日上山打猪草，挖葛根，干一顿稀一顿拖下来。天花、麻疹、霍乱、疟疾，各种厉害的传染病，轮流临到头上，木皮香灰乱服一通，侥幸都逃过了。长大到十三岁时，就被个送公事的团丁，用两个桃子诱到废碉堡里玷污了，自然是先笑后哭，莫名其妙。可是得了点人气后，身心方面自然就变了一点，长高了些，苗条了些，也俨然机灵了些。到十五岁家里估计应当送出门了，把她嫁给一个孤身小农户，收回财礼二十吊，数目填写在婚书上，照习惯就等于卖绝。桂枝哭哭啼啼离开了自己那个家，到了另外一个人家里，生活除了在承宗接祖事情上有点变化，其余一切还是同往常一样。终日上山劳作，到头还不容易得到一饱。挨饿挨冷受自然的虐待，挨打挨骂受人事的折磨。孕了一个女儿，不足月就小产掉了。到十六岁时，小农户忍受不了，觉得不想办法实在活不下去。正值省里招兵，委员到了县里，且有公事行到乡长处，乐意去的壮丁不少。那农户就把桂枝送到 × 村一个远亲家里来寄住，自己当兵去了。丈夫一走，寄住在远亲家吃白食当然不成，总得想办法弄吃的。虽说不唇红齿白、身材俏俊，到底年纪轻，当令当时，俗话说“十七八岁的姑娘，再丑到底是一朵花”。就是喇叭花，也总不至于搁着无人注意。老娘其时正逃走了一个养女，要人补缺，找帮手不着，就认桂枝做干女儿，两人合作，来立门户。气运好，一上手就碰着一个庄号上的小东家，包了三个月，有吃有穿，且因此学了好些场面规矩。小老板一走，桂枝在当地土货中便成红人了。但塞翁失马，祸福同至，人一红，不久就被当地驻军一个下级军官霸占了。这军官赠给她一身脏病，军队移防命令一到，于是开拔了。一来一往三年的经验，教育了这个小娼妇，也成全了这个小娼妇。在当前，河街上吃四方饭的娘儿们中，桂枝已是一个老牌子，沿河弄船的青年水手无人不知。尤其是东食西宿的办法，生活收入大半靠过路客商，恩情却结在当地一个傻小子身上，添了人一些笑话，也得到人一点称赞。

本地吃码头饭的女子，多数是有生意时应接生意，无生意时照例有个当地光棍，或退伍什长，或税关上司事一类人，由熟客成为独占者，终日在身边烧烟谈天。这种阘茸男子当初一时也许花了些钱到女人身上，后来倒多数是一钱不出，有的人且吃女的，用女的，不以为耻。平时住在女的家里犹如自己家里，客来时才走开。这种人大多是被烟毒熏得走了形，毫无骨气。但为人多懦而狡，有的且会周章，遇孱头客人生事闹乱子，就挺身出面来说理，见客人可以用语言唬诈时，必施小动作，借此弄点钱。有时花了眼睛，认错了人，讹人反被人拿住了把柄，就支支吾吾逃开，来不及时又即刻向人卑屈下流地求饶。挨打时或沉默地忍受，或故意呻吟，好像即刻就要重伤死去的样子，过后却从无向人复仇的心思。

为人俨然深得道家“柔则久存”的妙旨，对人对己都向抵抗极小的一方面滑去。碰硬钉子吃了亏，就以为世界变了，儿子常常打老子，毫无道理，也是道理。但这种鼻涕似的人生观却无碍于他的存在。他还是吃、喝、睡，兴致好时还会唱唱。自以为当前的不如意正如往年的薛仁贵、秦琼，一朝时来运来，会成为名闻千古的英雄。唱《武家坡》，唱《卖马》，唱到后来说不定当真伤起心来了，必嘶着个嗓子向身边人嚷着说：“这日子逼死了英雄好汉，拖队伍去，拖队伍去！”其中自然也就有当真忍受不了，下山落草。跑了几趟生意，或就方便做坐地探子，事机不密，被驻军捉去，经不住三五百板子，把经过一五一十供出，牵到场坪上去示众。临刑时已昏头昏脑，眼里模模糊糊见着看热闹的妇女，强充好汉，勉强叫着：“同我相好的都来送终，儿女都来送终！”占点口上便宜，使得妇女们又羞又气，连声大骂：“刀砍的，这辈子刀砍你，二辈子刀还是砍你！”到后便当真跪在河边，咔嚓挨那一刀，流一摊血，拖到万人坑里用土掩了完事。

桂枝别有眼睛，选靠背不和人相同，不找在行人却找憨子。憨子住在河边石壁洞穴里，身个子高高的，人闷闷的，两个膀子全是黑肉；每天到山上去挖掘香附子和其他草药，自食其力，无求于人。间或兴子来时，就跟本地弄船的当二把纤，随船下辰州桃源县。照水上规矩下行弄船只能吃白饭，不取工钱。憨小子搭船下行时，在船头当桨手，一钱不名，依然快快乐乐，一面呼号一面用力荡桨，毫不含糊。船回头时，便把工钱预先支下，在下江买了礼物，戴合记的香粉，大生号的花洋布，带回来送给桂枝。因为做人厚道，不及别的人敲头掉尾，所以大家争着叫他憨子，憨子便成为这青年人的诨名。憨子不离家，也不常到河街成天粘在小娼妇身边。不过上山得到了点新鲜山果时，才带到河街来给桂枝，此外就是桂枝要老娘去叫来的。人来时常常一句话不说，见柴砍柴，见草挽草，不必嘱咐也会动手帮忙。无事可做就坐在灶边条凳上，吸他那支老不离身的罗汉竹旱烟管，一面吸烟一面听老娘谈本街事情。本来说好留在河街过夜，到了半夜，不凑巧若有粮子上副爷来搭铺过夜，憨子得退避，就一声不响，点燃一段废缆子，独自摇着那个火炬回转洞穴去，从不抱怨。时间一多，倒把老娘过意不去，因此特别对他亲切。桂枝也认定憨子为人心子实，可以信托，紧贴着心。

盐客昨晚上在此留宿，事先就是预先已约好了憨子，到时又把憨子那么打发回去的。

老娘烧了锅水，把鸡宰后，舀开水烫过鸡身，坐在腰门边，用小镊子摘鸡毛。正打量着把鸡身上某部分留下，又想起河中涨水，三门滩打了船，河中一定有人发财。又想起憨子，知道天落雨，憨子不上山，必坐在洞中望雨，打草鞋搓草绳子消磨长日。老娘自言自语说："憨人有憨福。"不由得咕咕笑起来。

桂枝正走出房门，见老娘只是咕咕笑，就问："娘你笑什么？"

老娘说："我笑憨子，昨天他说要到下江去奔前程，发了洋财好回来养我的老。他倒人好心好，只是我命未必好。等到他发洋财回来时，我大腿骨会可做棒槌打鼓了。"说了自己更觉得好笑，就大笑起来。

桂枝不做声，帮同老娘拔鸡毛。好像想起心事，吁了一口气。

老娘不大注意，依然接口说下去："人都有一个命，生下来就在判官簿籍上注定了，洗不去，擦不脱。像我们吃这碗饭的人，也是命里排定的，你说不吃了，干别的去，不是做梦吗？"

桂枝说："娘，你不干，有什么不成？活厌了，你要死，抓把烟灰，一碗水吞下肚里去，不是两脚一伸完事？你要死，判官会说不许你死？"

“你真说得好容易。你哪知道罪受不够的人，寻短见死了，到地狱里去还是要受罪。”

“我不相信。”

“你哪能相信？你们年轻人什么都不相信，也就是什么都不明白。‘清明要晴，谷雨要雨’，我说你就不信。‘雷公不打吃饭人’，我说你又不信……”老娘恰同中国一般老辈人相似，记忆中充满了格言和警句，一部分生活也就受这种字句所熏陶所支配。桂枝呢，年纪轻，神在自己行动里，不在格言警句上。

桂枝说：“那么，你为什么不相信鲤鱼打个翻身变成龙？”

老娘笑着说：“你说憨子会发洋财，中状元，做总司令，是不是？鲤鱼翻身变成龙，天下龙王只有四位，鲤鱼万万千，河中涨了水，一网下来就可以捉二十条鱼！万丈高楼从地起，总得有块地！”

憨子住的是洞窟，真不算地。但人好心地好，老娘得承认。老娘其实同桂枝一样，盼望憨子发迹，只是话说起来时，就不免如此悲观罢了。桂枝呢，对生活实际上似乎并无什么希望，尤其是对于憨子。她只要活下去，怎么样子活下去就更有意思一点，她不明白。

市面好，不闹兵荒匪荒，开心取乐的大爷手松性子好，来时有说有笑，不出乱子，就什么都觉得很好很好了。至于憨子将来，男子汉要看世界，各处跑，当然走路。发财不发财，还不是“命”？不过背时走运虽说是命，也要尽自己的力，尽自己的心。凡事胆子大，不怕难，做人正派，天纵无眼睛人总还有眼睛。憨子做人好，至少在她看来，是难得的。只要憨子养得起她，她就跟了他。要跑到远处去，她愿意跟去。

有只商船拢了码头，河下忽然人声嘈杂起来，桂枝到后楼去看热闹，船上许多水手正在抽桨放到篷上去，且一面向沿河吊脚楼窗口上熟人打招呼。老娘其时也来到窗边，看他们起货上岸。后舱口忽然钻出一个黑脸大肩膊的青年水手，老娘一眼瞥见到了，就大声喊叫：

“秋生，秋生，你回来了！我以为你上四川当兵打共产党去了！”

那水手说：“干娘，我回来了，红炮子钻心不是玩的。光棍打穷人，硬碰硬，谁愿意去？”

桂枝说：“你前次不是说三年五载才回来吗？”

那青年水手快快乐乐地说：“我想起娇娇，到龚滩就开了小差。”

桂枝说：“什么娇娇肉肉，你想起你干妈。”

这水手不再说什么，扛了红粉条一捆，攀船舷上了岸。桂枝忙去灶边烧火，预备倒水为这水手洗脚。

盐客听桂枝说话，问：“是谁？”

老娘答话说：“是秋生。”

秋生又是谁？没有再说及。因为老娘想到的是把鸡颈鸡头给秋生，所以又说：“姐夫，这鸡好肥！”

1937年上半年作，未写完。

《凤子》题记

近年来一般新的文学理论，自从把文学作品的目的解释成“向社会即日兑现”的工具后，一个忠诚于自己信仰的作者，若还不缺少勇气，想把他的文字，来替他所见到的这个民族较高的智慧，完美的品德，以及其特殊社会组织，试作一种善意的记录，作品便常常不免成为一种罪恶的标志。

这种时代风气，说来不应当使人如何惊奇。王羲之书翰的高雅，周文矩画幅的精妙，华丽的锦绣，名贵的瓷器，虽为这个民族由于一大堆日子所积累而产生的最难得的成绩，假若它并不适宜于做这个民族目前生存的工具，过分注意它反而有害，那么，丢掉它，也正是必需的事。实在说来，这个民族如今就正似乎由于过去种种文化所拘束，故弄得那么懦弱无力的。这个民族种种的恶德，如自大、骄矜，以及懒惰、私心、浅见、无能，就似乎莫不因为保有了过去文化遗产过多所致。这里是一堆古人吃饭游乐的用具，那里又是一堆古人思索辩难的工具，因此我们多数活人，把“如何方可以活下去的方法”也就完全忘掉了。明白了那些古典的名贵的与庄严，救不了目前四万万人的活命，为了生存，为了作者感到了自己与自己身后在这块地面还得继续活下去的人，如何方能够活下去那一点欲望，使文学贴近一般人生，在一个俨然“俗气”的情形中发展；然而这俗气也就正是所谓生气，文学中有它，无论如何总比没有它好一些！

不过因为每一个作者，每一篇作品，皆在“向社会即日兑现”意义下产生，由于批评者的阿谀与过分宽容，便很容易使人以为所有轻便的工作，便算是把握了时代，促进了时代，而且业已完成了这个时代的使命——简单一点说来，便是写了，批评了，成功了。同时节自然还有一种认目前事功作为梯子，向物质与荣誉高峰爬去的作家，在迎神赶会凑热闹情形下，也写了，批评了，成功了。虽时代真的进步后，被抛掷到时代后面历史所遗忘的，或许就正是这一群赶会迎神凑热闹者。但是在目前，把坚致与结实看成为精力的浪费，不合时宜，也就很平常自然了。

本书的写作与付印，可以说明作者本人缺少攀援这个时代的能力，而俨然还向罪恶进取，所走的路又是一条怎样孤僻的小路，故这本书在新的或旧的观点下来批判，皆不会得到如何好感。这个作品从一般读者说来，则文字又太奢侈了一点。惟本人意思，却以为目前明白了把自己一点力量搁放在为大众苦闷而有所写作的作者，已有很多人——我尊敬这些人。也应当还有些敢担当罪恶，为这个民族理智与德性而来有所写作的作者——我爱这些人！不害怕与罪恶为缘的读者，方是这一卷书最好的读者。

1934 年 5 月 27 日《凤子》一卷付印题记

凤子

三月的北京，连翘花黄得如金子，清晨在湿露中向人微笑，春假刚还开始，园游会，男女交谊会，艺术同志远行团……一切一切由大学校年轻大学生，同那种不缺少童心的男女教授们合作组织的集会，聚集了无数青年男女，互相用无限热情消磨到这有限春光。多少年轻男子，皆莫不在一种与时俱来的机会上，于沉醉狂欢情形中，享受到身边年轻女子小嘴长臂的温柔。同一时节，青年男子 ××，怀了与世长辞的心情，一个人离开了北京，上了 ×× 每早向南远远开去的火车。恰如龙朱故事所说：民族积习，常折磨到天才与英雄；不是在事业上粉骨碎身，便应在爱情上退位落伍。这年轻男子，纯洁如美玉，俊拔如白鹤，为了那种对于女人方面的失意，尊重别人，牺牲自己，保持到一个有教育的男子的本分，便毫无言语，守着沉默，离开了 ×× 学校同北京。这年轻人为龙朱的同乡，原来生长的地方，同后来转变的生活，形成了他的性格。那种性格，在智慧某一方面，培养了一种特殊处，在生活某一方面，便自然而然造成了一点悲剧。为了避免这悲剧折磨到自己，毁灭了自己，且为了另一人的安静与幸福设想，他用败北的意义而逃遁，向 ×× 省的地方走了。

1. 寄居某地的生活

到了 ×× 省的 × 岛地方，借用了一个别名，作为 × 岛的长期寄居者后，除了一个在 ×× 地方的哲学教授某某代理他本人，常常过某处去为他取那一点固定的收入，汇寄给这个人生败北的逃亡者，知道他的行踪外，其余就再也无一个人知道他的去处。既离开 ×× 地方，已有那么远，所在的地方又那么陌生，世界上一切皆仿佛正在把他忘却，每日继续发生无数新鲜事情，一切人忘了他，他慢慢地便把一切也同样忘去了。这一点，对于他自然是一种适当的改变。同一切充满了极难得的亲切友谊离远，也便可同一切由于那种友谊而来的误会与痛苦离远，这正是他所必需的一件事。一个新的世界，将使他可以好好休息一阵。× 岛地方不值钱的阳光，同那种花钱也不容易从别处买到的海上空气，治疗到他那一颗倦于周旋人事思索爱憎的心。过了一阵日子以后，在十分单纯寂寞生活里，间或从朋友那一方面，听到一点别处传来关于他离开 ×× 以后的流言，那种出于人类无知与好奇的创作，在他看来，也觉得十分平淡，正如所谈的种种，不大像是自己事情一样。从这些离奇不经传说上，大都只给了他一个微笑的机会。一堆日子悠悠地过去，× 岛上的空气同日光，把他的性格开始加以改变，这年轻人某种受损害了的感情，为时不久就完全恢复过来了。

这年轻人住的地方去海并不很远。他应感谢的，是他所生长那个 ×× 野蛮地方，溪涧同山头无数重叠，养成了在散步情形中，永远不知疲倦的习惯。为了那一片大海，有秩序地荡动，可以调整到他的呼吸。为了海边一片白色的沙滩，那么平坦，在潮水退过的湿沙，留下无数放光的东西，全是那么美丽。因此这个人，差不多每一天总到那里去，在那边将留下一列长长的足印。无边的大海，扩张了他思索的范围，使他习惯了向人生更远一处去瞭望。螺蚌的尸骸，使他明白了历史，在他个人本身以外，做过了些什么事情。贴到透蓝天上的日头，温暖到这年轻人的全身，血在管子里流得通畅而有秩序。在这种情形下，这年轻人的心情，乃常如大海柔和，如沙滩平静。

默思的朴素的生活的继续，给他一种智慧的增益，灵魂的光辉。

他所住的地方，在一个坡上。×× 岛上的房子，原来就多位置在坡上的。那是一个孤独的房子，但离一堆整齐的建筑，×× 区立大学的校址，距离却并不很远。房子不大，位置极为适当。从外面看去，具备了 ×× 岛住宅区避暑游息别墅的一切条件。整齐的草坪，宽阔的走廊，可以接受充足阳光的窗户，以及其附近的无刺槐树林，同加拿大白杨林，皆配置得十分美丽。从内面看来，则稍稍显得简单朴素了一点。房东是一个单身男子，除了六月时从北方接回那个在女子大学念书的唯一女儿，同住两个月外，没有其他亲眷，也没有其他朋友。到后不知如何，把楼下六个房间全租给了 ×× 大学的教授们住下，因此一来，便仿佛成为一个寄宿舍了。他的住处同房东在楼上一层，东家一个年老仆人，照料到他饮食同一切，和照料他的主人一样地极有条理。做客人的又十分清闲，无人往来，故主客十分相安。从他住处的窗户望出去，可以眺望到远远的海，每日无时不在那里变化颜色。一些散布在斜坡下不甚整齐的树林，冬天以来，落尽了叶子，矗着一片银色的树枝，在太阳下皆十分谧静安详。连同那个每日皆不缺少华洋绅士打高尔夫球的草坪一角，与无数参差不等排列在山下的红瓦白墙小房子，收入到这个人窗户时，便俨然一幅优美的图画。

自从住处成为 ×× 大学宿舍后，那房子里便稍稍热闹了一点。在甬道上或楼梯边，常常有炒菜的油气，同煤炉的硫黄气，还有咖啡气味，有烟卷气味。若照房东的仆人，自己先申明到他是“尊重他官能的感觉”的言语，“说得全不是谎话”，那么，甬道上另外还有一种气味，便应当是从那些胖大一点的教授们身体上留下来的。这里原住得有六个教授，一切的气味，不必说，自然是从那些编了号的房中逸出，才停顿到甬道上的。这些人似乎因为具有一种极高的知识，各人还都知道注意安静。冬天来时，各人无事，大致皆各关着房门，蹲守到自己房中火炉边，默思人生最艰深的问题，安静沉着如猫儿。在冬天，从甬道出去那个公共大门铜钮上头，被不知谁某，贴上了一个小小字条，很工整地写着：“请您驾把门带上”的，那样客气的字句，于是大家都极小心的，进出时不忘却把门带上。因此一来，住到楼上的他，初从外面进门时，在那甬道间，为了一种包含了各样味道的热气，不免略略感觉到一点头昏。

但冬天不久就过去了。种种情形，已被春天所消灭，同时他渐渐也觉得习惯了。故本来预备在春天搬一个家，到后来，反而以为同这些哲人知人住在一个大房子里，别人对于他不着意，为很有意思了。

他住到这里也快有一年了。那个唯一朋友，因为听到他在这边日子过得很好，所以来信总赞助他到第二年再离开此地。且对于他完全放下所学的艺术，来在默思里读 ×× 哲学，尤加赞美。×× 哲学可以治疗到这年轻人对男女爱情顽固的痼疾，故一面同意他的生活，一面还寄了不少关于 ××× 的书来。

春天来时，不单通甬道那个门可以敞开，早晚之间，那些先生们的房子里一切，也间或可以从那些编了号的房间边，望得很清楚了。有些房里，一些书，几乎从地板上起始，堆积到楼顶，这显然是一个不怕压坏神经的教授房子。另外一些房里，又只随便那么几本书，用一种洒脱的风度，搁在桌头上，一张铁床斜斜地铺着，对准了床头，便挂了一幅月份牌。（月份牌上面，画一时装美人，红红的脸庞，像是在另外一些地方，譬如县公署的收发处，洗染公司的柜台里，小医院男看护的房间里，都曾经很适当地那么被人悬挂着；且被人极亲切地想象着，一到了梦中，似乎这画中人，就会盈盈走下，傍近床边。）此外，间或也可以听到这些先生们元气十足的朗朗笑声，同低唱高歌声音了。那住处楼下一层，春天来仿佛已充满了人情，凡属所见所闻，同时令还不什么十分违背，所以他一面算到他来此的日子，一面也似乎才憬然明白，虽说逃亡到了这里，无一个熟人，清静无为如道士，可仍然并没有完全同人间离开。

良好米饭可以增补人的气力，适当运动可以增加人的体重，书本能够使一个人智慧，金钱能够给世界上女人幸福。可是，大海同日光，并没有把人类某一种平庸与粗俗减少一点，这个年轻人初注意发现它时很惊讶的。不过这并不是人的错处。一切先生们，全是从别一个地方聘请来的！一切人都从那个俗气的社会里长大，“莲花从脏泥里开莲花，人在世界上还始终仍然是人。”×× 哲学对于他有所启示。年轻人既然有一双健康的脚，可以把他身体每天带到海边去，而那种幻想，又可以把他的灵魂带到大海另一端更远处去，关于人的种种问题，也就不必注意，骚扰到这个平静的心了。

2. 一个黄昏

他的住处既然在山上，去海边时，若遵照大路走去，距离就约有一里远近。若放弃了那条大路的方便，行不由径，从白杨林一直下去，打一些人家的屋后，翻过一道篱笆，钻过一个灌木树林，再遵小道走下去，也可以走到海边。从这条道路走去，距离似乎还近了一点。这年轻人为了一种趣味，一点附在年轻人身上的孩子心情，常常走那条小路。另外一个理由，便是因为从那条捷径走去，则应当由一家房子的围墙边过身，从低低的围墙上，可以望到一个布置得异常精美的庭园。同时那人家有两只黑色巨獒，身体庞大，却和气异常，一种很稀奇的原因，这年轻人同那两只狗在他同它的主人相熟以前，就先成为朋友了。他每次走那人家墙外过身时，两只狗若在园中，必赶忙跑到墙边来，轻轻地吠着，好像在说："你进来，看看我们这个花园，这里并没有什么人。"两只狗似乎是十分寂寞的。那屋里当真就没有什么人，永远只是一个老年绅士，穿了宽博的白衣，沉默地坐在屋前，望到那两只狗，在花园里跑着闹着，显得十分快乐的样子。似乎任何一天，这人都不离开那小屋同花园。似乎所有的亲人，就只身边那两只狗。

这隐士的生活，给了年轻人一种特别的印象。有时候停顿在围墙外，那老绅士正在墙内草坪上同那只黑狗玩着，互相皆望到时，便互相交换一度客气的微笑。但因为某种原因，这种善意的微笑，在 ×× 地方的住居者看来，也早成为一种普遍的敬礼，算不得什么稀奇了。从这机会上，到成为两个朋友，还隔了一种东西，这一点年轻人是明白的。

下面一件事，还应当把时间溯回去一点，发生在去年九月末十月初边。

有一天，一个黄昏里，落日如人世间巨人一样，最后的光明烧红了整个海面，大地给普遍镀成金色，天上返照到薄云成五色明霞，一切皆如为一只神的巨手所涂抹着，移动着，即如那已成为黑色了的一角，也依然具一种炫耀惊人的光影。年轻人在海滩边，感情上也俨然镀了落日的光明，与世界一同在沉静中，送着向海面沉坠的余影。

年轻人幻想浴了黄昏的微明，驰骋到生活极辽远边界上去。一个其声低郁来自浮在海上小船的角声正掠着水面，摇荡在暮气里。沙滩上远近的人物，在紫色暮气中，已渐次消失了身体的轮廓。天上一隅，尚残留一线紫色，薄明媚人。晚潮微有声息，开始轻轻地啮咬到边岸……

那时节残秋已尽，各处来此的人皆多数已离开了此地，黄昏中到海滨沙滩上来消磨那个动人黄昏的，人数已不如半月前那么拥挤。因为舍不得这海边，故远远的山岨上，海军学校兵营喇叭声音飘来时，他反而向更远一点的地方走去。他旋即休息到一只搁在沙滩上的小游艇边，孤独眺望到天边那一线残余云彩。

只听到身近边，有一个低低的中年男子的声音："你瞧，凤子。你瞧，天上的云，神的手腕，那么横横的一笔！"

一个女人一面笑着，一面很轻地说了一句话。没有听清楚说的是什么，但从那个情形里看来，两人是正向那一线紫色注意，年轻人所注意的地方，同时另外还有四只眼睛望着的。

那两人似乎还刚从什么地方过来，坐到沙上不久，女人第二次很轻地说了一句话，就听到那男子又说："年轻人的心永远是热的，这里的沙子可永远是凉爽的。"

女人仍然笑着。稍过一阵，那男子接着又说："先前一时，林杪斜阳的金光，使一个异教徒也不能不默想到上帝。这一线紫色，这一派角色，这一片海，无颜色可涂抹的画，无声音可模仿的歌，无文字可写成的诗！"

那女人，听到这个学究风度的描画，就又轻轻地笑了。从这种稍稍显得放肆了一点的快乐笑声里，可以知道女人的年龄，还不应当过二十岁。

女人似乎还故意那么反复地说着："无文字的诗，无颜色的画，这是什么诗？我永远读不熟！"

那男子说："凤子，你是小孩子。这种诗原不是为你们预备的，这理由就是因为你们年轻了一点。一个人年轻并不是罪过，不过你们认识世界，就只用得着一双眼睛，所以我成天听到你说，这个好看，那个不好看。年轻人的眼睛，中意一切放光热闹的东西，就因为自己也是一种放光热闹的东西！可是……”

“你要我承认一切是美的，我已承认了！”

男子就说：“你把一切自然的看得太平常，这不是一件很公平的事。”

女人仿佛仍然笑着，且从沙地站起来，距离是那么近，白色的衣服，在黑暗中便为女人身体画出一个十分苗条的轮廓。因为站起了身子，所以说话声音也清楚多了，女人说：“我承认一切都是美的。甚至于你所称赞到的，那船上人吹的角声，摇荡在这空气里，也全是美的。可是什么美会成为惊人的东西？任什么我也不至于吃惊。一切都那么自然，都那么永远守着一种秩序，为什么要吃惊？”

男子声音:“一切都那么自然,就更加应当吃惊！为什么这样自然？匀称，和谐，统一，是谁的能力？……是的，是的，是自然的能力。但这自然的可惊能力，除神字以外，还可找寻什么适当其德性的名称？凤子，你是年轻人，你正在生活，你就不会明白生活。你自己那么惊人的美丽，就从不会自己吃惊！你对着镜子会觉得自己很美，但毫不出奇。你觉得一切都要美一点，但凡属于美的，总不至于使你惊讶。你是年轻人，使你惊讶的，将是一种噩梦，或在将来一个年轻男子的爱情，或是夏天柳树叶上的毛毛虫，这一切都并不同，可同样使你惊讶！”

女人说：“我不明白，为什么原因，我们要惊讶我们成天看到的东西。”

男人便重复说：“凤子，你是小孩子，你不会明白的。”

女人没有再说什么，重新坐下去，说了几句话，声音太低，听不清楚，最后只听到“浮在海上的小船，有一个人拉篷，那个小灯，却挂在桅上”，似乎正在那里，指点海面一切，给男子知道。坐在两丈以内的年轻人，同意了那中年男子对于女人的“小孩子”称呼，在暗中独自微笑了。

可是听到女人报告海面一切时，那中年男子，却似乎轻轻地叹息了一声，稍稍沉默了。过了一阵，才听到那男子换了一个方向，低低地说：“你们年轻人的眼睛，神的手段！”

女人一面笑着，一面便低低地喊叫起来：“天啊，什么神的手段，被你来解释！”

男人说：“为什么不是一件奇迹呢？老年人的眼睛，一种多么可怜的东西，枯竭的泉水，春天同夏天还可以重新再来，人一老去，一切官能都那么旧了。一切都得重新另做，一切都不在那个原来位置上重显奇迹。把老年人全都收回去，把年轻人各安置一颗天真纯朴的心，一双清明无邪的眼睛，一副聪明完全的耳朵，以及一个可以消化任何食物的强健胃口，这一切一切，不容人类参加任何意见的自然，归谁来支配，归谁来负责？……”

女人说：“我们自己在那里支配自己，这解释不够完全了么？”

男人说：“谁能够支配自己？凤子……是的，哲学就正在那里告给我们思索一切，让我们明白：谁应当归神支配，谁应当由人支配。科学则正在那里支配人所有的一部分。但我说的是另外一件东西，你若多知道一点，便可以明白，我们并无能力支配自己。一切都还是有一只看不见的手在捉弄，一切都近于凑巧。譬如说，我这样一个人，应当怎么样？能够怎么样？我愿意我年轻一点，愿意同你一样，对一切都十分满意，日子过得快乐而康健，一个医生可以支配我吗？我愿意死了，因为你的存在，就不能死……有一样东西就不许可我，即或我自己来否认我是一个老人，有一样东西……”

女人似乎不说什么话，只傍到男子微笑，同时也就正永远用这种微笑否认着。男子把话说来，引起了一种灵魂上的骚扰，到后自己便沉默了。

一会儿，女子开始说着别一种话，男子回答着，听到几句以后，再说下去，又听不清楚了。

到后又听到那男子说：“……我不久就应当死了，就应当交卸了一切人事的恩怨，找寻一个地方，安安静静的，躺到那个湿湿的土坑里去，让小虫子吃我的一切。在我被虫子吃完以前，人家就已经开始忘掉我了。这是自然的。这是人人皆不能够推辞的义务。历史上的巨人，无双的霸王，美丽如花的女子，积钱万贯的富翁，都是一样的。把这些巨人名人，同那些下贱的东西，安置到一个相同的结局，这种自然的公平与正直，就是一种神！还有，我要说的是还不应当收回去的，被收回去，愿意回去了的，还没有方法可以回去。这里有一种不许人类智慧干涉的东西存在。凤子，你是小孩子，你不知道。”

女人回答得很轻，男子接着又说：“是的，是的，你说得不错。生活过来的人思索到的事情，不应当要那些正在生活的人去明白。生活是年轻人的一种权利，而思索反省却是一个再没有生活权利了的老年人的义务。可是我正想到另外一件事情……”

女人似乎问到那男子，男子便略带着年长人的口吻说：“凤子，你是小孩子，你不会知道的。”

两人大致还继续在说到那一件事情，另一处过来了两个俄国妇人，一面豪纵地笑着，一面说着俄语，这一边的言语便混乱了。等到那俄国妇人走过去后，这一边两人也沉默了。那时海面小船上的角声早已停止，山岨上一个外国人饭店里，却遥遥地送了一片音乐过来。

经过了一些时间，只听到女人仍然那么快乐地笑着，轻轻地说：“回去了吧，我饿了！”两个人于是全站起来，男子走近水边，望了一会儿，两人就向东边走去了。

两人关系既完全不像夫妇，又不大像父女，年龄思想皆极不相称，却同两个最好的朋友一样那么亲切地谈到一切。而且各带了这样一种任性的神气，说及各样问题，这种少见的友谊，引起了默坐在船旁的年轻人的一种注意，等到两个人走后，就无意中也跟到后面走去。他估量到在那边大路灯下，一定可以看清楚两人的脸貌。到了出口处，女人正傍到那个肩背微偻的男子走着，正因为从背后望去，在路灯下，那个女人身体背影异常动人，且行走时风度美极。这年轻男子忽然感到一种不可言说的惆怅，便变更了计划，站定在路旁暗处，让那两个人走去了。

回到住处以后，为了一点古怪的原因，那女人的风度，竟保留到这个逃亡者记忆上没有擦去。同时，他觉得“凤子”这个名字好像在耳朵边，不久就已十分熟悉了。但这女人是谁？那中年男子是谁？他是无从知道的。好在×岛地方避暑的游人，自从八月以来，就渐渐在减少。十月以后，每到黄昏时节，两人比肩来到海滩上，消磨这个黄昏的，人数已极有限了。他心里就估量着：“第一次为黄昏所迷的人，第二次绝不会忘记了这海滨。”他便期待着那个孪生的巧遇。

那一对不相识的男女，一点谈话引起了他一种兴味，这年轻人希望认识那个有趣味的中年男子的欲望，似乎比想看看那年轻女人的心情还深切。×岛上十月以来，每一个黄昏，落日依然那么燃烧到海上同天空，使一切光景十分庄严华丽，炫人心目。可是同样的事，第二次始终没有机会得到。一点印象如一粒小小白石，投在他平静的心上，动荡成一个圆圆的圈儿，这圆圈便跟随了每一个日子而散开，渐渐平静下来。于是，一堆日子悄悄过去了。于是，冬天把雪同风从海上带来，接着新的春天也来了。

3. 隐者朋友

四月的清晨，一切爽朗柔和。每个早晨日头从海面薄雾里浮出后，便有一万条金色飘带在海上摇动。薄媚浅红的早霞，散布在天上成一片。远近小山同树林，皆镀上银红色的早雾。新生的草木，在清新空气里，各湿湿地蒸发一种香气，且静静地立着，如云石镇上的妇人，等候男巫的样子，各在沉默里等待日头的上升。年轻人拿了一支竹枝，一路轻轻鞭打到身旁左右的灌木，从那条小路向山下走去。走过了那一片树林，转过一片草地，从那孤单老绅士家矮围墙边过身时，正看到那个老绅士，穿了一件短短的条子绒汗衫，裸了一双臂膀，蹲到一株花树下面，用小铲撮土。那个方法一望而知就有了错误。那株花树应当照到原来的方向位置，那绅士并没安置得适当，照例这一株树是不会活的。那个时节那两只狗正在园中追逐，见到了墙外的年轻人，就跑过来，把前脚搭在墙上，同他表示亲昵。同时且轻轻地吠着，好像同他那么批评到它的主人：“你瞧，花应当那么栽吗？你瞧，这花值几块钱吗？”年轻人同时心里也就正那么想着：“这花实在不应当那样栽的。”他便那么立着停顿不动了。他等候一个机会，将向这个主人作一种善意的建议。

那主人见到这一边情形了。他的狗对外人那么和气亲切，似乎极其满意，便对墙外的年轻人和善地笑着，点了一下头，“先生，天气真好！你说，空气不同很好的酒一样吗？”

年轻人说：“是的，先生，这早上空气当真同酒一样。不过我是一个平时不大喝酒的人，请你原谅，容许我另外找寻一个比喻。”但一时并没有较好的比喻可找寻，所以他接着就说：“这空气比酒应当还好一点，我觉得它有甜味。”

“那么，蜜酒你觉得怎么样？”

“好吧，算它是蜜酒吧。先生，您这两只狗不坏，雄壮得简直是两只豹子。”

“这狗有豹子的身份，具绵羊的灵魂。”接着便站了起来，“我看你倒很早，每天你都……你精神倒真是一只豹子！”

“老先生，你也早！你不觉得你很像一个年轻人吗？”

那老绅士听到人家对于他的健康加以风趣的批评，就摇头笑了，“你应当明白你是豹子呀！”那时正有一群乌鸦在空中飞过去，引起了他的仰首，“不过，你瞧，老鸹比我们都早，这东西还会飞！”

一点放肆的，稍稍缺少庄重，不大合乎平常规矩的谈话，连接了两个人的友谊。不到一会儿，墙外那一个，便被主人请进花园里了。第一次做客，就是从那一道围墙跳进去的，这种主客洒脱处，证明了某种琐碎的礼节不适用于他们此后的交谊。到了花园以后，那两只黑色巨獒也显得十分快乐，扑到客人身上来，闹了一会儿，带了一种高兴的神气，满园各处跑去。他们已经谈到栽花的事情了，这客人一面说到一种栽移果树的规矩，说明那株花树应当取原来方向的理由，一面便动手去改动。那绅士对于客人所说到的经验颔首不已，快乐地搓着两只手，带一点儿轻微的嘲弄的神气，轻轻地说："我看你是一个农业大学的学生。"

这话似乎并不是预备同客人说的。客人却说："叫我农夫，我以为较相宜一点。"

老绅士就说："这是我的错误，因为把一个技师当成了学徒。"

"没有的，你这是把我估计错了。我并不是技师。"

因为绅士正像想到什么话，微笑着，没有说下去，客人又说："我是一个砍了许多大树，却栽过许多小树的人……"

绅士把手很快乐地摇着，制止到客人言语的继续，"那莫管吧。你不做这件事，一定就做那件事。你不像一个平常人，也正如我不像一个更夫一样。你不要再说下去，我倒看出你是什么地方的人了。"这绅士随即就用一种确定的神气，说明了客人的籍贯。且接着那么说着："你并不谎我，你的确是一个农人，因为你那地方，除了这一种人没有别的职业。你是那地方生长的。可是，为什么原因，那地方会产出那么体面的手臂，体面的眼睛和那不可企及的年轻人的风度？！……"

忽然听到一个陌生人，很冒昧也很坚定地说到他是什么地方的人，且完全没有说错，这年轻人为了一种意外的惊讶，显得有一点儿呆板了。他回答说："先生，这是我难于相信的，因为你并没有说错！我听到你用我那地方人的言语，说我们那里的一切，我疑心是一个梦。"

绅士见到面前的人承认了，也显得十分快乐，"这应当是一个梦的，因为在此地我能碰到你！ ×× 山的银角，大枧头的芦管，你的声音，同这些东西一样，听到时使我兴奋！"

"我听人提到我那里一切，似乎……"

"是的，那是一样的，所生长的乡下，蚂蚁也比别处的美丽，托尔斯泰先就为我们说过了！"

"可是，我得问你，不许你推辞，你把我带走了五千里路，带回了十五年岁月，你得说明这个古怪地方，你从什么方面知道！”

“你瞧，你脸色全变了。一句话不如一个雷，值不得惊讶到这样子！”

绅士于是微微地笑着，把客人拉到屋前廊下，安置那年轻人到一个椅子上坐下，自己就站在客人的面前，“用 ×× 地方的比喻来说吧，我从一堆桃子里捡出一颗桃子，就明白它是我屋后树上的桃子。你会不会相信，我从你十句话里，听到了一个熟悉的字眼，就知道你是 ×× 的人。”

“可是你不是我那里的人，你说话的文法并不全对！”

“你的猜想并不错误，我并非生长在那地方的树，却是流过那小河的鱼。我到过你那里，吃过那地方井水，睡过那地方木床，这一切我都不能忘记！”

主人到后进屋里拿了一些水果出来，一面用一把小刀削去大梨的外面，一面就赞美 ×× 地方的水果。

客人说：“先生，你明白我意思，我正在恭恭敬敬听你告给我那地方的一切，我离开了那个地方有了十五年。我这怀乡病者的弱点，是不想瞒你也不能瞒你的！”

那绅士说：“我盼望你告诉我的，是十五年以前一切的情形。多可怜的事，我二十年不见那个地方了！谁知道在梦里永远不变的，事实上将变成什么样子呢？好的风俗同好的水果，会不会为这个时代带走呢？假若你害的是一种怀乡病，我这一尾从那小河里过道的鱼，应当害的是一种什么样的疾病呢？”

一种稀奇的遇合，把海滩上两粒细沙子黏合到了一处。一切不可能的，在一个意外的机会上，却这样发生了。两人把话尽兴地说下去，直到分手时，两人都似乎各年轻了十岁。为了纪念这一种巧遇，客人临走时节，那绅士摘了屋前一朵黄色草花，一面插到年轻客人帽子上去，一面却说：“照你们 ×× 的习惯，我们从此是同年了。这是一个故事，别忘了这故事是应当延长下去的。所以你随时都不妨到我这里来，任何时节你都是一位受欢迎的朋友。你如果觉得是一个 ×× 人，等不及我来为你开门，就仍然得从墙上跳进来。我这大门原是为那些送牛奶人同信差预备的，接待你并不相称！”

那时候两只黑色大狗正站在他们的身旁，听到大门边门铃响动忙跑过去，瞻望了门边一下，就把邮差搁到石阶级上的两封信同一卷报纸衔到主人身边来了。那绅士把信件接到手上，吩咐那只较大的狗：“傩送，去开门吧。以后不要忘记，一见了这个客人，就应当开门把客人接进来，知道了么？”那狗好像完全懂得到主人的意思，向客人望着，低低地吠了一声，假若它会说话，将那么说：“我全知道。”接着即刻就很敏捷地跑过去，咬着那大门前的铁把手，且用力一撞，把栅栏门便撞开了。

“难道这个有风趣的老人，是去年十月在海边黄昏中说话的那一个吗？”一个过去的影子如一只黑色的鸟儿，掠过年轻人的心头。在回家的路上，他不大相信他今天所遇见的事情。

4. 某一个晚上绅士的客厅里

因为一个感觉使他心上温暖起来，所以他就想从这老绅士方面知道去年海边那两个人，那一件事。但这个机会，似乎被年轻人自己的一种顾虑所阻拦了。一点不可解释的心情，使这年轻人同这老绅士接近时，好一些日子，竟只能谈到两人皆念念不忘的那个边疆僻地。各人皆仿佛为了某样忌讳只能数说到过去，却对于如何就成了目前的种种皆不大提及。并且说到过去，也多数是提到那一个地方，关于风俗与人情的美丽移人处，皆有意避开其他事情。照 ×× 地方人的习惯看来，这种交情并不妨碍友谊的诚实。两人把愿意说到的说去，互相都缺少都会上人那种探寻别人一切而自己却不开口的恶习。两人一切话语皆由自己说出，不说到的对方从不侦察，不欲说的即或对方无意中道及，也不妨不理。两人因为那一个 ×× 人的习惯，因此把年龄的差别忘掉，把友谊在另一同契下，极亲切地成立了。

但由于诚实的自白，两人不久却都知道了对方皆是孤独地住在此地，都不必做事，各凭了一点固定的入款很从容地支持到生活。这一点点了解，把年轻人另一种疑心除去了。

那老绅士的确不出大门的，一切生活皆为一男仆处置。那男仆穿了干净的衣服，从不说话，按照规矩做一切事情。白天无事时，把屋外花园整理得如块精美地毯，不到花园做事，就在各处窗户边徘徊，把各个窗户里外，揩拭得异常洁净。即或主人要他做什么买什么时，也不见这男仆说话，只照到主人吩咐去做，因此使人疑心，这人上街买什么时，一定也只是用手指指，不须乎说话。但从各方面看来，这主仆二人是毫无芥蒂过着日子的。老绅士生活，除了每天在太阳下走走，坐到屋前廊下吃一点白水，命令那两只大狗做一点可笑的动作以外，就在自己卧房里，看看旧书，抄些所欢喜的东西。那个布置得极其舒服的客厅，长年似乎就从无一个客人惠临；一间小书房，无数书籍重叠堆积，用黄色绸子遮掩着。壁间空处挂一些古铜戈和古匕首，近窗书桌上陈列无数精致异常的笔墨同几件稀有的瓷器，附带说明到这一家之主，对于本国艺术古物的鉴别力如何超人一等。但这寂寞的人，年龄不可欺骗已过了五十，心情和外表皆似乎为了一种过去的生活，磨折到成了一个老人。一种长时间的隐居生活，更使他同人世一切取了一种分离态度，与这个世界日益相远。但自从与年轻人相熟以后，在这个绅士感情上，却见出仍然有一种极厚的人间味。这个绅士由他年轻的友人看来，仍然不缺少一个年轻男子的精神。生命的光焰虽然由于体质上的衰老，不能再产生那种对于人生固执的热力，已转成为一种风趣而溢出，但隐藏在那个中年的躯壳中的，依然是一颗既不缺少幻想也不倦于幻想的心。长时间的隐居，正似乎是这个绅士有意把他由于年龄而来的、不可免避的拘束减少一点的手段，却在隐遁情形中，打量生活到那个过去已经生活了的年轻时代里去的。从这件新的友谊上，恰证明了年轻人对于他老友所加的观察，并没有如何错误。

绅士的沉默，只似乎平时无人可以说话的原因。他所需要的，是同一个人，来说他年轻时代的种种。最好还要这个人能有 ×× 地方人民的风格，每一只脚不必穿一只合式的鞋子，每一句话却不能缺少一个恰当的比喻。这个人现在已于无意中得到，因此他自然忽然便年轻起来，他的朋友，也自然而然把年龄为人所划出的界限一同忘掉了。既然两人把友谊成立到那另一个世界里的一切，慢慢地，这被世人所不知的地方，被历史所遗忘的民族，两人便不能顾忌，渐渐都要提到了……

稍后一点日子里，某一个晚上，便轮到那老年绅士在他那布置得十分舒服的客厅中，柔软的灯光下，向年轻人坦白地提到那个眷念 ×× 地方的理由了！

那时节老年绅士坐到年轻人的对面，正在用刀为他的朋友割剥一个橘子。一面把剥好了的橘子亲热地递给了他的朋友，一面望到那年轻人华丽优雅的仪表。绅士眼睛中有一种只应当在年轻人眼睛中燃烧的光辉。绅士轻轻地几乎是无声地说："真是怎样一个神的手段！"年轻人没有听到，因为所吃的橘子十分佳美，只当是称赞到 × 岛的橘子。

绅士便说："×× 地方壮大新鲜长年无缺的瓜果，养成我这种年龄的人有童心的嗜好。二十年来若每天没有一点水果伴到我，竟比没有书籍还似乎难于忍受。"

年轻人说："这种嗜好也同读 ×× 差不多，不算一件坏事情。"

"是的，在一个大图书馆里去看书是一件多么方便的事。到 ×× 去，瓜果并不值钱。可是这种嗜好在 ×× 为一种童心，在别处则常常为一种奢侈。正如用丰富的比喻说话一样，在 ×× 可以连接两人的友谊，在别处则成为一种浪费。×× 地方山中的桃李橘柚与蕴藏在每一个人口中的甜蜜智慧言语，同到这里海边的鱼蟹盐沙，原是同样不能论价的东西！"

年轻人微笑着，同意了这个比拟。他不愿意用这十余年来日子，所加于每一个人身上的变化，联想到这些日子在其他物质上的改革。他自己所梦想到的，一切也仍然是那么一个野蛮粗暴的世界。在那一片野蛮粗暴的地方，有若干精悍、朴厚、热情的灵魂，生气泼辣地过着每一个日子。二十年来新的一页历史正消灭到中国旧的一切，然而这隐藏在天的一角，黑石群山之中，参天杉树与有毒草木下面，一点残余的人民，因为那种单纯，那种忍耐，那种多年来的由于地方所形成的某种固执，这时候已成了什么样的变化，谁能知道谁能说明呢？

因为提到了嗜好，绅士到后忽然叹喟起来，显然为那个嗜好的来源略略感到惆怅了。绅士说：“× × 地方的栗树，为我留下一个不可磨灭的印象。”

年轻人说：“× × 栗树并不很美，正如 × × 野猪并不很美。× × 最美的树当是杉树，常年披上深绿鸟羽形的叶子，凝静地立定，作成一种向天空极力伸去的风度。那种风度是那么雅致，那么有力，同时还那么高尚不可企及。按照 × × 的山歌：情人为人中之杉，杉树为树中之王。那称呼毫不觉得溢美。”

绅士接到说：“是的，我见到那种杉树，熟悉那个名言。谁有能力来否认，身在那种大树面前，不感觉到自己的卑小与猥俗？我并不称扬栗树，以为那胜过杉树。我想起的是那栗树上所结的无数带刺圆球。八月九月，焦黄的日头，疏疏地泼了一林阳光，在一切沉静里，山头伐树人的歌声，懒散地唱着，调节到他斧斤的次数。就是那种枝叶倔强朴野的栗树，带刺的球体，自动继续爆炸，半圆形的硬壳果实，乌金色的光泽，落地时微小的声音。这是一种圣境！自然在成熟一切，在创造一切，伐树人的歌声，即在赞美这自然意义中，长久不歇。这境界二十年来没有被时间拭去，可是，我今年已五十五岁了，就记到这个，多明朗的一个印象！”

“时间使树木长大，江河更改，天地变色，少壮如狮子的人为尘为土，这个我们不能不承认。不过有多少事情，在其他方面极易消失的，在我们记忆上，却永远年轻。譬如一个女人，不仅只能在钟情于她的男子心中永远年轻，且留到诗人的诗歌上面以后，这女人在一组文字上，也永远有青春的光辉，如一朵花，如一片霞，照耀人的眼目……”

老年绅士听到这个议论，因为正提到他心中所思量到的一个问题，似乎稍稍受了一点寒气，望到他年轻朋友，把那个斑白的端整的头摇动不已，带点抗议性质说道：“这是一件事实，我的朋友。只是这一句话不是你年轻人有权利能说的。这是为老年而有所钟情的人的一个说明。你是一个年轻人，你不适宜于说这句话。”

年轻人承认了这一点，显露谦虚和坦白的微笑，解释到这句话的来源：“这是从一本书上记下的。这话或者我将来还有用处，等到将来看去。至于现在，假若这句话适用于事实，我想象在我面前的老友，一定就一点事情，行将同我说到。”

绅士瞥望到天花板，好像找寻一种帮助，“可惜得很，当我年轻一点儿的时节，天并不吝惜给我一些机会，安置我到一种神奇故事里去，不过郭景纯那一支生花妙笔，并没有借给过我，故诗人的才气于我无分。一些不可忘却的印象，如今只能埋葬在那么一个敝旧的躯壳里，再过不久，这敝旧躯壳便又将埋葬到黄土里了。”

“若我有幸福可以从老友口中听到这个故事，这故事行将同样纯洁地保留到这一个年轻一点的心上，重新放出一种光辉。”

“我愿意把它安置到一个年轻人心上去，我愿意做这件事。而且没有比你更适当的一个人，使我极方便地说到这件事。不过杉树的叶子因对生而显得完美，我担心我的言语，不能如一首有韵的诗那么整齐。”

“对生的皂角未必比松树还美。松树的叶子，生来就十分紊乱，缺少秩序。”

“这松树老了，已经为岁月人事把心蚀空了。”

“为了位置一个与日俱增的经验，长江大河也正在让流水淘蚀。”

“可是一切改变皆使人不欢，秋天来时草木也十分忧郁。”

“假若草木能有知觉，它在希望或追忆里，为未来或过去那个春天，它应当是快乐的。”

绅士对这个对白发生了一种思索的兴味，他愿意接续到这一点问题上，思想徘徊逍遥。他承认了年轻人的议论，同时又有所否认。他说：“是的，草木应当快乐，因为它有第二个春天可以等待。这一方面我们可仍然看出了人类的悲惨处，因为人类并没有未来。一个年轻人在爱情中常常悬想到未来，便极糊涂地打发了现在。到了老年，明白未来永远不会来到了，想象的营养，便只好从过去那个仓库里支取他的储蓄。我就是只能取用昨天储蓄却不能希望明天的一个人。”

年轻人在这个储蓄比喻上，放下另外一个意见：“一个有面粉同金块储蓄的人，永远不至于为生活艰难所困；一个不缺少人生经验的人，他那取之不竭的智慧，值得一切人给他一种最大的尊敬。”

“我的朋友，你说得对。从你的言语上，老年人应当得一种知足的慰藉。不过应当有一个转语，找回我们那个原来的问题。人和草木不能相同，我还有一点意见。就是草木既有过去，也有未来，同时还大都明白现在。阳光同雨露使它向人微笑，它常常是满意现在，而尽量享受现在。我们在今天这个日子里，所要谈到的，思索的，工作的，就常常只是为了明天或昨天，使我们过这一个日子。我明天是什么呢？我问你。”

“我的老友，这是一个平安的休息。”年轻人答复他老朋友的询问，同时记起了东方哲人胡大圣，曾经以一种最东方的感情对这休息所发的一番明论，便复述出来：“如果一个人在今天还能用他的记忆思索到他的青春，这人的青春，便于这个人身上依然存在，没有消失。我的老友，这个格言值得我们深思。我请你相信，在我眼睛里，你的雄辩，已证明了你的少壮，你的叙述，也行将把你青春恢复转来。万里的长江，当每次春水发后，那古旧的河床，洋洋洒洒挟巨流而东下时，它便依然是有力而年轻的。我希望让一道回忆的河流经过你那个衰弱的心上，在这温柔的灯光下，我还可以有那种荣幸，重新瞻仰你一度青春的风仪。”

老绅士低低地自言自语地说了一句“又是一个疯子”。年轻人听到，脸色全变了。年轻人显得十分激动，一点回忆激动了他的血流，却谨慎地节制到自己的冒失。因为从老绅士神色上看来，这一句话原不是为他而说，与年轻人无关系的。但年轻人却从这句话上，把去年十月来那个黄昏中人，认清楚就是对面的一个了。

那种新的发现，使年轻人不免稍稍矜持起来了，他将手无目的地伸出了一会儿又缩回来，“我有点冒昧，想将一个隐藏在心中有半年了的印象，询问到我的朋友。去年十月里，一个体面的黄昏中，大海为落日所焚烧后，天边残余了一线微紫，在那个海边沙滩上，我曾经于无意中听到一个年高有德的人，对黄昏作过了一段描绘，对人生阐发了一种哲理。同时还有一个女人，倘若我的记忆力并不十分坏，这人的名字，应是凤子……”

老绅士听到这个话时，不即作答，只望到年轻人微微地笑着，带一点儿惊愕，仍然似乎自言自语地说：“啊，有一个凤子，那应当是一件真实的事情了。”接着稍稍沉静了一点，若果年轻人过细注意一下，还可以看到绅士是为了这个询问，把要说的话给紊乱了。那时绅士带一点长者的神气轻轻地说：“……你用不着骗我，这女人你一定觉得很美。”说了望到年轻人，又说：“你坐过来一点，我将告诉你一些事情，使你明白一切。我们从另一个题目上说去，慢慢会说到栗子，说到凤子，结束到你所不忘记的那个黄昏里。我们慢慢儿来说，让这一道行将枯竭的河流，愉快地重新再流一次。”

这老绅士把话说到这里止住了，站起了身子，按了一下电铃，顷刻之间，那个沉默的仆人就恭恭敬敬站到门边了。绅士吩咐到他：“把那一篓柑子拿来，取一瓶 ×× 甜酒，另外煮一点极浓的咖啡……”

“这一道枯竭的河流，行将流一个整夜”，年轻人想到这一点，看着绅士，正斜斜地躺到沙发一边去，脸儿红红的，蒸发了一种青春的热力。两人在暂时的沉默中，互相交换了一个亲切的微笑。

5. 一个被地图所遗忘的一处，被历史所遗忘的一天

一个好事的人，若从一百年前某种较旧一点的地图上去找寻，当可在黔北、川东、湘西一处极偏僻的角隅上，发现一个名为“镇筸”的小点。那里同别的小点一样，事实上应有一个城市，在那城市中，安顿了无数人口。不过一切城市的存在，大部分皆在交通、物产、经济的情形下面，成为那城市

荣枯的因缘。这一个地方，却以另外一个意义无所依附而独立存在。将那个用粗糙而坚实的巨大石头砌成的圆城，作为其地的中心，向四方展开，围绕了这边疆僻地的孤城，约有四千到七千的碉堡，五百以上的营汛。碉堡各用大石堆成，位置在山上，随了山岭的脉络蜿蜒各处走去；营汛各位置在驿路上，布置得极有秩序。这些东西在一百七十年前，是按照了一种精密的计划，保持到相当距离，在周围数百里内，平均分配下来，解决了退守一隅常作“蠢动”的边苗“叛变”的。两世纪来清人的暴政，以及因这暴政而引起的反抗，血染赤了每一条官路同每一个碉堡。到如今，一切完事了，碉堡多数业已毁掉了，营汛多数成为民房了，人民已大半同化了。落日黄昏时节，站到那个巍然独在万山环绕的孤城高处，望到那些远近残毁的碉堡，还可依稀想象到当时角鼓火炬传警告急的光景。这地方到今日此时，因为另一军事重心，一切皆以一种迅速的姿势，在改变，在进步，同时这种进步也就正在消灭到过去一切。

凡是有机会，追随了屈原溯江而行那条常年澄清的辰河，向上游去的旅客和商人，若打量由陆路入黔入川，不经古夜郎国，不经永顺龙山，皆应明白“镇筸”是一个可以安顿他的行李，最可靠也最舒服的地方。那里土匪的名称是不习惯于一般人的耳朵的。兵皆纯善如平民，与人无侮无扰。农民皆勇敢而安分，且莫不敬神守法。商人各负担了花纱同货物，洒脱地向深山村庄里走去，同平民做有无交易，谋取什一之利。地方统治者分数种：最上为天神，其次为官，又其次才为村长同执行巫术的神的侍奉者。人人洁身信神，守法爱官。每家皆有兵役，每家皆可从官家领取二百年前被政府所没收的公田播种。城中人每年各按照家中有无，杀猪、宰羊、磔狗、献鸡、献鱼，求神保佑五谷的繁殖，六畜的兴旺，儿女的长成，以及疾病婚丧的禳解。人人皆很高兴担负官府所分派的捐款，又自动捐钱与庙祝或单独执行巫术者。一切皆保持到一种淳朴习惯，遵从古礼。春秋二季农事起始与结束时，照例有年老人向各处人家敛钱，为社稷神唱木傀儡戏。旱叹祈雨，便有小孩子各抬了活狗，带上柳条，或扎成草龙，各处走去。春天尚有春官，穿黄衣各处念农事歌词。年末则居民装饰红衣傩神于家中正屋，捶大鼓如雷鸣，巫者穿鲜红如血衣服，吹镂银牛角，拿铜刀，踊跃歌舞娱神。城中的住民，多当时派遣移来的戍卒屯丁，此外则有江西人在此卖布，福建人在此卖烟，广东人在此卖药。地方由少数读书人与多数军官，在政治上与婚姻上两面的结合，产生一个上层阶级，这阶级一方面用一种保守稳健的政策，长时期处置到政治，一方面支配了大部属于私有的土地；而这阶级的来源，却又仍然出于当年的戍卒屯丁。地方山坡上产桐树杉树，矿坑中有朱砂水银，松林里生菌子，山洞中多硝。城乡皆不缺少勇敢忠诚适于理想的兵士与温柔耐劳适于家庭的妇人。在军校阶级厨房中，出异常可口的菜饭，在伐树砍柴人口中，出热情优美的歌声。

地方东南四十里后近大河，一道河流肥沃了平衍的两岸，多米，多橘柚。西北二十里后，即已渐入高原，近抵苗乡，万山重叠。大小重叠的山中，大杉树以常年深绿逼人的颜色，蔓延各处。一道小河从高山绝涧中流出，汇集了万山细流，沿了两岸有杉树林的河沟奔驰而过，农民皆就河边编缚竹子做成水车，引河中流水，灌溉高处的山田。河水常年清澈，其中多鳜鱼、鲫鱼、鲤鱼，大的比人脚板还大。河岸上那些人家里，常常可以见到白脸长身见人善作媚笑的女子。

一个旅行的人，若沿了进苗乡的小河，向上游走去，过 ××，再离开河流往西，在某一时，便将发现一个村落，位置一带壮丽山脉的结束处，这旅行者就已到了边境上的矿地了。三千年来中国方士神仙所用作服食的宝贝，朱砂同水银，在那个地方，是以一个极平常的价值，在那里不断生产和贸易的。

那个把自己比作“在 ×× 河中流过的一尾鱼”的绅士，在某一年中，为了调查这特殊的矿产，用一个工程师的名分，的的确确曾经沿了这一道河流，作过一次有意义的旅行。在这一次旅行中，他发现了那个地方，地下蕴藏了如何丰富的矿产，人民心中，却蕴藏更其如何丰富的热情。

历史留给活人一些记忆的义务，若我们不过于善忘，那么辛亥革命那一年，国内南方某一些地方，为了政局的变革，旧朝统治者与民众因对抗而起的杀戮，以及由于这杀戮而引起的混乱，应多少有一种印象，保留到年龄二十五岁以上的人们记忆中。这种政变在那个独立无依市民不过一万的城市里，大约前后有七千健康的农民，为了袭击城池，造反作乱，被割下头颅，排列到城墙雉堞上。然而为时不久，那地方也同其他地方一样，大势所趋，一切无辜而流的血还没有在河滩上冲尽，城中军队一变，统兵官乘夜携了妻小一逃，地方革命了。当各地方咨议局、参政局继续出现，在省政府方面，也成立了矿政局、农矿厅一类机关后，隐者绅士，因为同那地方一个地主有一科友谊，就从那种建设机关方面得到了一种委托，单独地深入了这个化外地方。因这种理由，便轮到下面的事情了。

某一日下午三点钟左右，在去“镇筸”已有了五十里左右的新寨苗乡山路上，有两匹健壮不凡的黑色牲口，驮了两个男子，后面还跟了两个仆人。那两匹黑马配上镂银镶牙的精美鞍子，赭色柔软的鞯皮，白铜的嚼口，紫铜的足镫。牲口上驮了两个相貌不同的男子，默默地向边境走去。两匹马先是前后走着，到后来路宽了一点，后边那匹马便上前了一点，再到后来两匹便并排走了。

稍前一个马，在那小而性驯耐劳的云南种小马背上，坐的是一个红脸微胖中年男子，年纪约五十岁上下，从穿着上，从派头上，从别的方面，譬如说，即从那搁在紫铜马足镫上两只很体面的野猪皮大靴子看来，也都证明到这个有身份的人物，在任何聚落里，皆应是一地之长。稍后一点，是一个年在三十左右的城中绅士。这人和他的同伴比起来显得瘦了一些，骑马姿势却十分优美在行。这人一望而知就是个城里人，生活在城中很久，故 ×× 高原的风日，在这城里人的脸上同手上，皆以一种不同颜色留下一个记号，脸庞和手臂，反而似乎比乡下人更黑了一点。按照后面这个人物身份看来，则这男子所受的教育，使他不大容易有机会到这边僻地方来，和另一位有酋长风范的人物同在一处。×× 的军官是常常有下乡的，这人又绝不是一个军官。显然的，这个人在路上触目所见，一切皆不习惯，皆不免发生惊讶，故长途跋涉，疲劳到这个男子的身心，却因为一切陌生，触目成趣，常常露出微笑，极有兴致似的，去注意听那个同伴谈话。

那时正是八月时节，一个山中的新秋，天气无风而晴。地面一切皆显得饱满成熟。山田的早稻已经割去，只留下一些白色的短桩。山中枫树叶子同其他叶子尚未变色。遍山桐油树果实大小如拳头，美丽如梨子。路上山果多黄如金子红如鲜血，山花皆五色夺目，远看成一片锦绣。

路上的光景，在那个有教育的男子头脑中，不断地唤起惊讶的印象。曲折无尽的山路，一望无际的树林，古怪的石头，古怪的山田，路旁斜坡上的人家，以及从那些低低屋檐下面，露出一个微笑的脸儿的小孩们，都给了这个远方客人崭新的兴味。

看那一行人所取的方向，极明白的，他们今天一早是从大城走来，却应当把一顿晚饭同睡眠在边境矿场附近安顿的。

这种估计并没有多少错误，这个一方之长的寨主，是正将接待他的朋友，到他那一个砦上去休息的。因为两匹马已并排走去，那风仪不俗的本地重要人物说话了：

“老师，你一定很累了！”

另一个把头摇摇，却微笑着。

那人便又接到说：“老师，读佛家所著的书，走 ×× 地方的路，实在是一种讨厌的事，我以为你累了！”

城里那一个人回答这种询问：“总爷，我完全不累。在这段长长的路上，看到那么多新鲜东西，我眼睛是快乐的，听到你说那么多智慧言语，我耳朵是快乐的。”说过后自己就笑了，因为对比的言语，一种新的风格的谈话，已给这城市里人清新的趣味，同伴说了很久，自己却第一次学到那么说了。

在他们的谈话中，一则因为从远处来，一则因为是一地之长，那么互相尊敬到对面的身份，被称作“老师”同“总爷”，却用了异常亲切的口吻说到一切。那个城市中人，大半天来就对于同伴的说话，感到最大的兴味，第一次模仿并不失败，于是第二次模仿那种口吻，说到关于路的远近。他说：

“总爷，你是到过京里的，北京计算钱的数目，同你们这一边计算路程，都像不大准确。”

那个总爷对这问题解释了下面的话：“老师，你说得对，这两处的两样东西，都有点儿古怪。这原因只是那边为皇帝所管，我们这边却归天王所管。都会上钱太重要，所以在北京一个钱算作十个；这乡下路可太多了一点，所以三里路常常只算作一里……另外说来，也是天王要我们‘多劳苦少居功’的意思。这意思我完全同意！我们这里多少事皆由神来很公正地支配，神的意思从不会和皇帝相同的！”

“你那么说来，你们这里一切都不同了！”

“是的，可以说有许多事常常不同。你已经看过很多了。再说，”那总爷说时用马鞭指到路旁一堆起虎斑花纹红色的草，“老师，你瞧，这个就将告给你野蛮地方的意义。这颜色值得称赞的草，它就从不许人用手去摸它折它。它的毒会咬烂一个人的手掌，却美丽到那种样子。”

“美丽的常常是有毒的，这句格言是我们城中人用惯了的。”

“是的，老师，我们也有一句相似的格言，说明到这种真理。”

“这原是一句城里人平常话，恰恰适用到总爷所说的毒草罢了。至于别的……譬如说，从果树上摘下的果子，从人口中听到的话，绝不会成为一种毒药！”

总爷最先就明白了城里人对于谈话，无有不为他那辞令拜倒的。听到这种大胆的赞美，他就笑了一下。这个在 ×× 六十里内极有身份的人物，望到年纪尚轻的远客，想起另外一点事情了。“老师，你的说明不很好。我仍然将拥护那一句格言。照我的预感，你到了那边，你会自己否认你这个估计的不当。言语实在就是一样有毒的东西！你那么年轻，一到了那里，就不免为一些女孩子口里唱出的歌、说出的话中毒发狂。我 ×× 堡子上的年轻女人，恰恰是那么美丽，也那么十分有毒的！”

城市中人听到这个稍带夸张的叙述，就在马上笑着，“那好极了！好烧酒能够醉人，好歌声也应当使人大醉；这中毒是理所当然的。”

“好看草木不通咬烂手掌，好看女人可得咬烂年轻人心肝。”

“总爷，这个不坏。到了这儿，既然已经让你们这里的高山阔涧，劳动到我这城市中人的筋骨，自然也就不能拒绝你们这地方的女孩子，用白脸红唇困苦到我的灵魂！”

“是的，老师。我相信你是有勇气的，但我担心到你的勇气只能支持一时。”

“乡下人照例不怕老虎，城里人也照例不怕女人。我愿意有一个机会，遇到那顶危险的一个。”

“是的，老师。假若存心打猎，原应当打那极危险的老虎。”

“不过她们性情怎么样？”

“垄上的树木，高低即或一样，各个有不相同的心。”

“她们对于男子，危险到什么情形，我倒愿意听你说说。”

“爱你时有娼妓的放荡，不爱你时具命妇的庄严。”

“这并不危险！爱人时忘了她自己，不爱人时忘了那男子，多么公平和贞洁！”

“是的，老师，这是公平的。倘若你的话可以适用到这些女孩子方面，同时她们还是贞洁的。但一个男子，一个城里人，照我所知，对于这种个性常常不能同意。”

“我想为城里人而抗议，因为在爱情方面，城里人也并不缺少那种尊敬女子自由的习惯。”

“是的，一面那么尊敬，一面还是不能忍受。照龙朱所说，× × 女子是那么的——朱华不觉得骄人，白露不能够怜人。意思是有爱情时她不骄傲，没有爱情时她不怜悯。女孩子们对于爱情的观念，容易苦恼到你们年轻男子。”

“总爷，我觉得十分荣幸，能够听到你引用两句如此动人的好诗。其实这种 × × 女子的美德，我以为就值得用诗歌来装饰的。我是一个与诗无缘的人，但我若有能力，我就将做这件事。”

“是的，老师。把一个 ×× 女孩子的聪慧和热情，用一组文字来铺叙，不会十分庸俗丑看。×× 女孩子，用爱情装饰她的身体，用诗歌装饰她的人格，这似乎也是必需的。做这件事你是并不缺少这种能力的，我却希望你有勇气。不过假若这种诗歌送给城市中先生小姐们去读，结果有什么益处？他们将觉得稀奇，那是一定的，但完全没有益处！”

“总爷，我不同意这个推测。我以为这种诗歌，将帮助他们先生小姐们思索一下，让他们明白他们以外还有些什么东西，尽他们多知道一点。”

“是的，老师。我先向你告罪，当到你城里人我要说城里人几句坏话。我以为城里人是要礼节不要真实的，要常识不要智慧的，要婚姻不要爱情的。城市中的女子仍然是女子，同样还是易于感动富于幻想，那种由于男子命运为命运的家婆观念，或者并不妨碍到她对这种诗歌的理解。但实在说来，她们只需要一本化妆同烹饪的书，这种诗歌并不是她们最需要的。至于男子，大家不是都在革命么？那是更不需要的！并且我同你说，你若和一个广东人描写冰雪，那是一种极费力的说明，他们不相信的。你同城市中人说到我们这里一切，也不能使他们相信。一切经验才能击碎人类的顽固，因为直到此时为止，你就还不十分相信我所说的女人热情有毒的意义，就因为你到如今还不曾经验那种女子。”

那时节，城里人被那个总爷的几句话，说得稍稍害羞起来了，就只回答着：“是的，我承认你一切的话语。我希望有一种机会，让我发现蕴藏在 ×× 地下矿产以前，就能发现蕴藏在 ×× 女人胸中的秘密。”

那总爷说：“是的，老师，一到了这里，自然不会缺少机会。宝石矿许可我们随时发现宝石。你看看，上了那个小坡，前面就可以到一个小小客店里歇歇了，我们或者就可以发现一点东西。”

两人一面说着一面把马加快了一点，不到一会儿就上了那个小坡，进抵一个小村庄的街头了。到了客店，下了马，跟到马后的用人，把马牵到街外休息去了，他们于是进了一个客店的堂屋里，接受了一个年老妇人的款待。

客店里另外还有一个过路的少妇，也在那休息，年纪约二十二三岁，一张黑黑的脸庞，一条圆圆的鼻子，眉眼长长的尾梢向上飞去，穿了一身蓝色布衣，头上包了一块白布。两个人进去时，那妇人正低下头坐到一条板凳上吃米糕。见到了两个新来的客人，从总爷的马认识了这一方之主，所以糕饼还不吃完，站起了身来就想走去。那客店老妇人就说："天气还早，为什么不稍歇歇？日头还不忙到下山，你忙什么？"那妇人听到客店主人说的话，微微一笑，就又坐下了。

妇人相貌并不如何美丽，五官都异常端整秀气，看来使人十分舒服。惟神气微带惨怛，好像居丧不久的样子。

那总爷轻轻地向城里人说："老师，的确宝石矿是随处可拾宝石的。照 ×× 地的礼仪，凡属远方来客，逢到果树可以随意摘取果子，逢到女人可以随意问询。你不妨问问那个大嫂，有什么忧愁烦扰到她。"

城里人望到妇人，想了一会儿，才想出两句极得体的话，问到那个妇人，因什么事情，神气很不高兴。

按照 ×× 地方的规矩，一个女子不能拒绝远方客人善意的殷勤。妇人听到城里人的问候，把头稍稍抬起，轻轻地说："芝兰不易再开，欢乐不易再来。"说后恐怕客人不明白所说的意思，又把手指着悬挂在门外的那个红布口袋，望到客人，带了一点害羞的神气，"这是一个已经离开了世界的人，在那个布口袋里，装的是他的骨灰，在一个妇人的心胸里，装的是他的爱情。"说过后，低下头凄凉地笑着，眼睛却潮湿了。

总爷就说："玫瑰要雨水灌溉，爱情要眼泪灌溉。不知为什么事情，年纪轻轻的就会死去？"

"……"

妇人便告着这男子生前的一切。才知道这男子是一个士兵，在 ××× 无意中被一个人杀死，死时年龄还不到二十五岁，妇人住在 ×× 附近，听

到了这事赶过 ××× 去，因为不能把死尸带回，才把男子烧成灰，装在一个口袋里。话说到末尾，那妇人用一种动人的风度，望到两个男子，把这个叙述结束到下面句子里：

“流星太捷，他去的不是正路，虹霓极美，可惜他性命不长！”

说完后，重复把头低下去，用袖口擦到眼角。

那客店妇人，见到这情形，便把两只手互相捏着，走过来了一点，站在他们的中间，劝慰到那个年轻妇人：“一切皆属无常。谁见过月亮常圆，谁能要星子永远放光？好花终究会谢，记忆永远不老。”可是那年轻妇人听到那个话，正因为被那种“在一切无常中永远不老”的记忆所苦，觉得十分伤心，就哭了。

过一会儿后，这妇人背了门外那个口袋走了，客店人站到门边向妇人所去一方望了许久，才回过身来，向两个客人轻轻地吁着，还轻轻地念着神巫传说一个歌词上的两句歌：

“年轻人，不是你的事你莫管，你的路在前途离此还远。”

那个城里人沉默了半天没有说话。

到后这一行人又重新上路了。

他们当天落黑时，还应当赶到总爷那个位置在 ×× 山一片嘉树成荫的石头堡寨上，同在一个大木盆里用滚热的水洗脚，喝何首乌泡成的药酒，用手拉蒸鹅下酒，在那血梼木做成的大床上，拥了薄薄的有干果香味的新棉被睡觉，休养到这一整天的疲乏。

6. 矿场

边境地方一地之主的城堡，位置在边境山岭的北方支脉上，由发源于边境山中那一道溪流，弯弯地环抱了这个石头小城。城堡前面一点，下了一个并不费力的斜坡，地形渐次扩张，便如一把扇子展开了一片平田。秋天节候华丽了这一片大坪，农事收获才告终结，田中各处皆金黄颜色的草积，同用白木做成的临时仓库，这田坪在阳光下便如一块东方刺绣。城堡后面所依据的一支山脉，大树千章，葱茏郁合，王杉向天空矗去，远看成一片墨绿。巨松盘旋空际，如龙蛇昂首奋起。古银杏树木叶，已开始变成黄色，艳冶动人，于众树中如穿黄袍之贵人。城堡前有平田，后依高山，边境大山脉曲折蜿蜒而西去，堡墙上爬满了薜萝与葡萄藤，角楼上竖一高桅，角楼旁安置了四尊古铜炮，一切调子庄严而兼古朴。这城堡是常常在一些城市中人想象中，却很少机会为都会市民目击身经的。

这城堡一望而知是有了年龄的。这是一个古土司的宫殿所在地，一个在历史上有了一点儿声名的“王杉堡垒”。山后的杉树，各有五百年以上的岁数。堡主从祖父的祖父就有了这边境的土地和农夫，第七世才到了昨天那一位陪了城市中人下乡的有仪貌善辞令的总爷。这总爷除了在堡内据了那个位置略南的古宫殿，安置他的一家外，围绕了这古宫殿，堡内尚住下了一百家左右的农户，每一家屋子里各有他的牲畜家禽和妇人儿女，各人皆和平安分地住下，按照农夫的本分，春天来把从堡主所分配得到的田亩播种，夏天拔草，秋时收获，冬天则一家十分快乐地过一个年。每一家皆有相当的积蓄，这积蓄除了婚丧所耗以外没有用处。就常常买下用大铁筒装好的水银，负了上城去换取银器首饰同生活所必需的棉纱。每家皆有一张机床，每一个妇人皆能织棉布同麻布。凡属在这古堡表面所看到的古典的美丽处，每一个农户的生活与观念，每一个农人的灵魂，都恰恰与这古堡相调和一致。

矿场去堡上约有二里，从堡上过矿场，只沿了那条绕过堡垒的小河而东走，过一山岨，经过四个与王杉城堡成犄角形势的小石，在最后一个石下斜坡上，就可望到那一片荒山乱石下面的村落了。

堡内农户房屋，多黑色屋顶，黄泥墙垣，且秩序井井有条，远远望去显明如一种图案。矿场村落却恰恰相反，一切房子多就了方便，用荒石砌成，墙壁是石头的，屋顶不是石头的也压上无数石块，且房屋地位高下不等，各据了山地作成房屋的基础，远看不会知道那里有多少人家。矿场除了一些小商人以外，其余就多数是依靠了那一带石山为生活的人。远远望去，只见各处皆堆积荒石成小阜，各处皆是制汞灶炉的白烟，各处皆听到有一种锤子敲打石头的声音，间不久时候，又可以听到訇的一声炮响。一个陌生的人到了这种地方，见到此种情景，他最先就将在他自己感觉上发生一个问题："这就是那个产生宝贝，供给神仙粮食的所在地方吗？"他会不大相信这个地方，朱砂同水银，是那么吓人平常的一种东西，但他只要下去一点，他就可以见到那些人，用大秤钩挂了竹筐同铁筒所称量的，就正是朱砂和水银。这实在是一个古怪地方，隐藏在地下，同靠到了那地下的东西而生存的人，全是古怪的。

这矿还是在最近不久才恢复过来的。当各处革命兴起时节，矿场中因为官坑占了一部分，曾驻了一连军队，保护到矿场的秩序。正当城中杀戮紧急时，这一面边境上游民和工人也有了一次暴动。一千余游民工人集合在一处，夺取兵士的枪械，发生了一种战争。结果死了一些人，烧去了无数小屋同草棚，所有官坑私坑也就完全炸毁了。革命结束以后，一切平定了，城中军队经过改编，皆改驻其他地方。官私坑既已炸毁，官家一时不能顾及这点矿地，私人方面各存观望不敢冒险来此，商人则因为下游尚未知道消息，货物即有来源也无去路，因此地方人心秩序恢复以后，矿地种种一时还无从恢复。这件事除了堡上的总爷来努力以外，别无可希望了。这总爷因此到城中去商洽，把新军请来，且保证到军民之间的无事，又向城中商人接洽，为他们物质方面的债务作一种信用担保，在一极短时期中，用魄力与金钱恢复了矿地原来的秩序。到后官坑重新开了工，私人的小山头也渐次开了工，一切都恢复了原来的旧观，各处皆可以听到炮声同敲打石头的声音，石工也越来越多，山下做朱砂水银交易的市集，也恢复了五日一集的习惯。于是许多被焚烧过的地方，有人重新斫了树木搭盖茅棚，预备复兴家室。有人重新砌墙搭灶，预备烧锅制酒。有人从各处奔来做生意，小商人也敢留住在场上小客店里放账做期货交易了。

因为官方有大坑，在场积上住得有军队，同一个位置不大收入可观的监督，且常常可见到从城中骑马来的小官员了。那些收砂买水银的小商人，有些住在矿地自己的小店里，有些住到本地人所开的客店里，照例同厂方同官吏都得有一种交谊，相互的酬酢。因此按照风气，在矿地方面，还开了一间很值得城市中人试试的馆子，这馆子里的一切必需用品，全是从城中带来的，那一位守在锅边的大司务，烹调手段也是不下于城中军校厨房中人物的。

矿地有些是露坑，有些又是地下坑，因为开采的时间已极久远，故各处碎石皆堆积如山陵。大部分男子多按照一定价格为矿坑所有人做工；小部分男子，同那些妇人小孩，便提了竹篮，每日到正在开采的矿坑边上荒石所在处，爬找荒砂。矿坑除了划定区域的正坑以外，任何地方的荒石，皆尚有残砂可得。这些人从荒石中拣出有砂的石头，回到家中踞坐到屋门前，用锤子砸出那些红色的颗粒，再把这些东西好好地装到竹筒中去。这些零碎的货物，同到正坑里工人私自带出的货物，另外一时，自然就有那种收荒的商人，排家去收买。收买这种东西时，自然比应当得到价钱要少一点，有时用钱收买，有时用一点糖，或一点妇人所需要的东西，就可以把它掉换到手了。

制汞处多用泥灶，上面覆盖一个锅子，把成色较差的砂石，用泥瓶装好放到灶中去烧炼，冷却后，就从泥瓶同锅上以及作灶的泥砖里得到那种白色流动的毒物。制汞工人脸色多是苍白的，都死得很早，但这种工人因为必不可少的技术，照例收入也比较多，地位也比较好。

当那个城市中人来到矿场时，×× 地方的矿场，刚恢复了三个月，但去年来的一切焚杀痕迹皆不可找寻，看到那种热闹而安静的情形，且使人不大相信这地方也有过这类事情发生了。

7. 去矿山的路上

王杉古堡的总爷，安置了他的城中朋友在一间小而清静的房间，使他的朋友在那有香草同干果味道的新棉被里极舒服地睡了一晚。第二天，先打发了人来看看，见朋友已醒了，就走了过来，问候这朋友，晚上是不是还好。那时城市中人正从窗口望到堡外的原野，朝日金光映照到一切，空气清新而滋润。

那城市中人望到总爷笑着："总爷，一切都太好了，我有生以来还是第一次睡得那么甜熟舒适，第一次醒来那么快乐。"

总爷说："安静同良好空气，使老师觉得高兴，我这做主人的倒太容易做主人了。乡下一切都是那么简陋，不比城中方便，你欢喜早上吃点什么？请你告给我。"

"随便一点吧……"

"是的，就随便做一点，×× 地方的神就是极洒脱的，让我去告他们预备一点东西，吃过后我们到矿场去看看那个地方吧。"

总爷今天把身上的装束同口中的言语皆换了一下，因为他明白了他的朋友在那种谈话风格上，有些费事费力。

两人把早饭吃过后，骑了马过矿场去，一出堡外，为了那种天气太好，实在不好意思骑到马上了，就要跟身的人把马牵到后面跟着，两人缓缓地沿了下坡的路步行走去。早晨的美丽，照例不许形容的，因为人世的文字，还缺少描写清晨阳光下一切的能力。单只路旁草尖上、蛛网上，露水所结成的珠子，在晨光中闪耀的五色，那种轻盈与灵活，是微笑，是羞怯，是谁做成又为谁而做？这个并不止不许人去描写，连想象也近于冒失的。这东西就只许人惊讶，使人感动。那个一地之长的总爷，对这件事有了一个最好的说明。当两人皆注意到那露珠时，总爷就说：

"老师，神是聪明的，他把一切创造得那么美丽，却要人自己去创造赞美言语。即或那么一小点露水，也使我们全历史上所有诗人拙于言语来阿谀。从这事上我们可以见出人类的无能与人类的贫乏。人类固然能够酿造烧酒，发明飞机，但不会对自然的创作有所批评，说一句适当的话。"

那城市中人说："创造一切美，却不许人用恰当的言语文字去颂扬，那么说来神是自私的了！”

“老师，我不能承认你这点主张。神不是自私的。因为他创造一切，同时在人类中他也并不忘记创造德性颜貌一切完全的人。但在这种高尚的灵魂同美丽的身体上，却没有可安置我们称誉的地方。这不是神的自私，却是神的公正。由于人力以外而成的东西，原用不着赞美而存在的。一切美处使人无从阿谀，就因为神不须乎赞美。”

“这样说来，诗人有时是一种罪人了。因为每一个诗人，皆是用言语来阿谀美丽诋毁罪恶的。”

“老师，很抱歉，我不大明白诗也不大尊敬诗人，因为我是一个在自然里生活的人。但照到你所说的诗人，我懂得你对于这种人的意思。在人类刑法中，有许多条款使人犯罪，作诗现在还不是犯罪的一种。但毫无可疑，他们所做的事，却实在是多数人同那唯一的神都无从了解的。由于他们的冒失，用一点七拼八凑而成的文字，过分大胆地去赞美一切，说明一切，所以他们各得了他们应得的惩罚，就是永远孤独。但社会在另一方面又常常是尊重他们鼓励他们的，就因为他们用惯了那几千符号，还能保存一点历史的影子，以及为那些过分愚蠢的人，过分褊狭的人，告给一些自然的美同德性的美。这些事在一个乡下人可有可无，一个都市中人是十分需要的。一个好诗人像一个神的舌人，他能用贫乏的文字翻出宇宙一角一点的光辉。但他工作常常遭遇失败，甚至于常常玷污到他所尊敬的不能稍稍凝固的生命，那是不必怀疑了的。”

“你这种神即自然的见解，会不会同你对科学的信仰相矛盾？”

“老师，你问得对。但我应当告你，这不会有什么矛盾的。我们这地方的神不像基督教那个上帝那么顽固的。神的意义在我们这里只是‘自然’，一切生成的现象，不是人为的，由他来处置。他常常是合理的、宽容的、美的。人做不到的算是他所做，人做得的归人去做。人类更聪明一点，也永远不妨碍到他的权力。科学只能同迷信相冲突，或被迷信所阻碍，或消灭迷信。我这里的神并无迷信，他不拒绝知识，他同科学无关。科学即或能在空中创造一条虹霓，但不过是人类因为历史进步聪明了一点，明白如何可以成一条虹，但原来那一条非人力的虹的价值还依然存在。人能模仿神迹，神应当同意而快乐的。”

“但科学是在毁灭自然神学的。”

“老师，这有什么要紧？人是要为一种自己所不知的权力来制服的，皇帝力量不能到这偏僻地方，所以大家相信神在主宰一切。在科学还没有使人人能相信自己以前，仍然尽他们为神所管束，到科学发达够支配一切人的灵魂时候，神慢慢地隐藏消灭，这一切都不需我们担心。但神在 ×× 人感情上占的地位，除了他支配自然以外，只是一个抽象的东西，是正直和诚实和爱。科学第一件事就是真，这就是从神性中抽出的遗产，科学如何发达也不会抛弃正直和爱，所以我这里的神又是永远存在不会消灭的。”

那城市中人在这理论上，显然同意了那个神的说明，却不愿意完全承认完全同意的。在朋友说完以后，他接着就说：“总爷，从另外一个见解上看来，科学虽是求真的事情，它的否认力量和破坏力量，在以神为依据的民族上面所生的影响，在接受时，转换时，人民的感情上和习惯上，是会发生骚乱不安的。我想请你在这一点上，稍稍注意一下。我对这问题在平时缺少思索，我现在似乎做着抛砖引玉的事情。”

那总爷说：“老师，你太客气了点。你明白，这些空话，是只有你来到这里，才给我一个机会谈到的。平常时节，我不作兴把思想徘徊到这个理论上面。你意思是以为我们聪明了一点，从别个民族进步上看来，已到了不能够相信神的程度，但同时自己能力却太薄弱了，又薄弱得没有力量去单独相信我们自己，结果将发生一点社会的悲剧，结果一切秩序会因此而混乱，结果将有一时期不安。老师，这是一定的，不可免的。但这个悲剧，只会产生于都会上，同农村无关。预言是无味的，不可靠的，但这预言若根据老师那个理由，则我们不妨预言，中国的革命，表面上的统一不足乐观。中国是信神的，少数受了点科学富国强种教育的人，从国外回来，在能够应用科学以前，先来否认神的统治，且以为改变组织即可以改变信仰。社会因此在分解，发生不断的冲突，这种冲突，恐怕将给我们三十年混乱的教训，这预言我大胆地同你谈到，我们可以看看此后是什么样子。”

城市中人微笑着，总爷从他朋友的微笑上，看得出那个预言，是被“太大胆了一点的假定”那种意思否认到的，他于是继续了下面的推理。

“老师，照这预言看来，农村的和平自然会有一日失去的。农民的动摇不是在信仰上，应当是在经济上。可是这不过是我们的一点预言，这预言从一点露水而来，我们不妨还归到露水的讨论吧。请你注意那边，那一丛白色的禾梗旁，那点黄花，如何惊人！是谁说过这样体面的言语：自然不随意在一朵花上多生一根毫毛。你瞧，真是……”

两人合并起来应有八十年的寿命，但却为那点生命不过数日，在晨光积露中的草花颜色与配置吸引了过去，徘徊了约十分钟。两人一面望到这黄花进行了一些愉快而又坦白的谈话，另外远处一个女人的歌声，才把他们带回到“人事”上来。

歌声如一线光明，清新快乐浮荡在微湿空气中，使人神往情移。

城市中人说：“总爷，×× 地方使人言语华丽的理由，我如今可明白了，因为你们这地方有一切，还有这种悦耳的歌声！”

总爷微微笑着，望到歌声所在一方，“老师，你这句话应当留下来说给那些唱歌人听的，这是一句诚实的话。可是你得谨慎一点，因为每一滴放光的露珠，都可以湿了你的鞋子，莫让每一句歌声，在你情感上中毒，是一件要紧的事。”

城市中人说：“我盼望你告我在这些事上，神所持的见解。”

“神对此事毫无成见，神之子对此事却有一种意见。当 ×× 族神巫独身各处走去替边境上人民禳鬼悦神时节，走过我们这里的长岭，在岭上却说下了那么两句话：好烧酒醉人三天，好歌声醉人三年。这个稍显夸张的形容，增加了本地的光荣。但这是一个笑话，因为那体面人并没有被歌声所醉，却爱上了哑子的。”

“我愿意明白这个神巫留在王杉堡上的一切传说。”

于是总爷把这个神巫的一切，为他的朋友一一述说，到后他们上了长坂，便望到矿山一切，且听到矿山方面石工的歌声同敲打石头声音了，他们不久就进到那个古怪地方，让一个石洞所吞灭了。

8. 在栗林中

秋天为一切圆熟的时节。从各处人家的屋檐下，从农夫脸上，从原野，从水中，从任何一处，皆可看到自然正在完成种种，行将结束这一年，用那个严肃的冬来休息这全世界。但一切事物在成熟的秋天，凝寒把湿露结为白霜以前，反用一种动人的几乎是妩媚的风姿，照耀人的眼目。春天是小孩一般微笑，秋天近于慈母一般微笑。在这种时节，照例一切皆极华丽而雅致，长时期天气皆极清和干爽，蔚蓝作底的天上，可常见到候鸟排成人字或一字长阵写在虚空。晚来时有月，月光常如白水打湿了一切；无月时繁星各依青天，列宿成行有序。草间任何一处皆是虫声，虫声皆各如有所陈诉，繁杂而微带凄凉。薄露湿人衣裳，使人在“夏天已去”的回忆上略感惆怅。天上纤云早晚皆为日光反照成薄红霞彩，树木叶子皆镀上各种适当其德性的颜色。在这种情形下，在 ×× 堡墙上，每日皆可听到 ×× 人镂银漆朱的羊角，芦叶卷成的竖笛，应和到 ×× 青年男女唱歌的声音，这声音浮荡在绣了花朵的平原上，徘徊在疏疏的树林里。

用那么声音那么颜色装饰了这原野，应是谁的手笔？华丽了这原野，应是谁出的主意？

若按照矿地那个一方之主的言语说来，×× 一切皆为镇筸地方天神所支配，则这种神的处置，是使任何远方来客皆只有赞美和感谢言语的。

各处歌声所在处，皆有大而黑的眼睛，同一张为日光所炙颜色微黑的秀美脸庞。各处皆不缺少微带忧郁的缠绵，各处都泛溢到欢乐与热情。各处歌声所在处，到另一时节，皆可发现一堆散乱的干草，草上撒满了各色的野花。

年岁去时没有踪迹，忧愁来时没有方向。城市中人在这种情形中，微觉得有种不安，扰乱到这个端谨自爱的城市中人的心情。每日骑了马到 ×× 附近各处去，常常就为那个 ×× 地方随处可遇的现象所摇动，先是常常因此而微笑，到后来却间或变成苦笑了。这个远方客人他缺少什么呢？没有的，这城市中人并不缺少什么，不过来到此间，得到些不当得到的与平时不相称的环境，心中稍稍不安罢了。

在新寨路上同总爷所说的话，有些地方他没有完全忘记，但这个一地之长原有一半当成笑话同他朋友说到的。他知道他朋友的为人，正直而守分，不大相信 ×× 的女人会扰乱这个远客的心绪，也不担心那种笑话有如何影响。一个城里绅士，在平时常常行为放荡言语拘谨，这种人平时照例不说女人的。但另外还有一种人，常常在某一时，言语很放肆随便，照那种陌生人看来，还几乎可以说是稍轻佻一点，但这种人行为却端谨自爱，是一个不折不扣的君子。×× 的堡上的主人，把他的朋友的身份，安置在较后一种人的身份上。正因为估计到这城里人不会有什么问题，故遇到并辔出游时，总指点到那些歌声所在处，带着笑谑，一一告给他的朋友，这里那里全是有放光的眼睛同跳动的心的地方。或者遇到他朋友独自从外边骑马散步归来时，总不免带了亲切蕴藉的神气，问到这个朋友：

“从城里来打猎的人，遇到有值得你射一箭的老虎没有？”

城里这一个，便微微笑着，把头摇摇，作了一个比平常时节活泼了点的表示，也带了点诙谐神气，回答他的朋友：

“在出产宝石的宝石坑边，这人照例是空手的。因为他还不能知道哪一颗宝石比其余宝石更好！”

那寨主便说：“花须用雨水灌溉，爱须用爱情培养。在这里，过分小心是不行的，过分拘持则简直是一种罪过。”

“我记得你前一次在路上所引那两句诗：朱华不觉得骄人，白露不能够怜人。胆小心怯的理由，便是还不忘记这两句诗。”

“是的，老师，龙朱说过的两句话，画出了 ×× 女人灵魂的轮廓。可是照到他另一个歌上的见解，却有下面的意思：爱花并不是爱花的美，只为自己年轻；爱人不徒得女人的爱，还应当把你自己的青春赠给她。爱是权利同义务相纠结糅杂的。凡打量逃避这义务的人，神不能保佑他。”

“可是宝石是五色的，谁应当算最好的一颗？”

“一切你觉得好的，照到这里规矩，你都可以用手去拾取！”

“我不知道如何……”

“是的，老师，我明白你的意思，在城市里你应当用谦卑装饰你女人的骄傲，用绫罗包裹你女人的身体，这是城里的规矩。你得守到这种规矩，方可以得到女人。可是这里一切都用不着！这是边境地方，是 ××，是神所处置的地方。这里年轻女人，除了爱情以及因爱情而得的智慧和真实，其余旁的全无用处。你不妨去冒一次险，遇到什么好看的脸庞同好看的手臂时，大胆一点，同她说说话，你将可以有福气听到她好听的声音。只要莫忘了这地方规矩，在女人面前不能说谎。她问到你时，你得照到她要明白的意思一一答应，你使她知道了你一切以后，就让她同时也知道你对于她的美丽所有的尊敬。一切后事尽天去铺排好了。你去试试吧，老师，让那些放光的手臂，燃烧你的眼睛吧。不要担心明天，好好处置今天吧。你在城市时，我不反对你为过去的历史和未来的希望而生活，到这里却应当为生活而生活。一个读书人只知道明天和昨天，我要你明白今天。”

城中人听到这种说教，就大笑了，说：“这种游戏，可不成了……”

那寨主不许他的朋友有说下去的机会就忙说：“老师，我问你，猎虎是什么？猎虎也是游戏！一切游戏都只看你在那个情形中，是不是用全生命去处置。忠于你的生命，注意一下这一去不来的日子，春天时对花赞美，到了秋天再去对月光惆怅吧。一切皆不能永远固定，证明你是个活人，就是你能在这些不固定的一小点上，留下你自己的可追忆的一点生活，别的完全无用！”

两人虽那么热烈的讨论到这件事情，但两人仍然是当作一种笑话，并不希望这事将成为一种认真事件的。但在另一时，却因此有些小问题，使城里这一个费了些思索。笑话不会有多少偏见，却并不缺少某种真理。当寨主的笑话，到城里那一个独自反复想到时，这些笑话在年轻人感情上发了酵，起了小小中毒的现象。一面听到 ×× 人的歌声，一面就常在自己的灵魂上，听到一种呼唤：“学科学的人，你是不行的。你不能欣赏历史，就应当自己造成一点历史！”一个人为了明白自己将来还有一段长长的寂寞日子，就为了这点原因，在他年轻时忽然决定了他自己，在自己生活中造作出一种惊人的历史，这样事情应当是可能的。

可是这历史如何去创造呢？谁给他那点狂热，谁能使他在一个微笑上发抖，谁够得上占领这个从城市里来的年轻人的尊贵的心？

“一切草木皆在日光下才能发育，×× 人的爱情也常存在日光中。”城市中人怀了一种期待，上了 ×× 石堡的角楼，眺望原野的风光。一片温柔的歌声摇撼到这个人的灵魂，这歌声不久就把他带出了城堡，到山下栗林去了。

栗林位置在石堡前面坡下约半里，沿了那一片栗林向南走去，便重新上了通过边界大岭的道路。向东为去矿场的路。向西为大岭一支脉，斜斜地拖成长陇，约有二里。陇坂上有桐茶漆梓，有王杉，有分成小畦栽种红薯同黍米的山田。大岭那一面，遍岭皆生可以造纸的篁筱，长年作一片深绿，早晚在雾里则多变成黑色。堡前平田里，有穿了白衣背负稻草的女人，同家中的狗慢慢走着，这女人是正在预唱的。在陇坂山田上，同大岭篁筱里，皆有女人的歌声。栗林里有人吹羊角，声音低郁温柔如羊鸣。

城市中人到了栗林附近，为那个羊角声音所吸引，所感动，便向栗林走去。黄黄的日头，把光线从叶中透过去，落叶铺在地上有如一张美丽的毡毯。在栗林里，一个手臂裸出的小孩子，正倚着一株老栗树，很快乐地吹他那个漆有朱红花纹的羊角，应和到远处的歌声，一见了生人，便用一种小兽物见生人后受惊的样子，望到这个不相识的人一笑，把角声止住了。城市中人说：

“小同年，你吹得不坏。”

小孩子如一个山精神气，对到陌生人狡猾地摇着头，并不回答。

城市中人就说：“你把那个给我看看。”小孩子仍然不说什么，只望到这生人，望了一会儿，明白这陌生人不可怕了，就把手上的羊角递给了他。原来这羊角的制作是同巫师用的牛角一样的，形制玲珑精巧，刮磨得十分光滑，在羊角下部，还用朱红漆绘了极美丽的曲线和鱼形花纹。角端却用芦竹做成的簧，角上较前一部分还凿了三个小孔，故吹来声音较之牛角悦耳。城市中人见到这美丽东西，放在自己口上吹出了几个单音，小孩见到就笑了。小孩“哪哪哪”地喊着笑着，把羊角攫回来，很得意地在客人面前吹了起来。且为了陇上的歌声变了调子，又在那个简单乐器上，用一只手捂到小孔，一只手捂了角底，很巧妙地吹出一个新鲜调子，应和到那远处的歌声。

一会儿，一样东西从头上掉落下来，吓了城市中人一跳，小孩子见到这个却大笑了。原来头上掉下的是自己爆落的栗子，小孩子见到这个，记起对于客人的尊敬了。把羊角塞到腰间，一会儿就爬上了栗树，摘了好些较嫩的刺球从树上抛下来，旋即同一只小猴子一般溜下来，为客人用小石捶出刺球中半褐半白的栗子，捧了一手献给客人，且用口咬着栗子，且告给客人：“这样吃，这样吃，你会觉得有桂花味道哪。”

城市中人于是便同小孩坐到树下吃那有桂花风味的栗子，一面听陇坂上动人的歌声。过一会儿，却见到小孩忙把羊角取出，重新吹了几下，另外地方有人喊着，小孩锐声回答着：“呦……来了！”到后便向客人笑了一下，同一只逃走的小獐鹿一样，很便捷地跑去，即刻就消失了。

栗林中从小孩走后，忽然清静了。城市中人便坐下来，望到树林中那个神奇美妙的日光，微笑着，且轻轻叹息着。

忽然近处一个女子的歌声，如一只会唱的鸟，啭动了它清丽的喉咙。这歌声且似乎越唱越近，若照他的估计没有错误，则这女人应是一个从陇上回到矿场的人，这时正打量从栗林中一条捷路穿过去，不到一会儿就应当从他身边走过的。他便望到歌声泛溢的那一方，不过一刻，果然就见到一条蓝色的裙同一双裸露着的长长的腿子，在栗林尽头灌木丛中出现了。再一会儿全身出现后，城市中人望到了她，她也望到了城市中人，就陡然把歌声止住，站定不动了。一个 ×× 天神的女儿，一个精怪，一个模型！那种略感惊讶的神情，仍然同一只獐鹿见了生人神情一样。但这个半人半兽的她并不打量逃跑，略迟疑了一下，就抿了嘴仍然走过来了。

城市中人立起挡着了这女人的去路，因为见到女子手腕上挂了一个竹篮，篮内有些花朵同一点紫色的芝菌，就遵守了 ×× 人语言的习惯，说：

“你月下如仙日下如神的女人，你既不是流星，一个远方来的客人，愿意知道你打哪儿来，上哪儿去，并且是不是可以稍稍停住一下？”

女孩子望到面前拦阻了她去路的男子，穿着一种不常见的装束，却用了异方人充满了谦卑的悦耳声音，向自己致辞，实在是一点意外的事，因此不免稍稍显得惊愕，退了两步，把一双秀美宜人的眼睛，大胆地固执地望到面前的男子，眼光中有种疑问的表情，好像在那么说着：“你是谁，谁派你来到这地方，用这种同你身份不大相称的言语，来同一个乡下女人说话？”可是看到面前男子的神气，到后忽然似乎又明白了，就露出一排白白的细细的牙齿笑了。

因为那种透明的聪慧，城市中人反而有些腼腆了，记起了那个一地之长所说的种种，重新用温柔的调子，说了下面几句话：

“平常我只听说有毒的菌子，今天我亲自听到有毒的歌……”

他意思还要那么说下去的，“有毒的菌子使人头眩，有毒的歌声使人发抖。”

女孩子用 ×× 年轻女孩特有的风度，把头摇摇作了一个否认的表示，就用言语截断了他的空话：

“好菌子不过湿气蒸成，谁知道明后日应雨应晴？好声音也不过一阵风，风过后这声音留不了什么脚踪。”

城市中人记起了酒的比喻，就说：

“好烧酒能够醉人三天，好歌声应当醉人三年。”

女孩子听到这个，把三个指头伸出，似乎从指头上看出三年的意义，望到自己指头好笑，随口接下去说：

“不见过虎的人见猫也退，不吃过酒的人见糟也醉。”

说完时且大笑了。这笑声同丽态在一个男子当前，是危险的，有毒的。这一来，城市中人稍稍受了一点儿窘，仿佛明白这次事情要糟了，低下头去，重新得到一个意思，便把头抬起，对到女孩，为自己作了一句转语：

“我愿做朝阳花永远向日头脸对脸，你不拘向哪边我也向哪边转。”

一线日光在女孩脸上正作了一种神奇的光辉，女孩子晃动那个美丽的头颅，听到这个话后，这边转转，那边转转，逃避到那一线日光，到后忽然就停住了，便轻轻地说：

“风车儿成天团团转，风过后它也就板着脸。”

说了又自言自语地说：

“朝阳花可不容易做，风车儿未免太活泼。”

但一切事情却并不那么完全弄糟，女孩子的机智和天真是同样在人格上放光的东西，一面那么制止到这个客人对于她的荒唐妄想，一面却依照了陌生人的要求，在那栗树浮起的根上，很安静地坐下了。她坐在陌生人面前，神气也那么见得十分自然，毫不慌张，因此使城中人在说话的音调上，便有一点儿发抖。等到这陌生男子把话说过后，不能再说了，就把嘴角缩拢，对陌生的客人作了一个有所疑惑的记号。低低地说道：

“好看的云从不落雨，好看的花从不结实。”

见陌生人不做声，以为不大明白那意思了，就解释着：

“好听的话使人开心，好听的话不能认真。”

城市中人便作了一些年轻男子向一个女子的陈诉；这陈诉带了 ×× 人

所许可的华丽与夸张，自然是十分动人的。他把女人比作精致如美玉，聪明若冰雪，温和如棉絮。他又把女人歌声比作补药，眼光比作福佑。女人在微笑中听完了这远方人混合热情与聪明的陈诉，却轻轻地说：

“客人口上华丽的空话，豹子身上华丽的空花；一面使人承认你的美，一面使人疑心你有点儿诡。”

说到末了时，便又把头点点，似乎在说：“我明白，我一切明白，我不相信！”这种情形激动了城市中人的血流，想了一会儿，他望到天，望到地，有话说了。他为那个华丽而辩护：

“若华丽是一种罪过，天边不应挂五彩的虹；不应有绿草，绣上黄色的花朵；不应有苍白星子，嵌到透蓝的天空！”

女孩子不间断地把头摇着，表示异议。那个美丽精致的头颅，在细细的纤秀颈项上，如同一朵百合花在它的花柄上扭动。

“谁见过天边有永远的虹？问星子，星子也不会承认。我听过多少虫声多少鸟声，谎话够多了我全不相信。”

城市中人说：

“若天上无日头同雨水，五彩虹自然不会长在眼前，若我见到你的眼睛和手臂，赞美的语言将永远在我的口边。”

女孩子低声说了一句：“呵，永远在口边，也不过是永远在口边！”自己说完了，又望望面前的陌生客人，看清楚客人并不注意到这句话，就把手指屈着数下来，一面计数一面说：

“日头是要落的，花即刻就要谢去，脸儿同嘴儿也容易干枯。”

数完了这四项，于是把两只圆圆的天工制作的美丽臂膀摊开，用一个异常优美风度，向陌生人笑了一下，结束了她的意见，说了下面的话：

“我明白一切无常，一切不定，无常的谎谁愿意认真去听？”

一个蜂子取了直线由西向东从他们头上飞过去，到后却又飞回来，绕了女孩子头上盘旋一会，停顿在一旁竹篮的花上了。这蜂子帮助了城市中人的想象。

“正因为一切无常，一切在成，一切要毁。一个女人的美丽，最好就是保存在她朋友的记忆里。不管黄花朱花，从不拒绝蜂子的亲近，不拘生人熟人，也不应当拒绝男子的尊敬。”

女孩子就说：

“花朵上涂蜜想逗蜂子的欢喜，言语上涂蜜想逗女子的欢喜；可惜得很——大屋后青青竹子它没有心，四月里黄梅天气它不会晴。”

城市中人就又引了龙朱的一些金言，巫师的一些歌词，以及从那个一地之长的总爷方面听来的 ×× 人许多成语，从天上地下河中解释到他对于她所有的尊敬，这种动人的诉说，却只得到下面的反响：

“菠菜茼蒿长到田坪一样青，这时有心过一会儿也就没有心。”

把话说过后，乘到陌生人低下头去思索那种回答的言语时，这女孩子站了起来，把篮子挂在手腕上，好像一支箭一样，轻便地，迅速地，向栗林射去，一会儿便消灭了。

城市中人望到那个女孩子所去的方向，完全痴了。可是他到后却笑了，他望过无数放光的星子，无数放光的宝石，今天却看到了一个放光的灵魂。他先是还坐到栗林里渗透了灿烂阳光的落叶上面，到后来却到那干燥、吱吱作响的落叶上面了。

“家养的鸟飞不远。”这句话使他沉入深邃的思索里去。

9. 日与夜

那个从城市中来此的人，对于王杉古堡总爷口说的神，同他自己在栗林中眼见的人，皆给他一种反省的刺激，都市的脉搏，很显然是受了极大影响的。这边境陌生的一切，正有力地摇动他的灵魂。即或这种安静与和平，因为它能给人以许多机会，同一种看来仿佛极多的暇裕，尽人思索自己，也可以说这要安静就是极怕人的。边境的大山壮观而沉默，人类皆各按照长远以来所排定的秩序生活下去。日光温暖到一切，雨雪覆被到一切，每个人皆正直而安分，永远想尽力帮助到比邻熟人，永远皆只见到他们互相微笑。从这个一切皆为一种道德的良好习惯上，青年男女的心头，皆孕育到无量热情与智慧，这热情与智慧，使每一个人感情言语皆绚丽如锦，清明如水。向善为一种自然的努力，虚伪在此地没有它的位置。人民皆在朴素生活中长成，却不缺少人类各种高贵的德性，城市中人因此常常那么想着：若这里一切一切全是很好的，很对的，那么，在另外许多地方，是不是有了一点什么错误？这种思想自然是无结果的，因为一个城市中人来过分赞美原始部落民族生活的美德，也仍然不免成为一种偏见！

到了这地方后，暂时忘了都市那一面是必须的。忘掉了那种生活，那种习气，那种道德，但这个城市中人，把一切忘掉以后，还不能忘记一个住在都市的好友。那朋友是一个植物学者，又对于自然宗教历史与仪式这种问题发生了极大的兴味。这城市中人还没有到 ×× 地方以前，就听到那个知识品德皆超于一切的总爷，谈到许多有毒的草木，以及 ×× 地方信神的态度，以及神与人间居间者的巫觋种种仪式，因此在一点点空闲中，便写了一个很长的信，告给他朋友种种情形。在这个信里述说到许多琐碎事情，甚至于把前些日子在栗林中所发生的奇遇也提到了。那信上后面一点那么说：

……老友，我们应当承认我们一同在那个政府里办公厅的角上时，我们每个日子的生活都被事务和责任所支配；我们所见的只是无数标本，无量表格，一些数目，一堆历史。在我们那一群同事的脸上，间或也许还可以发现一个微笑，但那算什么呢？那种微笑实在说来是悲惨的、无味的，那种微笑不过是每一个活人在事务上过分疲倦以后，无聊和空虚的自觉罢了。在那种情形下，我们自然而然也变成一个表格和一个很小的数目了。可是这地方到处都是活的，到处都是生命，这生命洋溢于每一个最僻静的角隅，泛滥到各个人的心上。一切永远是安静的，但只需要一个人一点点歌声，这歌声就生了无形的翅膀各处飞去，凡属歌声所及处，就有光辉与快乐。我到了这里我才明白我是一个活人，且明白许多书上永远说得糊涂的种种。

老友，我这报告自然是简单的、疏略的，就因为如果容许我说得明白一点，这样的叙述，没有三十页信纸是说不够的。王杉堡上的总爷说得不错，照他意思，文字是不能对于神所统治、神所手创的一切，加以谀词而得其当的。我现在所住地方，每一块石头，每一茎草，每一种声音，就不许可我在文字中找寻同它们德性相称的文字。让我慢慢地来看吧，让我们候着，等一会儿再说。我住到这里，请你不必为我担心，因为照到我未来此以前，我们原是为了这里的一切习俗传说而不安的，但这不安可以说完全是一件无益的事。还请你替我告给几个最好的同事，不妨说我正生活在一个想象的桃源里。

那个矿洞我同那个总爷已看过了，这是一个旧矿，开采的年代恐怕应当在耶稣降生前后。照地层大势看来，地下的埋藏量还十分可观。不过他们用的全是一种土法开采，迟缓而十分耗费。这种方法初见到使我发笑，这方法，当汉朝帝王相信方士需用朱砂水银时，一定就应当已经知道运用了。他们那种耗费说来实在使我吃惊。可是，在这里我却应当告给我的老友，这地方耗费矿砂，可从不耗费生命。他们比我们明白生命价值，生活得比我们得法。他们的身体十分健康，他们的灵魂也莫不十分健康。在智慧一方面，譬如说，他们对于生命的解释，生活的意义，比起我们的哲学家来，似乎也更明慧一点。

…………

这完完全全是一个投降的自白！使这城市中来人那么倾心，一部分原因是由于自己的眼见目及，一部分原因却是那个地位高于一切代表了 ×× 地方智慧与德性发展完全的总爷。数日来 ×× 地方环境征服了这个城市中人，另外那一个人，却因为他的言语，把城市中人观念也改造了。

他们那次第一回看过了矿坑以后，又到过了许多矿工家中去参观了一会儿的。末了且在那荒石堆上谈了许久，才骑了牲口，从大岭脚下，绕了一点山路，走到王杉古堡后面的树林中去。在大岭下他们看了本地制纸工厂，在树林中欣赏了那有历史记号的各种古树。两人休息到一株极大的杉树下面大青石板上时，王杉古堡的总爷，就为他的朋友，说到这树林同城堡的历史，且同时极详尽地指点了一下各处的道路。这城市中人，因此一到不久，对堡上附近地方就都完全熟悉了。

可是在矿地他遇见了一件新鲜事情。

矿地附近的市集是极可观的，每逢一六两日，这地方聚集了边境二十五里以内各个小村落的人民，到这里来做一切有无交易。一到了那个日子，很早很早就有人赶来了，从这里就可以见到各色各样的货物，且可以认识各色各样的人物。来到集上的，有以打猎为生的猎户，有双手粗大异常的伐树人，有肩膊上挂了扣花褡裢从城中赶来的谷米商人，有穿小牛皮衣裤的牛羊商人，有大胆宽脸的屠户，有玩狗熊耍刀的江湖卖艺人。还有用草绳缚了小猪颈项，自己颈项手腕却戴了白银项圈同钏镯，那种长眉秀目的苗族女子；有骑了小小烟色母马，马项下挂了白铜铃铛，骑在马上进街的小地主。总之各样有所买卖的人，到了时候莫不来此，混在一个大坪里，各做自己所当做的事情。到了时候，这里就成为一个畜生与人拥挤扰攘混杂不分的地方，一切是那么纷乱，却有一种鲜明的个性，留在一个异乡人印象上。

场坪内做生意的，皆互相大声吵闹着，争论着，急剧交换到一种以神为凭的咒语。卖小猪的商人，从大竹笼里拉了小猪耳朵，或提起小猪两只后脚，向他的主顾用边境口音大声讨论到价钱，小猪便锐声叫着，似乎有意混淆到这种不利于己的讨论。卖米的田主太太，包了白色首帕，站到簖前看经纪过斗。卖鸡的妇人，多蹲到地上，用草绳兜了母鸡公鸡，如卖儿卖女一样，在一个极小的价钱上常常有所争持，作出十分生气的神气。卖牛的卖去以后皆在头上缠一红布。牲畜场上经纪人，皆在肚前挂上极大的麂羊皮抱兜，成束的票据、成封的银元，皆尽自向抱兜里塞去；忙到各处走动，忙到用口说话，忙到用手作势，在一种不可形容的忙碌里处置一切。在成交以后，大家就嚷着、嚷着、大笑着，向卖烧酒的棚子里走去，一面在那地方交钱，一面就在那里喝酒。

场坪中任何一处，还可以见到出色的农庄年轻姑娘们，生长得苗条洁白，秀目小口，两乳高肿，穿了新浆洗过的浅色土布衣裳，背了黔中苗人用极细篾丝织成的竹笼，从这里小商人摊上购买水粉同头绳，又从那里另一个小摊上购取小剪刀同别的东西。

一切一切皆如同一幅新感觉派的动人的彩色图画，由无数小点儿，无数长片儿，聚集综合而成，是那么复杂，那么炫目，同时却又仍然那么和谐一致，不可思议。

还有一个古怪处所，为了那些猎户，那些矿工，那些戴耳环的苗子，以及一些特殊人们而预备的，就是为了决斗留下的一个空坪。

× × 地方照边境一地之长的堡上总爷说来，似乎是从无流血事情的。但这个总爷，当时却忘记告给他朋友这一件事了。堡内外农民，有家眷的矿工，以及伐竹制纸工人，多数是和平无争的。但矿地从各处漂流而来的独身工人，大岭上的猎户，各苗乡的强悍苗人，却因了他们的勇敢、真实以及男性的刚强，常常容易发生争斗。横亘边境一带大岭上的猎户，性格尤其不同平常，一个男子生下来就似乎只有两件事情可做，一是去深山中打猎，二是来场集上打架。当打猎时节，这些人带了火枪、地网、长矛子、解首刀、绳索、竹弩以及分量适当的药物同饮食，离了家向更深的山里走去，一去就十天八天。若打得了虎豹，同时也死去同伴时，就把死去的同伴掘坑埋好，却扛了死虎死豹还家。另一时，这些人又下了大岭来到这五日一集的场上，把所得到的兽皮同大蛇皮卖给那些由城里赶来收买山货的商人。仍然也是叫嚷同无数的发誓，才可以把交易说好。交易做成以后，得到了钱，于是这些人，一同跑到可以喝一杯的地方去，各据了桌子的一角，尽量把酒喝够了，再到一个在场头和驻军保护下设立的赌博摊上去，很豪迈也极公正地同人开始赌博。再后一时，这些豪杰的钱，照例就从自己的荷包里，转移到那些穿了风浆硬朗衣服，把钱紧紧地捏着，行为十分谨慎的乡下人手上去了。等到把钱输光以后，一切事都似乎业已做过，凭了一点点酒兴，一点点由于赌博而来的愤怒，使每一个人皆在心上有一个小火把，无论触着什么皆可燃烧。猎户既多数是那么情形，单身工人中不乏身强力大嗜酒心躁的分子，苗人中则多有部落的世仇，因此在矿山场坪外，牛场与杂牲畜交易场后面，便不得不专为这些人预备下一片空地，这空地上，每一场也照例要发生一两次流血战争了。

这战争在此是极合理的，同时又实在是极公正的。猎户的刀无时不随身带上，工人多有锤子同铁凿，苗人每一只裹腿上常常就插有一把小匕首。有时这流血的事为两种生活不同的人，为了求得其平，各人放下自己的东西，还可以借用酒馆中特为备妥分量相等的武器，或是两把刀，或是两条扁担。这些事情发生时，凡属对于这件事情关心注意，希望看出结果的，都可以跑到那一边去看看。人尽管站到一个较高较远地方去，泰然坦然，看那些放光的锐利的刀，那么乱斫乱劈，长长的扁担，那么横来斜去。为了策略一类原因，两人有时还跑着追着，在沉默里来解决一切，他们都有他们的规矩，绝不会对于旁边人有所损害。这些人在这时血莫不是极热的，但头脑还是极清楚的。在场的照例还有保正、甲长之类，他们承认这种办法，容许这种风气，就为的是地方上人都认为在法律以外的争持，只有在刀光下能得其平，这种解决既然是公正的，也就应当得到神的同意。

照通常情形，这战争等到一个人倒下以后，便应当告了结束。那时节，甲长或近于这一类有点儿身份的人物，见到了一个人已倒下，失去了自主防御能力时，就大声喊着，制止了这件事情。于是一切人皆用声音援助到受伤者：“虎豹不吃打下的人。英雄也不打受伤的虎豹！”照 ×× 风气，向一个受伤的东西攻击，应是自己的一种耻辱，所以一切当然了事了。大家一面喊着一面即刻包围拢去，救护那个受伤的人。得胜的那一个，这时一句话不说，却慢慢地从容地把刀上的血在草鞋底上擦拭，或者丢下了刀，走到田里去浣洗手上血污。酒馆中主人，平常时节卖给这些人最酽洌的烧酒，这时便施舍给他们最好的药。他有一切合用的药和药酒，还大多数在端午时按了古方制好，平时放到小口瓷瓶中，挂到那酒馆墙壁上，预备随时可以应用。一个受刀伤的人，伤口上得用药粉，而另外一点，还得稍稍喝一杯压惊！在这件事情上，那酒馆主人显得十分关心又十分慷慨，从不向谁需索一个小钱。到后来受伤者走了，酒馆主人无事了，把刀提回来挂好，就一面为主顾向大坛中舀取烧酒，一面同主顾谈到使用他那刀时的得失，作一种纯然客观无私的批评。从他那种安适态度上看来，他是不忘记每一次使用过他那两把刀的战争，却不甚高兴去注意到那些人所受的痛苦的。

这种稀奇的习俗，为这个城市中人见到以后，他从那小酒馆问明白了一切。回到堡上吃晚饭时，见到了 ×× 堡上总爷，就说给那个总爷知道，在那城市中人意见上看来，过分的流血是一件危险事情，应当有一种办法，加以裁判。

“老师，我疏忽得很，忘了把这件事先告给你，倒为你自己先发现了。”总爷为他朋友说明那个习俗保存的理由：“第一件事，你应当觉得那热心的老板是一个完美无疵的好人，因为他不借此取利。其次，你应当承认那种搏击极合乎规矩，因为其中无取巧处……是的，是的，你将说：‘既然 ×× 地方神是公平的，为什么不让神来处置呢？’我可以告诉你，他们不能因为有神即无流血的理由。×× 的神是能主持一切的，但若有所争持，法律不能得其平，把这个裁判委托于神，在神前发誓，需要一只公鸡，测验公理则少不了一锅热油。这些人有许多争持只是为了一点名誉，有些争持价值又并不比一只鸡或一锅油为多。老师，你想想，除了那么很公平地来解决两方的愤怒，还有什么更好方法没有？按照一个猎户或一个单身工人，以及一个单纯直率的苗人男性气质而言，他们行为是很对的。”

那城市中人说：“初见到这件事情时，我不能隐藏我的惊讶。”

“那是当然的，老师。但这件事是必然的，我已经说过那必然的道理了。”

城市中人对于那两把备好的武器，稍稍显出了一点城市中人的气，总爷望到他的朋友有可嘲笑的弱点，所以在谈话之间，略微露了一点怜悯神气。城市中人明白这个，却毫不以为侮，因为他并不否认这种习惯。他说：“若我们还想知道一点这个民族业已消灭的固有的高尚和勇敢精神，这种习俗原有它存在的价值。”

“老师，我同意你这句话。这是决斗！这是种与中国一切原始的文明同时也可称为极美丽的习俗，行将一律消灭的点点东西！都市用陷害和谋杀代替了这件事，所以欧洲的文明，也渐少这种正直的决斗了。”

“总爷，你的意见我不能完全认同，谋杀同陷害是新发明的吗？绝对不是。中国的谋杀和陷害，通行到有身份那个阶级中，同中国别方面文明一样极早就发达了，所有历史，就充满了这种记载。还有，如果我们对这件事还不缺少兴味，这件事……喔，喔，我想起来了，×× 地方的蛊毒，一切关于边地的记载，皆不疏忽到这一点。总爷，你是不是能够允许我从你方面知道一点详细情形？”

“关于这件事，我不明白应当用什么话来答复你了，因为我活到这里五十年，就没有见到过一次这样以毒人为职业的怪物。从一些旅行者以及足迹尚不经过 ×× 地方的好事者各样记载上，我却看了许多荒唐的叙述。那些俨然目睹的记录，实在十分荒唐可笑。但我得说：毒虫毒草在这里是并不少的。那些猎户装在小小弩机竹箭上的东西，需要毒药方能将虎射倒；那些生在路旁的草，可以死人也可以生人。但这些天生的毒物，绝不是为款待远客而预备的！”

“我的朋友之一，曾说过这不可信的传说，应溯之于历史‘反陷害’谣言那方面去。江充用这方法使一个皇帝杀了一个太子，草蛊的谣言，则在另一时，或发生过不少民族流血的事情。”

“老师，贵友这点意见我以为十分正确，使我极端佩服。不过我们既不是历史专家，说这个不能得到结果吧。我相信蛊毒真实存在，却是另外一种迷惑，那是不可当的，无救药的。因为据我所知，边界地方女孩子的手臂同声音，对于一个外乡年轻人，实在成为一种致命的毒药。”

“总爷，一切的水皆得向海里流去，我们的问题又转到这个上面来了。我不欲向你多所隐瞒，我前日实在遇了一件稀奇事情。”这城市中人就为他的朋友，说到在栗林中的所见所闻，那个女子在他印象上，占了一个如何位置。他以为极可怪处，并不因为那女子的美丽，却为了那女子的聪明。由于女子的影响，他自己也俨然在那时节智慧了许多，这是他所不能理解的。

他说得那么坦白，说到后来，使那个堡上总爷忍不住了他的快乐的笑容。

总爷说……

那时两个人正站到院落中一株梧桐下面，还刚吃完了晚饭不久，一同昂首望到天空。白日西匿，朗月初上，天空青碧无际。稍前一时，以堡后树林作为住处的鹰类同鸦雀，为了招引晚归的同伴，凭了一种本能的集群性，在王杉古堡的高空中，各用身体作一流动小点，聚集了无数羽禽，画了一个极大圆圈，这圆圈向各方推动，到后皆消灭到树林中去了。代替了这密集的流动黑点的，便是贴在太空浅白的星宿。总爷询问他的朋友，是不是还有兴味，同到堡外去走走。

不久他们就出了这古堡，下了斜坡，到平田一角的大路上了。

平田远近皆正开始昆虫的合奏，各处皆有乳白色的薄雾浮动，草积上有人休憩，空气中有一种甜香气息。通过边地大岭的长坂上，有从矿地散场晚归乘了月色赶过大岭的商人，马项下铜铃声音十分清澈。平田尽头有火光一团，火光下尚隐约可听到人语。边界大岭如一条长蛇，背部极黑，岭脚镶了薄雾成银灰色。回过头去，看看那个城堡，月光已把这城堡变了颜色，一面桃灰，一面深紫，背后为一片黑色的森林，衬托出这城堡的庞大轮廓，增加了它的神秘意味，如在梦中或其他一世界始能遇到的境界。

一切皆证明这里黄昏也有黄昏的特色。城市中人把身体安置到这个地方，正如同另一时把灵魂安顿到一片音乐里样子，各物皆极清明而又极模糊，各事皆如存在如不存在，一面走着一面不由得从心中吐出一个轻微叹息。这不又恰恰是城市中人的弱点了吗？总爷已注意到他的朋友了。

“老师，你瞧，这种天气，给我们应是一点什么意义？”

“从一个城市中人见地说来，若我们装成聪明一点，就应当作诗；若我们当真聪明，就应当沉默。”

“是的，是的，老师。你记起我上一次所说那个话，你同意我那种解释了。在这情形下面，文字是糟粕之糟粕。在这情形里口上沉默是必需的，正因为口上沉默，心灵才能欢呼。（他望了一下月光）不过这时还稍早了一点，等一等，你会听到那些年轻喉咙对于这良夜诉出的感谢与因此而起的爱悦。如果我们可以坐到前面一点那个草积上去，我们不妨听到二更或三更。在这些歌声所止处，有的是放光的眼睛、柔软的手臂，以及那个同夜一样柔和的心。我们还应当各处走去，因为可以从各种鸟声里，停顿在最悦耳那一个鸟身边。”

“在新鲜的有香味的稻草积上，躺下来看天上四隅抛掷的流星，我梦里曾经过那么一次。”

“老师，快乐是孪生的，你不妨温习一下旧梦。”

两人于是就休息到平田中一个大草积上面，仰面躺下了。深蓝而沉静的天空，嵌了一些稀稀的苍白色星子，覆在头上美丽温柔如一床绣花的被盖。月光照及地方与黑暗相比称，如同巧匠做成的图案。身旁除草虫合奏外，只听到虫类在夜气中振翅，如有无数生了小翅膀的精灵往来。

那城市中人说：“总爷，恢复了你 ×× 人的风格，用你那华丽的语言，为这景色下的传说，给一张美丽图画吧。”

堡上总爷便为他的朋友说了一些 ×× 人在月光下所常唱的歌，以及这歌的原来产生传说。那种叙述是值得一听的，叙述的本身同时就是一首诗歌，城市中人听来忘了时间的过去。若不为了远处那点快乐而又健康的男子歌声截断了谈话，两个人一定还不会急于把这谈话结束。

我不问乌巢河有多少长。
我不问萤火虫能放多少光。
你要去你莫骑流星去，
你有热你永远是太阳。
你莫问我将向哪儿飞，
天上的岩鹰鸦雀都各有巢归。
既是太阳到时候也应回山后，
你只问月亮“明夜里你来不来？”

这歌声只是一片无量无质滑动在月光中的东西，经过了堡上总爷的解释，城市中人才明白这是黄昏中男女分手时节对唱的歌，才明白那歌词的意义。总爷等候歌声止了以后，又说：“老师，你注意一下这歌尾曳长的‘些’字，这是跟了神巫各处跑去那个仆人口中唱出的，三十年来歌词还鲜明如画！这是《楚辞》的遗音，足供那些专门研究家去讨论的。这种歌在 ×× 农庄男女看来是一点补剂，因为它可以使人忘了过分的疲倦。”

城市中人则说因了总爷的叙述，使听者实在就忘了疲倦。且说他明白了一种真理，就是从那些吃肉喝酒的都会人口里只会说出粗俗鄙俚的言语，从成日吃糙米饭的人口中听出缠绵典雅的歌声。这种巧妙的处置，使他为神而心折。

他们离开草积后，走过了上次城市中人独自来过的栗林，上了长陇，在陇脊平路上慢慢走着，游目四瞩。大地如在休息，一匹大而飞行迅速的萤火虫，打两人的头上掠过去，城市中人说：

“这个携灯夜行者，那么显得匆忙。”

总爷说：“这不过是一个跑差赶路的萤火虫罢了。你瞧那一边，凤尾草同山栀子那一方面，不是正有许多同我们一样从容盘桓的小火炬吗？它们似乎并不为照自己的路而放光，它们只为的是引导精灵游行。”

两人那么说着笑着，把长陇已走尽了。若再过去，便应向堡后森林走去了，城市中人担心在那些大树下面遇着大蛇，故请求他的朋友向原来的路走回。他们在栗林前听到平田内有芦管奏曲的声音，两人缓缓地向那个声音所在处走去。到近身时在月光下就看到一个穿了白色衣裤的农庄汉子，翻天仰卧在一个草积上，极高兴地吹他那个由两支芦竹做成的管。两人不欲惊动这个快乐的人，不欲扫他的兴，就无声无息，站到月光下，听了许久。

月光中露水润湿了一切，那个芦管声音，到半夜后，在月下似乎为露水所湿，向四方飞散而去，也微微沉重一点。

10. 神之再现

那个城里来的客人，拥着有干草香味的薄棉被，躺在细麻布帐子里，思索自己当前的地位。觉得来到这个古怪地方，真是一种奇遇。人的生活与观念，一切和大都市不同，又恰恰如此更接近自然。一切是诗，一切如画，一切鲜明突出，然而看来又如何绝顶荒谬！是真有个神造就这一切，还是这里一群人造就了一个神？本身所在既不是天堂，也不像地狱，倒是一个类乎抽象的境界。我们和某种音乐对面时，常常如同从抽象感到实体的存在，综合兴奋、悦乐和一点轻微忧郁做成张无形的摇椅，情感或灵魂，就俨然在这张无形椅子上摇荡。目前却从实现中转入迷离。一切不是梦，惟其如此，所得正是与梦无异的迷离。

感官崭新的经验，仿佛正在启发他，教育他。他漫无头绪这样那样想：

……是谁派定的事？倘若我当真来到这个古怪地方，爱上了一个女孩子，我是留在这里享受荒唐的热情，听这个神之子支配一生，还是把她带走，带她到那个被财富、权势和都市中的礼貌、道德、成衣人、理发匠所扭曲的人间去，虐待这半原始的生物肉体与灵魂？

他不由得不笑将起来，因为这种想象散步所走的路似乎远了一点，不能不稍稍回头。一线阳光映在木条子窗格上。远处有人打水摇辘轳，声音咿咿呀呀，犹如一个歌者在那里独唱，又似乎一个妇人在那里唤人。窗前大竹子叶梢上正滴着湿露。他注意转移到这些耳目所及的事实上来了。明白时候不早，他应当起床了。

他打量再去矿山看看，单独去那里和几个厂家谈谈，询问一下事变以前矿区的情形。他想“下地”也不拒绝“上天”。因为他估计栗林中和他谈话的那个女孩子应当住在矿区附近，倘若无意中再和那女孩子碰头，他愿意再多知道一点点那女人的身世。这憧憬与其说是恋爱，不如说是好奇。一个科学家的性格是在发掘和发现，从发掘到发现过程中就包含了价值的意义。他好像原谅了他自已，认为这种对于一个生物的灵魂发掘，原是一点无邪的私心。

起床后有个脸庞红红的青年小伙子给他提了一桶温水，侍候他洗脸。到后又把早饭拿来，请他用饭。不见主人。问问那小伙子，才知道天毛毛亮时已出发，过长岭办事去了，过午方能回来。城里来客见那侍候他的小伙子，为人乐观而欢喜说话，就和那小伙子谈天。问他乡下什么是顶有趣的东西，他会些什么玩意儿。小伙子只是笑。到不能不开口时，却说他会唱点歌逗引女子，也会装套捕捉山猫和放臭屁的黄鼬鼠。他进过两次城，还在城中看过一次戏，演的是武松打虎。又说二三月里乡下也有戏，有时从远处请人来唱，有时本地人自己扮演，矿上卖荞麦面的老板扮秦琼，砦子里一个农户扮尉迟恭，他伏在地下扮秦琼卖马时的那匹黄骠马。十冬腊月还愿时也有戏，巫师起腔大家和声，常常整晚整夜唱，到天亮前才休息。且杀猪宰羊，把羊肉放在露天大锅里白煮，末了大家就割肉蘸盐水下酒，把肉吃光，把羊头羊尾送给巫师。

城市里的来客很满意这个新伙伴，问他可不可以陪过矿场去走走。小伙子说总爷原是要他陪客人的。

两人过矿场去时，从堡后绕了一点山路走去。从松林里过身，到处有小毛兔乱窜。长尾山雉咕咕地在林中叫着。树林同新洗过后一样清爽。

小伙子一路走一路对草木人事表示他的意见，用双关语气唱歌给城里客人听，一首歌俨然可得到两首歌的效果。

小伙子又很高兴地告给客人，今年满十五岁，过五年才能够讨媳妇。媳妇倒早已看妥了，就是砦子里那个扮尉迟恭黑脸农户的女儿。女的今年也十五岁，全砦子里五十六个女孩子，唯她辫子黑，眼睛亮，织麻最快，歌声最柔软。到成家时堡上总爷会送他一只母黄牛，四只小猪，一套做田的用具，以便独立门户。因为他无父无母，“尉迟恭”意思倒要他招赘，他可不干。他将来还想开油坊。开油坊在乡下是大事业，如同城里人立志要做督抚兵备道，所以说到这里时，说的笑了，听的也笑了。

城里人说：“凡事有心总会办好。”

小伙子说：“一个是木头，一个是竹子，你有心，他无心，可不容易办好。”

“别说竹子，竹子不是还可以做箫吗？”

“‘尉迟恭’是个什么样的人你可不知道。”

山脚下一个小牧童伏在一只大而黑的水牯牛背上唱歌，声音懒懒的。小伙子打趣那牧童接口唱道：

你歌没有我歌多，
我歌共有三只牛毛多，
唱了三年六个月，
（唱多少？）
刚刚唱完我那白水牛一只牛耳朵！

小牧童认识那小伙子，便呼啸着，取笑小伙子说：“你是黄骠马，不是白毛牛。”

小伙子快快乐乐地回答说：“我不是白毛牛，过三年我就要请你看我那只水牯牛了。我不许你吃牛屎，不许牛吃李子。”

小牧童笑着说：“担短扁担进城，你撇你自己。”吼着牛走下水田去了。

城里客人问："不许牛吃李子是什么意思？"

小伙子只是笑。过了一会儿却说："太上老君姓李，天地间从无牛吃主人儿子的道理。"

到得矿场山脚下那条小街上时，只见许多妇女坐在门前捶石头敲荒砂，各处是叮叮当当声音。且有矿工当街拉风箱，烧淬钢钻头。（这些钻头照例每天都得烧淬一次。）前几天有人在被焚烧过的空地上砍木头建造新屋，几天来已完工了。一切都显得有一种生气，但同时使城里人看来也不可免发一点感慨。因为朱砂水银已从两千年前方士手中转入现代科学家手中，延寿、辟邪，种种用途也转变作精细仪器和猛烈炸药。不料从地下石头里采取这个东西的人，使用的工具和方法，以及生活的情况，竟完全和两千年前的工人差不多。

看过矿山，天气很好。城里客人想，总爷一时不会回来，不如各处走走。就问那随身小伙子，附近还有什么地方，譬如大庙、大洞穴，可带他去看看。小伙子说这地方几个庙都玩过了，只有岭上还有几个石头砌的庙，不过距离远，来回要大半天，要去最好骑马去。山洞倒不少，大一点有意思一点的也在岭上，来回十多里路，同样得骑马去。洞穴里说不定有豹子，因为山上这些洞穴照例不是有人住就是有野兽住，去时带一支枪方便些。

小伙子想了一阵，问城里客人愿不愿看水井。井在矿山西头，水从平地沙里涌出，长年不冻不干，很有意思。于是他们到水泉边去看水井。

两人到得井边时，才知道原来水源不小。接连三个红石砌就的方井，一个比一个大，最小的不过方桌大，最大的已大到对径两丈左右。透明的水从白沙里向上泛，流出去成一道小溪。（这溪水就是环绕总爷堡砦那个小溪！）井边放了七八个大木桶，桶上盖着草垫，一个老头子不断地浇水到桶中去，问问才知道是做豆芽菜，因为水性极好，豆芽菜生长得特别肥嫩。溪岸两旁和井栏同样是用本地产大红石条子砌就的。临水有十来株大柳树，叶子泛黄了，细狭的叶子落满溪上，在阳光下如同漂浮无数小鱼。柳树下正蹲了十多个年轻妇女，头包青绸首帕，戴着大银耳环，一面洗衣洗菜一面谈笑。一切光景都不坏。

妇女们中有些前几天在矿区小街上见过他，知道是城里来的“委员”，就互相轻轻地谈说，且把一双一双黑光光的眼睛对来人瞅着。他却别有用意，想在若干宝石中拣出一颗宝石。几个年纪轻的女子好像知道他的心事，见他眼睛在众人中搜寻那面善的人，没有见到，就相互低声笑语。城里客人看看情形不大妥，心想，这不成，自己单独一人，对面倒是一大群，谈话或唱歌，都不是敌手，还是早早走开好。一离开那井泉边，几个年事极轻的女子就唱起歌来了。小伙子听这歌声后，忍笑不住。

“她们唱什么？”

“她们歌唱得很好。井边杨柳多，画眉鸟也多。”

城里客人要小伙子解释一下，他推说他听不懂唱的是什么歌。

井边女子的歌原来就是堡上总爷前不久告给他那个当地传说上的情歌。那歌词是——

笼中畜养的鸟它飞不远，
家中生长的人可不容易寻见。
我若是有爱情交把女子的人，
纵半夜三更也得敲她的门。

城里客人知道这歌有取笑他的意思，就要小伙子唱个歌回答她们。小伙子不肯开口，因为知道人多口多，双拳难敌四手，还是走路好。可是那边又唱了一个歌，有点取笑小伙子的意思。小伙子喉咙痒痒的，走到一株大樟树下坐着，放喉咙唱了一个歌：

水源头豆芽菜又白又多，
全靠挤着让井水来浇灌，

受了热就会瘦瘪瘪，

看外表倒比一切菜好看。

所说的虽是豆芽菜，意思却在讽刺女人。女的回答依然是一支旧歌，箭是对小伙子而发的。

跟随凤凰飞的小乌鸦，你上来，你上来，

让我问问你这件事情的黑白。

别人的事情你不能忘，不能忘。

你自己的女人究竟在什么地方？

小伙子笑着说：“她笑起我来了，再来一回吧。”他于是又唱了一个，把女的比作画眉鸟，只能在柳树下唱歌，一到冬天来，就什么也不成了。女的听过后又回答了一个，依然引用传说上的旧歌。

小伙子从结尾上知道这里有“歌师傅”，不敢再接声下去，向城里客人说：“好汉不吃眼前亏，我战不过她们。”

两个人于是向堡垒走去，翻过小山时，水泉边歌声还在耳边。两人坐在一株针叶松树下听歌，字句不甚清楚，腔调却异常优美。城里客人心想：“这种骂人笑人，哪能使人生气？”又问小伙子跑开不敢接口回唱的理由，才知道这地方有个习惯，每年谁最会唱歌，谁最会引用旧歌，谁就可得到歌师傅的称呼。他听出了先前唱歌的声音正是今年歌师傅的声音，所以甘愿投降。末了却笑着说：“罩鱼得用大鸡笼，唱歌还让歌师傅，不走不成！”

回转堡中，两人又爬上那碉楼玩了一会儿，谈论当地唱歌的体裁，城里客人才从小伙子方面知道这里有三种常用的歌。一种是七字四句头或五句一转头的，看牛，砍柴，割猪草小孩子随意乱唱。一种骈偶体有双关意思或引古语古事的，给成年男女表示爱慕时唱。一种字少音长的，在颂神致哀情形下唱。第一种要敏捷，第二种要热情，第三种要好喉咙。

将近日午时，远远地听得马项下串铃响，小伙子说是总爷的马串铃声。两人到堡下溪边去看，总爷果然回来了。

总爷一见他的朋友，就跳下马表示歉意："老师，对不起你，我有事，大清早就出了门。你到不到那边去了？"总爷说时把马鞭梢向矿山方面指指，指的恰好是矿山前水源头那个方向！

城里客人想起刚才唱歌事情，脸上不免有点发烧。向总爷说："你们这地方会唱歌的雀鸟可真多！"

总爷明白朋友意思指的是什么，笑着说道："蜂子有刺才会酿蜜，神把这两样东西放在一块也有它的用意。不过，老师，有刺的不一定用它螫人，吃蜜的也不会怕刺。你别心虚！"

"我倒并不存心取什么蜜。"

"那就更用不着心虚了。我们这小地方一切中毒都有解药，至于一个女孩的事情那又当别论。不过还是有办法，蛇咬人有蛇医，歌声中毒时可用歌声消解。"

总爷看看话也许说玄远了一点，与当前事实不合，又转口说："老师，你想看热闹吗？今晚上你不怕远，我们骑了马走五里路，往黄狗冲一个庄子上去看还愿去。我刚从那边过身，那里人还邀我吃饭，我告他们有客，道谢了。你高兴晚半天我陪你去看看。"

城里客人说："我来到这里，除了场上那个流血决斗，什么都高兴看！"

晚饭后两人果然就骑了马过黄狗冲，到得庄子前面大松树下时，已快黄昏。只见庄前一片田坪里，打扫得干干净净，许多人正在安排敬神仪式的场面：有人用白灰画地界，出五方八格；有人缚扎竹竿，竖立拱形竹门；有人安斗，斗中装满五谷；有人劈油柴缚大火燎。另外一方面还有人露天烧了大锅沸水，刮除供祭品用的猪羊毛，把收拾好了的猪羊挂在梯子上，开膛破腹，掏取内脏。大家都为这仪式准备而忙碌着。一个中年巫师和两个助手，头上裹缠红巾，也来回忙着。庄主人是个小地主，穿上月蓝色家机布大衫，青宁绸短褂，在场指挥。许多小孩子和妇人都在近旁谈笑。附近大稻草堆积上，到处都有人。另外还有好几条狗，也光着眼睛很专心似的蹲在大路上看热闹。

预备的原来是一种谢土仪式。等待一切铺排停当时，已将近戌刻了。那时节从总爷堡砦里和矿山上邀约来的和歌帮手也都换了新浆洗过的裤褂，来到场上了。场中火燎全点燃时，忽然显得场面庄严起来。

巫师换上了鲜红如血的缎袍，穿上青绒鞋，拿一把铜剑，一个牛角，一件用杂色缯帛做成的法物。（每一条彩帛代表一个人名，凡拜祭这个神之子做义父的孩子都献上那么一条彩帛，可望延寿多祐。）助手擂鼓鸣金，放了三个土炮，巫师就全副披挂地上了场。起始吹角，吹动那个呼风唤雨、召鬼乐神的镂花牛角，声音凄厉而激扬，散播原野，上通天庭。用一种缓慢而严肃的姿势，向斗坛跪拜舞蹈。且用一种低郁的歌声，应和洪壮的金鼓声，且舞且唱。

第一段表演仪式的起始，准备迎神从天下降，享受地上人旨酒美食，以及人民对神表示敬意的种种娱乐。大约经过一点钟久，方告完毕。法事中用牛角作主要乐器，因为角声不特是向神呼号，同时事实上还招邀了远近村庄男女老幼约三百人，前来参加这个盛会！

法事完毕时主人请巫师到预定座位上去休息。参加的观众越来越多，人语转嘈杂，在较黑暗地方到处是青年女子的首帕，放光的眼睛和清朗的笑语声。王杉堡的主人和城里客人，其时也已经把马匹交给随从，坐在田坪一角，成为上宾，喝着主人献上的蜜糖茶了。城里客人觉得已被他朋友引导到了一个极端荒唐的梦境里，所以对当前一切都发生兴味。就一切铺排看来，准知道这仪式将越来越有意思，所以兴致很好地等待下去。

第二趟法事是迎神，由两个巫师助手表演。诸神既从各方面前来参加，所以两个助手各换上一件短绣花衣服，象征天空云彩。在场中用各种轻便优美姿势前后翻着筋斗，表示神之前进时五彩祥云的流动。一面引喉唱歌娱神，且提出种种神名。（多数是历史上的英雄贤士，每提出一个名字时，场坪四隅和声的必用欢呼表示敬意。)又唱出各种灵山胜境的名称，且颂扬它的好处，然而归结却以为一切好处都不及当地人对神的亲洽和敬爱，乘好天良夜来这里人神同悦更有意思。歌词虽不及《楚辞》温雅，情绪却同样缠绵。乐器已换上小铜钹和小鼗鼓，音调欢悦中微带凄凉。慢慢地，男女诸神各已就位，第二趟法事在一曲短和声歌后就结束了。

休息一阵，坛上坪中各种蜡烛火燎全着了火，接连而来的是一场庄严的法事。献牲，奠酒，上表。大巫师和两个助手着上华丽法服，手执法宝，用各种姿势舞蹈。主人如架上牺牲一样，覆在巫师身后，背负尊严的黄表。场中光明如昼。观众静默无声。到后巫师把黄表取上，唱完表中颂歌，用火把它焚化。

上表法事完毕，休息期间较长。时间已过子夜，月白风清，良夜迢迢。主人命四个壮实男子，抬来两大缸甜米酒来到场坪中，请在场众人解渴。吃过甜米酒后，人人兴致转豪，精神奋发。因为知道上表法事过后，接着就是娱神场面，仪式由庄严转入轻快，轻快中还不缺少诙谐成分。前三趟法事都是独唱间舞蹈，这一次却应当是戏剧式的对白。由巫师两个助手和五个老少庄稼汉子组成，在神前表演。意义虽是娱神，但神在当前地位已恰如一贵宾、一有年龄的亲长，来此与民同乐。真正的对象反而由神转到三百以上的观众方面。

这种娱神戏剧第一段表演爱情喜剧，剧情是老丈人和女婿赌博，定下口头契约，来赌输赢。若丈人输了，嫁女儿时给一公牛一母牛作妆奁；若女婿输了，招赘到丈人家，不许即刻成亲，得自己铸犁头耕完一个山，种一山油桐，四十八根树木，等到油桐结子、大树成荫时就砍下树木做成一只船，再提了油瓶去油船，船油好了，一切要用的东西都由女婿努力办完备了，老丈人才笑嘻嘻地坐了船顺流而下，预备到桃源洞去访仙人，求延年益寿之方。到得桃源洞时，见所有仙人都皱着双眉，大不快乐。询问是何因缘，才知道事情原来相同，仙人也因为想做女婿，给老丈人派了许多办不了的事，一搁下来就是大几千年！这表演扮女儿的不必出场，可是扮女婿的却照例是当真想做女婿，事被老丈人耽搁下来的青年男子。

第二段表演小歌剧，由预先约定的三对青年男女参加，男的异口同声唱情歌，对女子表示爱慕，致献殷勤，女的也同样逃避、拒绝，而又想方设法接近这男子，诱引男子，使男的不至于完全绝望。到后三个男子在各种不同机会下不幸都死掉了。（一个是水中救人死掉的，一个是仗义复仇死掉的，一个是因病死掉的。）女子就轮流各用种种比喻唱出心上的忏悔和爱情，解释自己种种可原谅处，希望死者重生，希望死者的爱在另外一方面重生。

第三段表演的是战争故事，把战士所有勇气都归之于神的赐予，但所谓神也就恰恰是自己。战争的对方是愚蠢、自私和贪得，与人情相违反的贪得。结果对方当然失败灭亡。

三个插曲完毕后，巫师重新穿上大红法服，上场献牲献酒，为主人和观众向神祈福。用白米糍粑象征银子，小米糍粑象征金子，分给所有在场者。众人齐唱“金满仓，银满仓，尽地力，繁牛羊”，颂祝主人。送神时，巫师亢声高唱送神曲，众人齐声相和。

歌声止了，火燎半熄，月亮已沉，冷露下降。荒草中寒蛩齐鸣，正如同在努力缀系先前一时业已消失的歌声，重组一部清音复奏，准备遣送归客。蓝空中嵌上大而光芒有角的星子；美丽流星却曳着长长的悦目线路，消失在天末。场坪中人语杂乱，小孩子骤然发觉失去了保护人，锐声呼喊起来。观众四散，陆续还家，远近大路上，田塍上，到处有笑语声。堡中雄鸡已做第三次啼唤，人人都知道，过不久，就会天明了。

总爷见法事完毕，不欲聒吵主人，就拉他的朋友离开了田坪，向返回王杉堡大路走去。一面走一面问城里客人是不是累了一点。

两人走到那大松树下后，跟来的人已把两匹马牵到，请两人上马，且燃了两个长大火炬，预备还家。总爷说：“骑马不用火炬，吹熄了它，别让天上星子笑人！”城里来客却提议不用骑马，还是点上火把走路有意思些。总爷自然对这件事同意。火把依旧燃着，爆炸着，在两人前后映照着。两人一面走一面谈话。

城里的客人耳朵边尚嗡嗡咿咿地响着平田中的鼓声和歌声。总爷似乎知道他的朋友情感还迷失在先前一时光景里，就向他说：

“老师，你对于这种简单朴实的仪式，有何意见？让我听听。”

城里客人说：“我觉得太美丽了。”

“美丽也有许多种，即便是同样那一种，你和我看来也就大大不同。药要蜜炙，病要艾（爱）灸。这事是什么一种美？此外还有什么印象？”

城里的客人很兴奋地说：

“你前天和我说神在你们这里是不可少的，我不无惑疑，现在可明白了。我自以为是个新人，一个尊重理性反抗迷信的人，平时厌恶和尚，轻视庙宇，把这两件东西外加上一群到庙宇对偶像许愿的角色，总拢来以为简直是一出恶劣不堪的戏文。在哲学观念上，我认为‘神’之一字在人生方面虽有它的意义，但它已成历史的，已给都市文明弄下流，不必须存在，不能够存在了。在都市里它竟可说是虚伪的象征，保护人类的愚昧，遮饰人类的残忍，更从而增加人类的丑恶。但看看刚才的仪式，我才明白神之存在，依然如故。不过它的庄严和美丽，是需要某种条件的，这条件就是人生情感的素朴，观念的单纯，以及环境的牧歌性。神仰赖这种条件方能产生，方能增加人生的美丽。缺少了这些条件，神就灭亡。我刚才看到的并不是什么敬神谢神，完全是一出好戏，一出不可形容、不可描绘的好戏。是诗和戏剧音乐的源泉，也是它的本身。声音颜色光影的交错，织就一片云锦，神就存在于全体。在那光景中我俨然见到了你们那个神。我心想，这是一种如何奇迹！我现在才明白你口中不离神的理由。你有理由。我现在才明白为什么两千年前中国会产生一个屈原，写出那么一些美丽神奇的诗歌，原来他不过是一个来到这地方的风景记录人罢了。屈原虽死了两千年，《九歌》的本事还依然如故。若有人好事，我相信还可从这口古井中汲取新鲜透明的泉水！”

总爷听着城里客人的一番议论，正如同新征服一个异邦人，接受那坦白的自供，很快乐地笑着。

“你一定不再反对我们这种对于神的迷信了。因为这并不是迷信！以为神能够左右人，且接受人的贿赂和谄谀，因之向神祈请不可能的福佑，与不可免的灾患，这只是都市中人愚夫愚妇才有的事。神在我们完全是另一种观念，上次我就说过了。我们并不向神有何苛求，不过把已得到的——非人力而得到的，当它作神的赐予，对这赐予作一种感谢或崇拜表示。今夜的仪式，就是感谢或崇拜表示之一种。至于这仪式产生戏剧的效果，或竟当真如你外路人所说，完全是戏，那也极自然。不过你说的神的灭亡，我倒想重复引申一下我的意见，我以为这是过虑。神不会灭亡。我们在城市向和尚找神性，虽然失望，可是到一个科学研究室里去，面对着那由人类耐心和秩序产生的庄严工作，我以为多少总可以发生一点神的意念。只是那方面旧有的诗和戏剧的情绪，恐怕难于并存罢了。”

“总爷，你以为那是神吗？”

“我以为‘神’之一字我们如果还想望把它保存下去，认为值得保存下去，当然那些地方是和神性最接近的。神的对面原是所谓人类的宗教情绪，人类若能把‘科学’当成宗教情绪的尾间，长足进步是必然的。不幸之至却是人类选上了‘政治’寄托他们的宗教情绪，即在征服自然努力中，也为的是找寻原料完成政治上所信仰的胜利！因此有革命，继续战争和屠杀。它的代价是人命和物力不可衡量的损失，它的所得是自私与愚昧的扩张，是复古，政体也由民主式的自由竞争而恢复专制垄断。这不幸假若还必须找个负责者，我认为目前一般人认为伟大人物都应当负一点责。因为这些人思索一切，反抗一切，却不敢思索这个问题，也不敢反抗这个现象。”

城里客人说：“真是的！目前的人崇拜政治上的伟人，不过是偶像崇拜情绪之转变。”

总爷说：“这种崇拜当然也有好处，因为在人方面建造神性，它可以推陈出新，修正一切制度的谬误和习惯的惰性，对一个民族而言未尝不是好事。但它最大限度也必然终止于民族主义，再向前就不可能。所以谈世界大同，一句空话。原因是征服自然的应分得到的崇敬，给世界上野心家全抢去了。挽救它唯一办法是哲学之再造，引导人类观念转移。若求永生，应了解自然和征服自然，不是征服另一种族或消灭另一种族。"

一颗流星在眼前划空而下，消失在虚无里。城里客人说："总爷你说的话我完全同意！可是还是让我们在比较近一点的天地内看看吧。改造人类观念的事正如改造银河系统，大不容易！"

王杉堡的主人知道他朋友的意思，转移了他的口气：

"老师，慢慢来！你看过了我们这里的还愿，人和自然的默契。过些日子还可上山去看打大虫，到时将告给你另外一件事，就是人和兽的争斗。你在城市里看惯了河南人玩狗熊，弄猴子，不妨来看看这里人和兽在山中的情景。没有诗，不是画，倒还壮丽！"

照习惯下大围得在十月以后，因此总爷邀请他的朋友在乡下多住些日子，等待猎虎时上山去看看。且允许向猎户把那虎皮购来，赠给他的朋友作为纪念。

因为露水太重，且常有长蛇横路，总爷明白这两件东西对于他的朋友都不大受用，劝他上了马。两人将入堡砦时，天忽转黑，将近天明那一阵黑。等到回归住处，盥洗一过，重新躺进那细麻布帐子里闭上眼睛时，天已大明了。

城里的客人心里迷迷糊糊，似乎先前一时歌声火燎都异样鲜明地留在印象上，弄不分明这一夜看到的究竟是敬神还是演戏。

他想，怎不见栗林中那女孩子？他有点稀奇。他又想，天上星子移动虽极快，一秒钟跑十里或五十里，但距离我们这个人住的世界实在太远，所以我们要寻找它时，倒容易发现。人和人相处太近，虽不移动也多间阻，一堵墙或一个山就隔开了，所以一切碰头都近于偶然，不可把握的偶然。

他嘴角酿着微笑，被过度疲倦所征服，睡着了。

夫妇

移住到 ×× 村，以为可以从清静中把神经衰弱症治好的璜，某一天，正在院子中柚树边吃晚饭，对过于注意自己饮食的居停主人所办带血的炒小鸡感到束手。忽然听到有人在外面喊叫道：“看去看去，捉了一对东西！”声音非常迫促，真如出了大事，全村中人皆有非去看看不可的声势。不知如何，本来不甚爱看热闹的璜，也随即放下了饭碗，手拿着竹筷，走过门外大塘边看热闹去了。

出了门，还见人向南跑，且匆匆传语给路人说：

“在八道坡，在八道坡，非常好看的事！要去，就走，不要停了，恐怕不久会送到团上去！”

究竟是怎么回事，他是不得分明的。惟以意猜想，则既然人人皆想一看，自然是一件有趣味的事了。然而在乡下，什么事即“有趣”，想来是不容易使城中人明白的。

他以为或者是捉到了两只活野猪，也想去看看了。

随了那一面走路一面与路上人说话的某甲，脚步匆匆向一些平时所不经踏过的小山路走去，转弯后，见到小坳上的人群了。人群莫名其妙地包围成一圈，究竟这事是什么事还是不能即刻明白。那某甲，仿佛极其奋勇地冲过去，把人用力掀开，原来这聪明人看到璜也跟来看，以为有应当把乡下事情给城中客人看看的必要了，所以便很奋勇地排除了其余的人。乡下人也似乎觉得这应给外客看看，着忙各自闪开了一些。

一切展现在眼前了。

看明白所捉到的，原来是两个乡下人，想看活野猪的璜分外失望了。

但许多人正因有璜来看，更对这事本身似乎多了一种趣味。人人皆用着仿佛“那城里人也见到了”的神气，互相做着会心的微笑。还有对他的洋服衬衫感到新奇的乡下妇人，做着“你城中穿这样衣服的人也有这事么”的疑问。璜虽知道这些乡下人望到他的头发，望到他的皮鞋与起棱的薄绒裤，所感生兴味正不下于绳缚着那两人的事情，但仍然走近那被绳捆的人面前去了。

到了近身才使他更吓，原来所缚定的是一对年轻男女。男女全是乡下人，皆很年轻，女的在众人无怜悯的目光下不做一声，静静流泪。不知是谁还在女人头上插了极可笑的一把野花，这花几乎是用藤缚到头上的，女人的头略动时那花冠即在空中摇摆，如在另一时看来当有非常优美的好印象。

望着这情形，不必说话事情也分明了。假若他们犯了罪，他们的罪一定也是属于年轻人才有的罪过。

某甲是聪明人，见璜是“城里客人”，即来为璜解释这件事。事情是这样：有人过南山，在南山坳里，大草积旁发现了这一对。这年轻人不避人，大白天做着使谁看来也生气的事情，所以发现这事的人，就聚了附近的汉子们把人捉来了。

捉来了，怎么处置？捉的人可不负责了。

既然已经捉来，大概回头总得把乡长麻烦麻烦，在红布案桌前，戴了墨镜坐堂审案，这事人人都这样猜想。为什么非一定捉来不可，被捉的与捉人的两方面皆似乎不甚清楚。然而属于流汗喘气事自己无分，却把人捉到这里来示众的汉子们，这时对女人是俨然有一种满足，超乎流汗喘气以上的。妇女们走到这一对身边来时，便各用手指刮脸，表示这是可羞的事。这些人，不消说是不觉得天气好就适宜于同男子做某种事情应当了。老年人看了则只摇头，大概他们都把自己年轻时代性情中那点孩气与憨气忘掉了。有了儿女，风俗有提倡的必要了。

微微的晚风刮到璜的脸上，听着山上有人在吹笛，抬头望天，天上有桃红的霞。他心中就想到风光若是诗，必定不能缺少一个女人。

他想试问问被绳子缚定垂了头如有所思的男子，是什么地方来的人，总不是造孽。

男子原先低头，已见到璜的黑色皮鞋了。皮鞋不是他所常见的东西，故虽不忘却眼前处境，也仍然肆意欣赏了那黑色方嘴的皮鞋一番，且出奇那小管的裤子了。这时听人问他，问话的不像审判官，语气十分温和，就抬头来望璜。人虽不认识，但这人已经看出璜是同情自己的人了，把头略摇，表示这事所受的冤抑，且仿佛很可怜地微笑着。

“你不是这地方人么？”

这样问，另外就有人代为答应，说“绝对不是。”这说话的人自然是不至于错误的。因为他认识的人比本地所住的人还多。尤其是女人，打扮的样子并不与本村年轻女人相同。他又是知道全村女子姓名相貌的。但在璜没有来到以前，已经过许多人询问，皆没有得到回答。究竟是什么地方人，那好事的人也说不出。

璜又看看女人。女人年纪很轻，不到二十岁。穿一身极干净的月蓝麻布衣裳。浆洗得极硬，脸微红，身体颀长，风姿不恶。身体风度都不像个普通乡下女人。这时虽然在流泪，似乎全是为了惶恐，不是为了羞耻。

璜疑心或者这是两个年轻人背了家人的私奔事也不一定，就觉得这两个年轻人很可怜。他想如何可以设法让两人离开这一群疯子才行。然而做居停主人的朋友进了城，此间团总当事人又不知是谁。并且在一群民众前面，或者真会作出比这时情形更愚蠢的事也不可知。这时这些人就并不觉得管闲事的不合理。正这样想，就已经听到有人提议了。

有个满脸疙瘩再加上一条大酒糟鼻子的汉子，像是才喝了烧酒，把酒葫芦放下来到这里看热闹的样子。他从人丛中挤进来，用大而有毛的手摸了女人的脸一下，在那里自言自语，主张把男女衣服剥下，拿荆条打，打够了再送到乡长处去。他还以为这样处置是顶聪明合理的处置。这人不惜大声地嚷着，拥护这稀奇主张，若非另一个人扯了这汉子的裤头，指点他有“城里人”在此，说不定把话一说完，不必别人同意就会做他想做的事了。

另外有较之男子汉另有切齿意义，仿佛因为女人竟这样随便同男子在山上好风光下睡觉，极其不甘心的妇女，虽不同意脱去衣裤，却赞成“挞”，都说应结结实实地挞一顿，让他们明白胡来乱为的教训。

小孩子听到这话莫名其妙地欢喜，即刻便往各处寻找荆条去了。他们另一时常常为家中父亲用打牛的条子，把背抽得次数太多，所以对打贼打野狗野猫一类事，分外感到趣味。

璜看看这情形太不行了，正无办法。恰在此时跑来一个行伍出身，军人模样的人物。这人一来群众就起了骚动，大家争告给这人事件的经过，且各把意见提出。大众喊这人作“练长”，璜知道这必定是本村有实力的人物了，且不做声，看他如何处置。

行伍中人模仿在城中所常见的营官阅兵神气，双眉皱着，不言不语，忧郁而庄严地望着众人，随后又看看周围，璜于是也被他看到了。似乎因为有“城里人”在，这汉子更非把身份拿出不可了。于时小孩子与妇人皆围近到他身边成一圈，以为一个出奇的方法，一定可从这位重要人物的口中说出。这汉子，却出乎众人意料，喝一声：“站开！”

因这一喝，各人皆踉踉跄跄退远了。众人都想笑又不敢笑。

这汉子，就用手中从路旁扯得的一根狗尾草，拂那被委屈的男子的脸，用税关中人盘诘行人的口吻问道：

“从哪里来的？”

被问的男子，略略沉默了一会儿，又望望那练长的脸，望到这汉子耳朵边有一粒朱砂痣。他说：

“我是窑上的人。”

好像有了这一句口供已就够了的练长，又用同样的语气问女人，他问她姓：

“你姓什么？”

那女子不答，抬头望望审问她的人的脸，又望望璜。害羞似的把头下垂，看自己的脚，脚上的鞋绣有双凤，是只有乡中富人才会穿的好鞋。这时有在夸奖女人的脚的，一个无赖男子的口吻。那练长用同样微带轻薄的口吻问：

“你从哪里来的，不说我要派人送你到县里去！”

乡下人照例怕见官，因为官这东西在乡下人看来总是可怕的一种东西。有时非见官不可，要官断案，就正有靠这凶恶威风把仇人压下的意思。所以单是怕走错路，说进城，许多人也就毛骨悚然了。

然而女人被绑到树下，与男子捆在一处，好像没有办法，也不怕官了，她仍然不说话。

于是有人多嘴了，说“挞”。还是老办法，因为这些乡下人平时爱说谎，在任何时见官皆非大板子皮鞭竹条不能把真话说出，所以他们之中也就只记得“挞”是顶方便的办法，乘混乱中就说出了。

又有人说找磨石来，预备沉潭。这自然是一种恐吓。

又有人说喂尿给男子吃，喂女子吃牛粪。这自然是笑谑。

……

这些完全是近于孩子气的话。

大家各自提出种种虐待办法，听到这些话的男女皆不做声。不做声则仿佛什么也不怕。这使练长激动了，声音放严厉了许多，仍然复述先前别人说过的恐吓话，又像在说“这完全是众人意见，既然有了违反众人的事，众人的裁判是正当的，城里做官的也不能反对。”

女人摇着头，轻轻地说：

“我是从窑上来的人，过黄坡看亲戚。”

听到女人这样说话的男子，也怯怯地说话了，说：

“同路到黄坡。”

那审问官就问：

“同逃？”

女人对于逃字觉得用得大非事实，就轻轻地说：

“不是。是同路。”

在“同路”不“同逃”的解释上，众人推想因为路上相遇才相好的，大家哄笑。

捉奸的乡下人一个，这时才从团上赶来，正找不到练长，回来见到练长了，欢喜得如见大王报功。他用他那略显得狡猾的眼睛望着练长，笑眯眯地说怎样怎样见到这一对无耻的年轻人在太阳下做事。事情并不真正稀奇，稀奇处是“青天白日”。因为青天白日在本村的人除了做工就应当打盹，别的似乎都不甚合理，何况所做的事更不是在外面做的事。

听完这话，练长自然觉得这是应当供众人用石头打死的事了，他有了把握。在处置这一对男女以前，他还想要多知道一点这人的身家，因为在方便中皆可以照习惯法律，罚这人一百串钱，或把家中一只牛牵到局里充公，他从中也多少可叨一点光。有了这种想法的他，就仍然在那里讯取口供，不惮厌烦，而且神气也温和多了。

在无可奈何中，男子一切皆不能隐瞒了。

这人居然到后把男子家中的情形完全知道了，财产也知道了，地位也知道了，家中人也知道了，得意地笑。谁知那被捆捉的男子，到后还说了下面的话。他说他就是女子的亲夫。因为新婚不久，同返黄坡女家去看岳丈，走过这里，看看天气太好，于是坐到那新稻草积旁看风景，看山上的花。那时风吹来都有香气，雀儿叫得人心腻，于是记起一些年轻人可做的事，于是到后就被捉了。

到男子说完这话，众人也仿佛从这男女情形中看得出不是临时匹配的了。然而同时从这事上失了一种浪漫趣味的众人，就更觉得这是非处罚不行了。对于罚款无分的，他们就仍然主张挞了再讲。练长显然也因为男子说出是真夫妇，成为更彻底了的。

正因为是真实的夫妇，在青天白日下不避人地做了这样一些事情，反而更引起一种只有单身男子才有的愤恨骚动，他们一面想望一个女人无法得到，一面却眼看到这人的事情，无论如何将不答应的，也是自然的事。

明白了从头至尾这事的璜，先是出于意外地一惊，这时同练长来说话了。他要这练长把人放了。听过这话的练长望着璜的脸，大约是在估计璜“是不是洋人的翻译”。看了一会儿，璜皮裤带边的特别证被这人见到了，这人不愿意表示自己是纯粹乡下人，就笑着，想伸手给璜捏。手没有握成，他就在腿上搓自己那只手，起了小小反感，说：

“先生，不能放。”

“为什么？”

“我们要罚他，他欺侮了我们这一乡。”

“做错了事，赔赔礼，让人家赶路好了，没有什么可罚的！”

那糟鼻子在众人中说：“那不行，这是我们的事。”虽无言语但见到了璜在为罪人说话的男女，听到糟鼻子的话，就哄然和着。然而当璜回过头去找寻这反对的人时，糟鼻子赶忙把头缩下，蹲于人背后抽烟去了。

糟鼻子一失败，于是就有人附和了璜，代罪人向练长说好话的人来了。这中间也有女人，就是那类平时非常害怕“城里人”又极爱说闲话的中年妇人，可以谥之为长舌妇而无愧的。其中还有知道璜是谁的，就扯了练长黑香云纱的衣角，轻轻地告练长这是谁。听到了话的练长，点着头，心软了，知道敲诈的事不行，但为维持自己在众人面前的身份，虽知道面前站的是“老爷”，也仍然装着办公事的人的神气说：

“璜先生您对。不过我们乡下的事我不能作主，还有团总。”

“我去见你团总，好不好？”

“那也好吧，我们就去。我是没有什么的，只是莫让本乡人说话就好了。”

练长的狡猾，璜早就看透了。说是要见团总，其实就是把事情推到团总身上去，他就跟了这人走。于是众人闪开了，预备让路。

他们同时把一对男女也带去。一群人皆跟在后面看，一直把他们送到团总院子前，许多人还不曾散去。

天色夜了。

在团总处交涉得到了好的结果。狡猾的练长在璜面前无所施其伎俩，两个年轻的夫妇缚手绳子在团总的院中解开了。那练长，摆出卖人情的样子，向那年轻妇人说：

“你谢谢这先生，全是他替你们说话。”

女人正在解除头上乡下人恶作剧给她缠上的那一束花，听过这话后，就连花为璜作揖。这花束她并不弃去，还拿在手里。那男子见了，也照样作揖。练长早已借故走去，这事情就这样以喜剧的形式收场了。

璜伴送这两个年轻乡下人出去，默无言语，从一些还不散去守在院外的愚蠢好事的乡下人前面过身，因为是有了璜的缘故，这些人才不敢跟随。他伴送他们到了上山路，站到那里不走了，问他们饿了没有。男子说到达黄坡时赶得及夜饭。他又告璜这里去黄坡只六里路，并不远，虽天夜了，靠星光也可以走到他的岳家。说到星光时三人同时望天，天上有星子数粒，远山一抹紫，黄昏正开始占领地面的一切，夜景美极了。

璜说：“你们去好了，他们不会与你为难了。”

男子说：“先生住在这里，过几天我来看你。”

女人说：“天保佑你这好先生。”

那一对年轻夫妇就走了。

独立在山脚小桥边的璜，因微风送来花香，他忽觉得这件事可留作一种纪念，想到还拿在女人手中的那一束花了，于是遥遥地说：

“慢点走，慢点走，把你们那一把花丢到地下，给了我。”

那女人似乎笑着，为把花留在路旁石头上，还在那里等了璜一会儿，见璜不上来，那男子就自己往回走，把花送来了。

人的影子失落到小竹丛后了。得了一把半枯的不知名的花的璜，坐在石桥边，嗅着这曾经在年轻妇人头上留下很稀奇过去的花束，不可理解的心也为一种暧昧欲望轻轻摇动着。

他记起这一天来的一切事，觉得自己的世界真窄。倘若自己有这样的一个太太，他这时也将有一些看不见的危险伏在身边了。因此开始觉得这里是令人厌烦的地方了。地方风景虽美，但乡下人与城市中人一样无味，他预备明后天进城。

1929 年 7 月 14 日作

丈夫

落了春雨，一共有七天，河水涨大了。

河中涨了水，平常时节泊在河滩的烟船、妓船，离岸极近，船皆系在吊脚楼下的支柱上。

在楼上四海春茶馆喝茶的闲汉子，俯身临河一面窗口，可以望到对河宝塔边“烟雨红桃”好景致，也可以知道船上妇人陪客烧烟的情形。因为那么近，上下都方便，有喊熟人的声音，从上面或从下面喊叫。到后是互相见面了，谈话了，取了亲昵样子，骂着野话粗话，于是楼上人会了茶钱，从湿而发臭的甬道走去，从那些肮脏地方走到船上了。

上了船，花钱半块到五块，随心所欲吃烟睡觉，同妇人毫无拘束地放肆取乐。这些在船上生活的大臀肥身的年轻乡下女人，就用一个妇人的好处，热忱而切实地服侍男子过夜。

船上人，把这件事也像其他地方一样，叫作“生意”。她们都是为做生意而来的。在名分上，那名称与别的工作同样，既不和道德相冲突，也并不违反健康。她们从乡下来，从那些种田挖园的人家，离了乡村，离了石磨同小牛，离了那年轻而强健的丈夫，跟随了一个同乡熟人，就来到这船上做生意了。做了生意，慢慢地变成城市里人，慢慢地与乡村离远，慢慢地学会了一些只有城市里才需要的恶德，于是妇人就毁了。但那毁是慢慢地，因为很需要一些日子，所以谁也不去注意。而且也仍然不缺少在任何情形下还依旧好好地保留着那乡村纯朴气质的妇人。所以在本市大河妓船上，绝不会缺少年轻女子的来路。

事情非常简单，一个不亟亟于生养孩子的妇人，到了城市，能够每月把从城市里两个晚上所得的钱，送给那留在乡下诚实耐劳、种田为生的丈夫，在那方面就过了好日子，名分不失，利益存在。所以许多年轻的丈夫，在娶媳妇以后，把她送出来，自己留在家中耕田种地，安分过日子，也竟是极其平常的事情。

这种丈夫，到什么时候，想到那在船上做生意的年轻的媳妇，或逢年过节，照规矩要见见媳妇的面了，媳妇不能回来，自己便换了一身浆洗干净的衣服，腰带上挂了那个工作时常不离口的短烟袋，背了整箩整篓的红薯、糍粑之类，赶到市上来，像访远亲一样，从码头第一号船上问起，一直到认出自己女人所在的船上为止。问明白后，到了船上，小心小心地把一双布鞋放到舱外护板上，把带来的东西交给了女人，一面便用着吃惊的眼睛，搜索女人的全身。这时节，女人在丈夫眼下自然已完全不同了。

大而油光的发髻，用小镊子扯成的细细眉毛，脸上的白粉同绯红胭脂，以及那城市里人的神气派头，城市里人的衣服，都一定使从乡下来的丈夫感到极大的惊讶，有点手足无措。那呆相是女人很容易清楚的。女人到后开了口，或者问："那次五块钱得了么？"或者问："我们那对猪养儿子了没有？"女人说话时口音自然也完全不同了，变成像城市里做太太的大方自由，完全不是在乡下做媳妇的羞涩畏缩神气了。

听女人问起钱，问起家乡豢养的猪，这做丈夫的看出自己做丈夫的身份，并不在这船上失去，看出这城里奶奶还不完全忘记乡下，胆子大了一点，慢慢地摸出烟管同火镰。第二次惊讶，是烟管忽然被女人夺去，即刻在那粗而厚大的手掌里，塞了一支"哈德门"香烟的缘故。吃惊也仍然是暂时的事，于是这做丈夫的，一面吸烟一面谈话……

到了晚上，吃过晚饭，仍然在吸那有新鲜趣味的香烟。来了客，一个船主或一个商人，穿生牛皮长筒靴子，抱兜一角露出粗而发亮的银链，喝过一肚子烧酒，摇摇荡荡地上了船。一上船就大声地嚷要亲嘴要睡觉。那洪大而含糊的声音，那势派，都使这做丈夫的想起了村长同乡绅那些大人物的威风。于是这丈夫不必指点，也就知道往后舱钻去，躲到那后梢舱上去低低地喘气，一面把含在口上那支卷烟摘下来，毫无目的地眺望河中暮景。夜把河上改变了，岸上河上已经全是灯火。这丈夫到这时节一定要想起家里的鸡同小猪，仿佛那些小小东西才是自己的朋友，仿佛那些才是亲人；如今和妻接近，与家庭却离得很远，淡淡的寂寞袭上了身，他愿意转去了。

当真转去没有？不。三十里路，路上有豺狗，有野猫，有查夜放哨的团丁，全是不好惹的东西，转去实在做不到。船上的大娘自然还得留他上“三元宫”看夜戏，到“四海春”去喝清茶。并且既然到了市上，大街上的灯同城市中人更不可不去看看。于是留下了，坐在后舱看河中景致，等候大娘的空暇。到后要上岸时，就由船边小阳桥攀援篷架到船头；玩过后，仍然由那旧地方转到船上，小心小心使声音放轻，省得留在舱里躺到床上烧烟的客人发怒。

到要睡觉的时候，城里起了更，西梁山上的更鼓咚咚响了一会儿，悄悄地从板缝里看看客人还不走，丈夫没有什么话可说，就在梢舱上新棉絮里一个人睡了。半夜里，或者已睡着，或者还在胡思乱想，那媳妇抽空爬过了后舱，问是不是想吃一点糖。本来非常欢喜口含片糖的脾气，做媳妇的记得清楚明白，所以即或说已经睡觉，已经吃过，也仍然还是塞了一小片糖在口里。媳妇用着略略抱怨自己那种神气走去了。丈夫把糖含在口里，正像仅仅为了这一点理由，就得原谅媳妇的行为，尽她在前舱陪客，自己仍然很和平地睡觉了。

这样丈夫在黄庄多着！那里出强健女子同忠厚男人。地方实在太穷了，一点点收成照例要被上面的人拿去一大半，手足贴地的乡下人，任你如何勤省耐劳地干做，一年中四分之一时间，即或用红薯叶和糠灰拌和充饥，总还是不容易对付下去。地方虽在山中，离大河码头只三十里，由于习惯，女子出乡讨生活，男人通明白这做生意的一切利益。他懂事，女人名分仍然归他，养得儿子归他，有了钱，也总有一部分归他。

那些船只排列在河下，一个陌生人，数来数去是永远无法数清的。明白这数目，而且明白那秩序，记忆得出每一个船和摇船人样子，是五区一个老“水保”。

水保是个独眼睛的人。这独眼据说在年轻时节因殴斗杀过一个水上恶人，因为杀人，同时也就被人把眼睛抠瞎了。但两只眼睛不能分明的，他一只眼睛却办到了。一个河里都由他管事。他的权力在这些小船上，比一个中国的皇帝、总统在地面上的权力还统一集中。

涨了河水，水保比平时似乎忙多了。由于责任，他得各处去看看，是不是有些船上做父母的上了岸，小孩子在哭奶了。是不是有些船上在吵架，需要排难解纷。是不是有些船因照料无人，有溜去的危险。在今天，这位大爷，并且要到各处去调查一些从岸上发生影响到了水面的事情。岸上这几天来出过三次小抢案，据公安局那方面人说，凡地上小缝小罅都找寻到了，还是毫无线索。地上小缝小罅都亏那些体面的在职从公人员找过，于是水保的责任便到了。他得了通知，就是那些说谎话的公安局办事处通知，要他到半夜会同水面武装警察上船去搜索“歹人”。

水保得到这消息时是上半天。一个整白天他要做许多事情。他要先尽一些从平日受人款待好酒好肉而来的义务了。于是沿了河岸，从第一号船起始，每个船上去谈谈话。他得先调查一下，问问这船上是不是留容得有不端正的外乡人。

做水保的人照例是水上一霸，凡是属于水面上的事情他无有不知。这人本来就是一个吃水上饭的人，是立于法律同官府对面，按照习惯被官吏来利用，处治这水上一切的。但人一上了年纪，世界成天变，变去变来这人有了钱，成过家，喝点酒，生儿育女，生活安舒，慢慢地转成一个和平正直的人了。在职务上帮助官府，在感情上却亲近了船家。在这些情形上面他建设了一个道德的模范。他受人尊敬不下于官，却不让人害怕厌恶。他做了河船上许多妓女的干爹。由于这些社会习惯的联系，他的行为处事是靠在水上人一边的。

他这时节正从一个跳板上跃到一只新油漆过的“花船”头，那船位置在较清静的一家莲子铺吊脚楼下，他认得这只船归谁管业，一上船就喊“七丫头”。

没有声音。年轻的女人不见出来，年老的掌班也不见出来。老年人很懂事情，以为或者是大白天有年轻男子上船做呆事，就站在船头眺望，等了一会儿。

过一阵，他又喊了两声，又喊伯妈，喊五多。五多是船上的小毛头，年纪十二岁，人很瘦，声音尖锐，平时大人上了岸就守船，买东西煮饭，常常挨打，爱哭，过了一会儿又唱起小调来。但是喊过五多后，也仍然得不到结果。因为听到舱里又似乎实在有声音，像人出气，不像全上了岸，也不像全在做梦。水保就偻身窥觑舱口，向暗处询问“是谁在里面”。

里面还是不敢作答。

水保有点生气了，大声地问：“你是哪一个？”

里面一个很生疏的男子声音，又虚又怯回答说：“是我。”接着又说：“都上岸去了。”

“都上岸了么？”

“上岸了。她们……”

好像单单是这样答应，还深恐开罪了来人，这时觉得有一点义务要尽了，这男子于是从暗处爬出来，在舱口，小心小心扳着篷架，非常拘束地望着来人。

先是望到那一对峨然巍然似乎是用柿油涂过的猪皮靴子，上去一点是一个赭色柔软麂皮抱兜，再上去是一双回环抱着的毛手，满是青筋黄毛，手上有颗其大无比的黄金戒指，再上去才是一块正四方形像是无数橘子皮拼合而成的脸膛。这男子，明白这是有身份的主顾了，就学着城市里人说话：“大爷，您请里面坐坐，她们就回来。”

从那说话的声音，以及干浆衣服的风味上，这水保一望就明白这个人是才从乡下来的种田人。本来女人不在船就想走，但年轻人忽然使他发生了兴味，他留着了。

“你从什么地方来的？”他问道。为了不使人拘束，水保取的是做父亲的和平样子，望到这年轻人，“我认不得你。”

他想了一下，好像也并不认得客人，就回答：“我是昨天来的。”

“乡下麦子抽穗了没有？”

“麦子吗？水碾子前我们那麦子，嘿，我们那猪，嘿，我们那……”

这个人，像是忽然明白了答非所问，记起了自己是同一个有身份的城里人说话，不应当说“我们”，不应当说“我们水碾子”同“猪”。把字眼儿用错，所以再也接不下去了。

因为不说话，他就怯怯地望着水保微笑，他要人了解他，原谅他——他是一个正派人，并不敢有意张三拿四。

水保懂得这个意思的。且在这对话中，明白这是船上人的亲戚了，他问年轻人：“老七到什么地方去了？什么时候可以回来？”

这时节，这年轻人答语小心了。他仍然说：“是昨天来的。”他又告水保，他“昨天晚上来的”；末了才说，老七同掌班同五多上岸烧香去了，要他守船。因为守船必得把守船身份说出，他还告给了水保，他是老七的“汉子”。

因为老七平常喊水保都喊“干爹”，这干爹第一次认识了女婿，不必挽留，再说了几句，不到一会儿，两人皆爬进舱中了。

舱中有个小小床铺，床上有锦绸同红色印花洋布铺盖，折叠得整整齐齐。来客照规矩应当坐在床沿。光线从舱口来，所以在外面以为舱中极黑，到里面却一切分明。

年轻人为客找烟卷，找自来火，毛脚毛手打翻了身边那个贮栗子的小坛子，圆而发乌金光泽的板栗便在薄明的船舱里各处滚去，年轻人各处用手去捕捉，仍然放到小坛中去，也不知道应当请客人吃点东西。但客人却毫不客气，从舱板上把栗拾起咬破了吃，且说这风干的栗子真好。

“这个很好，你不欢喜么？”因为水保见到主人并不剥栗子吃。

“我欢喜。这是我屋后栗树上长的。去年生了好多，乖乖地从刺球里爆出来，我欢喜。”他笑了，近于提到自己儿子模样，很高兴说这个话。

“这样大栗子不容易得到。”

“我一个一个选出来的。”

“你选的？”

“是的，因为老七欢喜吃这个，我才留下来。”

“你们那里可有猴栗？”

“什么猴栗？”

水保就把故事所说的“猴子在大山上住，被人辱骂时，抛下拳大栗子打人。人想得到这栗子，就故意去山下骂丑话，预备捡栗子。”一一说给乡下人听。

因为栗子，正苦无话可说的年轻人，得到同情他的人了。他知道的乡下问题可多咧。于是他说到地名“栗坳”的新闻。又说到一种栗木做成的犁柄如何结实合用。这个人太需要说些家常了。昨天来一晚上都有客人吃酒烧烟，把自己关闭在小船后梢，同五多说话，五多却睡得成死猪。今天一早上，本来应当有机会同媳妇谈到乡下事情了，女人又说要上岸过七里桥烧香，派他一个人守船。坐船上等了半天，还不见人回，到后梢去看河上景致，一切新奇不同，只给自己发闷。先一时，正睡在舱里，就想这满江大水若到乡下去涨，鱼梁上不知道应当有多少鲤鱼上梁！把鱼捉来时，用柳条穿腮到太阳下去晒，正计算那数目，总算不清楚。忽然客人来到船上，似乎一切鱼都争着跳进水中去了。

来了客人，且在神气上看出来人是并不拒绝这些谈话的，所以这年轻人，凡是预备到同自己媳妇在枕边诉说的各样事情，这时得到了一个好机会，都拿来同水保谈着。

他告给水保许多乡下情形，说到小猪捣乱的脾气，叫小猪作“乖乖”。又说到新由石匠整治过的那副石磨，顺便告给了一个石匠的笑话。又提起一把失去了多久的小镰刀，一把水保梦想不到的小镰刀，他说：

“你瞧，奇怪不奇怪？我赌咒我各处都找到了。我们的床下、门枋上、仓角里，什么地方不找到？它简直躲了。躲猫猫一样，不见了。我为这件事骂老七。老七哭过。可还是不见。鬼打岩，蒙蒙眼，原来它躲在屋梁上饭箩里！半年躲在饭箩里！它吃饭！一身锈得像生疮。这东西多坏多狡猾！我说这个你明白我没有？怎么会到饭箩里半年？那是一只做样子的东西，挂到斗窗上。我记起那事了，是我削楔子，手上刮了皮，流了血，生了大气，赌气把刀那么一丢……到水上磨了半天，还不错，仍然能吃肉，你一不小心，就得流血。我还不曾同老七说起这个，她不会忘记那哭得伤心的一回事。找到了，哈哈，真找到了。"

"找到它就好了。"水保随便那么说着。

"是的，得到了它那是好的。因为我总疑心这东西是老七掉到溪里，不好意思说明。我知道她不骗我了。我明白了。我知道她受了冤屈，因为我说过：'找不出么？那我就要打人！'我并不曾动过手，可是生气时也真吓人，她哭了半夜！"

"你是用它割草么？"

"嗨，哪里，用处多咧。是小镰刀，那么精巧，你怎么说割草？那是削一点薯皮，刮刮箫，这些这些用的。小得很，值三百钱，钢火妙极了。我们都应当有这样一把刀，放到身边，不明白么？"

水保说："明白明白。都应当有一把，我懂你这个话。"

他以为水保当真懂的，因此再说下去，什么也说到了。甚至于希望明年来一个小宝宝，这样只合宜于同自己的媳妇睡到一个枕头上商量的话也说到了。年轻人毫无拘束地还加上许多粗话蠢话。说了半天，水保起身要走了，他记起问客人贵姓。

"大爷，您贵姓？留一个片子到这里，我好回话。"

"不用不用。你只告她有这么一个大个儿到过船上，穿这样大靴子，告她晚上不要接客，我要来。"

"不要接客，您要来？"

"就是这样说。我一定要来的。我还要请你喝酒。我们是朋友。"

“是朋友，是朋友。”

水保用他那大而厚的手掌，拍了一下年轻人的肩膊，从船头跃上岸，走到别一个船上去了。

水保走去后，年轻人就一面等候，一面猜想这个大汉子是谁。他还是第一次和这样尊贵的人物谈话，他不会忘记这很好的印象的。人家今天不仅是和他谈话，还喊他做朋友，答应请他喝酒！他猜想这人一定是老七的熟客。他猜想老七一定得了这人许多钱。他忽然觉得愉快，感到要唱一个歌了，就轻轻地唱了一首山歌，用四溪人体裁，他唱的是“水涨了，鲤鱼上梁，大的有大草鞋那么大，小的有小草鞋那么小”。

但是等了一会儿，还不见老七回来，一个鬼也不回来，他又想起那大汉子的丰采言谈了。他记起那一双靴子，闪闪发光，以为不是极好的山柿油涂到上面，是不会如此体面好看的。他记起那黄而发沉的戒指，说不分明那将值多少钱，一点不明白那宝贝为什么如此可爱。他记起那伟人点头同发言，一个督抚的派头，一个省长的身份——这是老七的财神！他于是又唱了一首歌，用杨村人不庄重的口吻，唱的是“山坳里团总烧炭，山脚里地保爬灰；爬灰红薯才肥，烧炭脸庞发黑”。

到午时，各处船上都已经有人在烧饭了。湿柴烧不燃，烟子各处窜，使人流泪打嚏。柴烟平铺到水面时如薄绸。听到河街馆子里大师傅用铲子敲打锅边的声音，听到邻船上白菜落锅的声音，老七还不见回来。可是船上烧湿柴的本领年轻人还没有学会，小钢灶总是冷冷的不发吼。做了半天还是无结果，只有拿它放下了。

应当吃饭时候不得吃饭，人饿了，坐到小凳上敲打舱板，他仍然得想一点事情。一个不安分的估计在心上滋长了。正似乎为装满了钱钞便极其骄傲模样的抱兜，在他眼下再现时，把原有和平失去了。一个用酒糟同红血所捏成的橘皮红色四方脸，也是极其讨厌的神气，保留在印象上。并且，要记忆有什么用？他记忆得到那嘱咐，是当到一个丈夫面前说的！“今晚上不要接客，我要来。”该死的话，是那么不客气地从那吃红薯的大口里说出！为什么要说这个？有什么理由要说这个？

胡想使他心上增加了愤怒，饥饿重复揪着了这愤怒的心，便有一些原始人不缺少的情绪，在这个年轻简单的人情绪中滋长不已。

他不能再唱一首歌了。喉咙为妒忌所扼，唱不出什么歌。他不能再有什么快乐。按照一个种田人的脾气，他想到明天就要回家。

有了脾气，再来烧火，自然更不行了，于是把所有的柴全丢到河里去了。

“雷打你这柴！要你到洋里海里去！”

但那柴是在两三丈以外，便被别个船上的人捞起了的。那船上人似乎一切都准备好了，正等待一点从河面漂流而来的湿柴，把柴捞上，即刻就见到用废缆一段引火，且即刻满船发烟，火就带着小小爆裂声音燃好了。眼看这一切，新的愤怒使年轻人感到羞辱，他想不必等待人回船就走路。

在街尾却遇到女人同小毛头五多两个人，正牵了手说着笑着走来。五多手上拿得有一把胡琴，崭新的样子，这是做梦也不曾遇到的一个好家伙。

“你走哪里去？”

“我——要回去。”

“教你看船船也不看，要回去，什么人得罪了你，这样小气？”

“我要回去，你让我回去。”

“回到船上去！”

看看媳妇，样子比说话还硬劲。并且看到那一张胡琴，明知道这是特别买来给他的，所以再不能坚持。摸了摸自已发烧的额角，幽幽地说：“回去也好，回去也好。”就跟了媳妇的身后跑转船上。

掌班大娘也赶来了。原来提了一副猪肺，好像东西只是乘便偷来的，深恐被人追上带到衙门里去，所以跑得颧骨发了红，喘气不止。大娘一上船，女人在舱中就喊：

“大娘，你瞧，我家汉子想走！”

“谁说的，戏也不看就走！”

“我们到街口碰到他，他生气样子，一定是怪我们不早回来。”

“那是我的错；是菩萨的错；是屠户的错。我不该同屠户为一个钱吵闹半天，屠户不该在肺里灌了这样多水。”

“是我的错。”陪男子在舱里的女人，这样说了一句话，坐下了。对面是男子汉。她于是有意在把衣服解换时，露出极风情的红绫胸褡。胸褡上绣了“鸳鸯戏荷”，是上月自己亲手新做的。

男子觑着不说话。有说不出的什么东西，在血里窜着涌着。在后梢，听到大娘同五多谈着柴米。

“怎么，我们的柴都被谁偷去了？”

“米是谁淘好的？”

“一定是火烧不燃。……姐夫是乡下人，只会烧松香。”

“我们不是昨天才解散一捆柴么？”

“都完了。”

“去前面搬一捆，不要说了。”

“姐夫只知道淘米！”小五多一面说一面笑。

听到这些话的年轻汉子，一句话不说，静静地坐在舱里，望着那一把新买来的胡琴。

女人说：“弦早配好了，试拉拉看。”

先是不做声，到后把琴搁在膝上，查看琴筒上的松香。调弦时，生疏的音响从指间流出，拉琴人便快乐地微笑了。

不到一会儿满舱是烟，男子被女人喊出，依旧把琴拿到外面去，站在船头调弦。

到吃中饭时，五多说：

“姐夫你回头拉《孟姜女哭长城》，我唱。”

“我不会拉！”

“我听说你拉得很好，你骗我，谎我。”

“我不骗你。我只会拉《娘送女》流水板。”

大娘说：“我听老七说你拉得好，所以到庙里，一见这琴，我想起你，才说就为姐夫买回去吧。真是运气，烂贱就买来了。这到乡里一块钱还恐怕买不到，不是么？”

“是的，多少钱？”

“一吊六。他们都说值得！”

五多笑着搭嘴说：“谁那么说值得？”

大娘很生气地说：“毛丫头，谁说不值得？你知道什么？撕你的嘴！”

五多把舌伸伸，表示口不关风说错了话。

原来这琴是从个卖琴熟人手上拿来，一个钱不花。听到大娘的谎话，五多分辩，大娘就骂五多。老七却笑了。男子以为这是笑大娘不懂事，所以也在一旁干笑着。

男子先把饭一骨碌吃完，就动手拉琴，新琴声音又清又亮。五多高兴到得意忘形，放下碗筷唱将起来，被大娘结结实实打了一筷子头，才忙着吃饭，收碗，洗锅子。

到了晚上，前舱盖了篷，男子拉琴，五多唱歌，老七也唱歌。美孚灯罩子有红纸剪成的遮光帽，全舱灯光红红的如过年办喜事。年轻人在热闹中心上开了花。可是不多久，有兵士从河街过身，喝得烂醉，听到这声音了。

两个醉鬼踉踉跄跄到了船边，两手全是污泥，手扳船沿，像含胡桃那么混混胡胡地嚷叫：

“什么人唱，报上名来！唱得好，赏一个五百。不听到么？老子赏你五百！”

里面琴声戛然而止，沉静了。

醉鬼用脚不住踢船，嘭嘭嘭发出钝而沉闷的声音。且想推篷，搜索不到篷盖接榫处。于是又叫嚷：“不要赏么，婊子狗造的！装聋，装哑？什么人敢在这里作乐？我怕谁？皇帝我也不怕。大爷，我怕皇帝我不是人！我们军长师长，都是混账王八蛋，是皮蛋鸡蛋，寡了的臭蛋，我才不怕！”

另一个喉咙发沙地说道：

“骚婊子，出来拖老子上船！”

并且即刻听到用石头打船篷，大声辱宗骂祖，一船人都吓慌了。大娘忙把灯扭小一点，走出去推篷。男子听到那汹汹声气，夹了胡琴就往后舱钻去。不一会儿，醉人已经进到前舱了，两个人一面说着野话，一面还要争夺同老七亲嘴，同大娘、五多亲嘴。且听到有个哑嗓子问：“是什么人在此唱歌作乐？把拉琴的抓来，再为老子唱一个歌。”

大娘不敢做声，老七也无了主意，两个酒疯子就大声骂人：

“臭货，喊龟子出来，跟老子拉琴，赏一千！英雄盖世的曹孟德也不会这样大方！我赏一千，一千个红薯。快来，不出来我烧掉你们这只船！听着没有，老东西！赶快，莫让老子们生了气，灯笼子认不得人！”

“大爷，这是我们自己家几个人玩玩，不是外人……”

“不！不！不！老婊子，你不中吃。你老了，皱皮柑！快叫拉琴的来！杂种！我要拉琴，我要自己唱！”一面说一面便站起身来，想向后舱去搜寻。大娘弄慌了，把口张大合不拢去。老七人急智生，拖着那醉鬼的手，安置到自己的大奶上。醉鬼懂到这个意思，又坐下了。“好的，妙的，老子出得起钱。老子今天晚上要到这里睡觉！……孤王酒醉桃花宫，韩素梅生来好貌容……”

这一个在老七左边躺下去后，另一个不说什么，也在右边躺了下去。

年轻人听到前舱仿佛安静了一会儿，在隔壁轻轻地喊大娘。正感到一种侮辱的大娘悄悄爬过去，男子还不大分明是什么事情，问大娘：“什么事情？”

“营上的副爷，醉了，像猫。等一会儿就得走。”

“要走才行。我忘记告你们了，今天有一个大方脸人来，好像大官，吩咐过我，他晚上要来，不许留客。”

“是脚上穿大皮靴子，说话像打锣么？”

“是的，是的。他手上还有一个大金戒子。”

“那是老七干爹。他今早上来过了么？”

“来过的。他说了半天话才走，吃过些风干栗子。”

“他说些什么？”

“他说一定要来，一定莫留客……还说一定要请我喝酒。”

大娘想想，来做什么？难道是水保自己要来歇夜？难道是老对老，水保注意到……想不通，一个老鸨虽说一切丑事做成习惯，什么也不至于红脸，但被人说到“不中吃”时，是多少感到一种羞辱的。她悄悄回到前舱，看前舱新事情不成样子，扁了扁瘪嘴，骂了一声“猪狗”，终归又转到后舱来了。

“怎么？”

“不怎么。”

“怎么，他们走了？”

“不怎么，他们睡了。”

“睡了——？”

大娘虽看不清楚这时男子的脸色，但她很懂得这语气，就说：“姐夫，你难得上城来，我们可以上岸玩玩去，今夜三元宫夜戏，我请你坐高台子，戏是《秋胡三戏结发妻》。”

男子摇头不语。

兵士胡闹了一阵走去后，五多、大娘、老七都在前舱灯光下说笑，说那兵士的醉态。男子留在后舱不出来。大娘到门边喊过了两次，不答应，不明白这脾气从什么地方发生。大娘回头就来检查那四张票子的花纹，因为她已经认得出票子的真假了。票子倒是真的，她在灯光下指点给老七看那些记号，那些花，且放近鼻子上嗅嗅，说这个一定是清真牛肉馆子里找出来的，因为有牛油味道。

五多第二次又走过去：“姐夫，姐夫，他们走了，我们来把那个唱完，我们还得……”

女人老七像是想到了什么心事，拉着了五多，不许她说话。

一切沉默了。男子在后舱先还是正用手指扣琴弦，作小小声音，这时手也离开那弦索了。

船上四个人都听到从河街上飘来的锣鼓、唢呐声音。河街上一个做生意人办喜事，客来贺喜，大唱堂戏，一定有一整夜的热闹。

过了一会儿，老七一个人轻脚轻手爬到后舱去，但即刻又回来了。显然是要讲和，交涉办不好。

大娘问："怎么了？"

老七摇摇头，叹了一口气："牛脾气，让他去。"

先以为水保恐怕不会来的，所以大家仍然睡了觉，大娘、老七、五多三个人在前舱，只把男子放到后面。

查船的在半夜时，由水保领来了。水面鸦雀无声，四个全副武装的警察守在船头，水保同巡官晃着手电筒进到前舱。这时大娘已把灯捻明了，她经验多，懂得这不是大事情。老七披了衣坐在床上，喊"干爹"，喊"巡官老爷"，要五多倒茶。五多还睡意迷蒙，只想到梦里在乡下摘三月莓！

男子被大娘摇醒揪出来，看到水保，看到一个穿黑制服的大人物，吓得不能说话，不晓得有什么严重事情发生。那巡官于是装成很有威风的神气开了口："这是什么人？"

水保代为答应："老七的汉子，才从乡下来走亲戚。"

老七补说道："巡官，他昨天才来。"

巡官看了一会儿男子，又看了一会儿女人，仿佛看出水保的话不是谎话，就不再说话了。随意在前舱各处翻翻，待注意到那个贮风干栗子的小坛子时，水保便抓了大把栗子，塞进巡官那件体面制服的大口袋里去。巡官只是笑，也不说什么。

一伙人一会儿就走到另一船上去了。大娘刚要盖篷，一个警察回来传话："大娘，大娘，你告老七，巡官要回来过细考察她一下，你懂不懂？"

大娘说："就来么？"

"查完夜就来。"

"当真吗？"

"我什么时候同你这老婊子说过谎？"

大娘很欢喜的样子，使男子奇怪。因为他不明白为什么巡官还要回来考察老七。但这时节望到老七睡起的样子，上半晚的气已经没有了，他愿意讲和，愿意同她在床上说点家常私话，商量件事情，就傍床沿坐定不动。

大娘像是明白男子的心事，明白男子的欲望，也明白他不懂事，故只同老七打知会："巡官就要来的！"

老七咬着嘴唇不做声，半天发痴。

男子一早起身就要走路，沉沉默默的一句话不说，端整了自己的草鞋，找到了自己的烟袋。一切归一了，就坐到那矮床边沿，像是有话说又说不出口。

老七问他："你不是答应过干爹，到他家喝酒吗？"

"……"摇摇头不作答。

"人家特意为你办了酒席！四盘四碗一火锅，大面子事情，难道好意思不领情？"

"……"

"戏也不看看么？"

"……"

"'满天红'的荤油包子，到半日才上笼，那是你欢喜的包子！"

"……"

一定要走了，老七很为难，走出船头呆了一会儿，回身从荷包里掏出昨晚上那兵士给的票子来，点了一下数目，一共四张，捏成一把塞到男子左手心里去。男子无话说。老七似乎懂到那意思了，"大娘，你拿那三张也把我。"大娘将钱取出，老七又将这钱点数一下，塞到男子右手心里去。

男子摇摇头，把票子撒到地上去，两只大而粗的手掌捂着脸孔，像小孩子那样莫名其妙地哭了起来。

五多同大娘看情形不好，一齐逃到后舱去了。五多心想这真是怪事，那么大的人会哭，好笑！可是她并不笑。她站在船后梢看见挂在梢舱顶梁上的胡琴，很愿意唱一个歌，可是不知为什么也总唱不出声音来。

水保来船上请远客吃酒时，只有大娘同五多在船上，问及时，才明白两夫妇一早都回转乡下去了。

1930年4月13日作于吴淞

1934年7月21日改于北京

1957年3月重校

山鬼

一

毛弟同万万放牛放到白石冈，牛到冈下头吃水，他们顾自上到山腰采莓吃。

“毛弟哎，毛弟哎！”

“毛弟哎，毛弟哎！”左边也有人在喊。

“毛弟哎，毛弟哎！”右边也有人在喊。

因为四围远处全是高的山，喊一声时有半天回声。毛弟在另一处拖长嗓子叫起万万时，所能听的就只是一串万字了。

山腰里刺莓多得不奈何。两人一面唱歌一面吃，肚子全为刺莓塞满了。莓是这里那里还是有，谁都不愿意放松。各人又把桐木叶子折成兜，来装吃不完的红刺莓，一时兜里又满了。到后就专拣大的熟透了的才算数，先摘来的不全熟的全给扔去了。

一起下到冈脚溪边草坪时，各人把莓向地下一放。毛弟扑到万万身上来，经万万一个别脚就放倒到草坪上面了。虽然跌倒，毛弟手可不放松，还是死紧搂着万万的颈子，万万也随之倒下，两人就在草上滚。

“放了我吧，放了我吧。我输了。”

毛弟最后告了饶，但是万万可不成，他要喂一泡口水给毛弟，警告他。毛弟一面偏头躲，一面讲好话：

“万万，你让我一点，当真是这样，我要发气了！”

发气那是不怕的，哭也不算事。万万口水终于唾出了。毛弟抽出一只手一挡，手背便为自己救了驾。

万万起身后，看到毛弟笑。毛弟把手上的唾沫向万万洒去，万万逃走了。

万万的水牯跑到别人麦田里去吃嫩苗穗，毛弟爬起替他去赶牛。

“万万，你老子又窜到杨家田里吃麦了！”

远远的，万万正在爬上一株树，“有我牛的孙子帮到赶，我不怕的。毛弟哎，让它吃吧，莫理它！”

“你莫理它，乡约见到不去告你家妈么？”

毛弟走拢去，一条子就把万万的牛赶走了。

“昨天我到老虎峒脚边，听到你家癫子在唱歌。”万万说，说了吹哨子。

“当真么？”

“扯谎是你的野崽！”

“你喊他吗？”

“我喊他！”万万说，万万记起昨天的情形，打了一个颤。“你家癫子差点一岩把我打死了！我到老虎峒那边碾坝上去问我大叔要老糠，听到岩鹰叫，抬头看，知道那壁上又有岩鹰在孵崽了，爬上山去看。肏他娘，到处寻窠都是空！我想这杂种，或者在峒里积起窠来了，我就爬到峒边那条小路去。”

“跌死你这野狗子！”

“我不说了，你打岔！”

万万当真不说了。但是毛弟想到他癫子哥哥的消息，立时又为万万服了礼。

万万在草坪上打了一个飞跟头，就势一滚，滚到毛弟的身边，扯着毛弟一只腿。

“莫闹，我也不闹了，你说吧。我妈着急咧，问了多人都说不曾见癫子。这四天五天都不见他回家来，怕是跑到别村子去了。”

“不，”万万说，“我就上到峒里去，还不到头门，只在那堆石头下，听到有人说话的声音。声音又很熟，我就听那声音是谁，我想这人我必定认识，但说话总是两个人，为什么只是一个口音？听到说：‘你不吃么？你不吃么？吃一点是好的。刚才烧好的山薯，吃一点儿吧。我喂你，我用口哺你。’就停了一会儿。不久又做声了，是在唱，唱：‘娇妹生得白又白，情哥生得黑又黑；黑墨写在白纸上，你看合色不合色？’还打哈哈，脔妈好快活！我听到笑，我想起你癫子笑声了。”

毛弟问：“就是我哥吗？”

“不是癫子是秦良玉？哈，我断定是你家癫子，躲在峒里住，不知另外还有谁，我就大声喊，且飞快跑上峒口去。我说癫子大哥唉，癫子大哥唉，你躲在这里我可知道了！你说他是怎么样？你家癫子这时真癫了，见我一到峒门边，蓬起个头瓜，赤了个膊子，走出来，就伸手抓我的顶毛。我见他眼睛眉毛都变了样子，吓得往后退。他说狗杂种，你快走，不然老子一岩打死你。身子一蹲就——我明白是搬大块石头了，就一口气跑下来。癫子吓得我真要死。我也不敢再回头。”

显然是，毛弟家癫子大哥几日来就住在峒中。但是同谁在一块？难道另外还有一个癫子吗？若是那另外一人并不癫，他是不敢也不会同一个癫子住在一块的。

“万万你不是扯谎吧？”

“我扯谎就是你儿子。我赌咒，你不信，我也不定要你信。明儿早上我们到那里去放牛，我们可上峒去看。”

“好的，就是明天吧。”

万万爬到牛背上去翻天睡，一路唱着山歌走去了。

毛弟顾自仍然骑了牛，到老虎峒的黑白相间颜色石壁下。这里有条溪，夹溪是两片墙样的石壁，一刀切，壁上全是一些老的黄杨树，当八月时节，就有一些专砍黄杨木的人，扛了一二十丈长的竹梯子，腰身盘着一卷绳，爬上崖去或是从崖顶垂下，到崖腰砍树，斧头声音它它它它……满谷都是。老半天，便听到喇喇喇的如同崩了一山角，那是一段黄杨连枝带叶跌到谷里溪中了。接着不久又是它它它它的声响。看牛看到这里顶遭殃。但不是八月，没有伐木人，这里可凉快极了。沿这溪上溯，可以到万万所说的那个碾房。碾房是一座安置在谷的尽头的坎上的老土屋，前面一个石头坝，坝上有闸门，闸一开，坝上的积水就冲动屋前木水车，屋中碾石也就随着转动起来了。碾房放水时，溪里的水就要凶一点，每天碾子放水三次，因此住在沿溪下边的人忘了时间就去看溪里的水。

毛弟到了老虎峒的石壁下，让牛到溪去吃水。先没有上去，峒是在壁的半腰，上去只一条小路，他在下面叫：

“大哥！大哥！”

“大哥呀！大哥呀！”

像打锣一样，声音朗朗异常高，只有一些比自己声音来得更洪壮一点的回声，别的却没有。万万适间说的那岩鹰，昨天是在空中盘旋，此时仍然是在盘旋。在喊声回声余音歇憩后，就听到一只啄木鸟在落落落落敲梆梆。

“大哥呀！癫子大哥呀！”

有什么像在答应了，然而仍是回声学着毛弟声音的答应！毛弟在最后，又单喊“癫子”，喊了十来声。或者癫子睡着了。一些小的山雀全为这声音惊起，空中的鹰也像被毛弟喊声吓怕了，盘得更高了。若说是人还在睡，可难令人相信。

“他知道我在喊他故意不做声。”毛弟想。

毛弟就慢慢从那小路走。一直走到万万说的那一堆乱石头处时，不动了。他就听，听听是不是有什么人的声音。好久好久全是安静的。的确是有岩鹰儿子在咦咦地叫，但是在对面高的石壁上。又听到一个啄木鸟的擂梆梆，这一来，更冷静得有点怕人了。

毛弟心想或者上面出了什么事，或者癫子死了。心里在划算，不知上去还是不上去。也许癫子就是在峒里为另一个癫子杀死了。也许癫子自己杀死了。

“还是要上去看看。”他心想，还是要看看，青天白日鬼总不会出现的。

爬到峒口了，先伸头进去，这峒透光、干爽，毛弟原先看牛时就常到的，不过此时心就有点怯。到一眼望尽峒中一切时，胆子复原了。里面只是一些干稻草，不见人影子。

“大哥，大哥。”他轻轻地喊，没有人，自然没有应。

峒内有人住过，最近才走那是无疑的。用来做床的稻草，一个水罐，罐内大半罐的新鲜冷溪水，还有一个角落那些红薯根，以及一些撒得满地是虽萎谢却尚未全枯的野月季花瓣，这些不仅证明有人住过，毛弟从那罐子的式样认出这是自己家中的东西，且地上的花也是一个证，不消说，癫子是在这峒内做了几天客无疑了。

“为什么又走了去？”

毛弟总想不出这奥妙。或者是，因为昨天已为万万知道，恐怕万万告给家里人来找，就又走了吗？或者是，被另外那个人邀到别的峒里去了吗？或者是，被妖精吃了吗？

峒内不到四丈宽，毛弟一个人，终于越想越心怯起来，想又想不出什么理由，只好离开了峒，提了那个水罐子赶快走下石壁，骑牛转回家中。

二

“娘娘，今天有人见到癫子大哥了！”毛弟在进院子以前见了他妈在坪坝里喂鸡，就在牛背上头嚷。

娘是低了头，正用脚踢那大花公鸡，“援助弱小民族”啄食糠拌饭。

听到毛弟的声音，娘把头一抬，走过去，“谁见到癫子？”

那只鸡，见到毛弟妈一走，就又抢拢来，余下的鸡便散开。毛弟义愤心顿起，跳下牛背让牛顾自进栏去，也不即答娘的话，跑过去，就拿手上那个水罐子一摆，鸡只略退让，还是顽皮独自低头啄吃独行食。

“来，老子一脚踢死你这扁毛畜生！”

鸡似乎知趣，就走开了。

“毛弟你说是谁见了你癫子大哥？”

“是万万。”毛弟还怕娘又想到前村那个大万万，又补上一句，“是寨西那个小万万。”

为了省得叙述，毛弟把从峒里拿回的那水罐子，展览于娘的跟前。娘拿到手上，反复看，是家中的东西无疑了。

“这是你哥给万万的吗？”

“不。娘，你看看，这是不是家中的？”

“一点不会错。你瞧这用银藤缠好的提把，是我缠的！”

“我说这是像我们家的。是今天，万万同我放牛放到白石冈，万万同我说，他说昨天他到碾坝上叔叔处去取老糠，从老虎峒下过，因为找岩鹰，无意上到峒口去。听到有人在峒里说笑，再听听，是癫子，一会看到癫子了，癫子不知何故发了气，不准他上去，且搬石块子，说是要把他打死。我听到，就赶去爬到峒里去，人已不见了，就是这个罐，同到一些乱草，一些红薯皮。”

娘只向空中作揖感谢这消息，证明癫子是有了着落，且还平安清吉在境内。

毛弟末尾说：“我断定他这几天全在那里住，才走不久的。”

这自然是不会错，罐子同做卧具的干草已经给证明，何况昨天万万还明明亲眼见到癫子呢。

毛弟的娘这时一句话不说，我们暂时莫理这老人，且说毛弟家的鸡。那只花公鸡乘毛弟回头同妈讲话时，又大大方方跑到那个废碌碡旁浅盆子边把其他的鸡吓走了。它为了自夸胜利还咯咯地叫，意在诱引“女性同志”近身来。这种声音是极有效的，不一会儿，就有几只母鸡也在盆边低头啄食了。

没有空，毛弟是在同娘说话抱不平就不能打了，但是见娘在作揖，毛弟回了头。喝一声“好混账东西！”奔过去，脚还不着身，花鸡就逃了。那不成，逃也不成，还要追，鸡飞上草积了，毛弟爬草积。其余的鸡也顾不得看毛弟同花鸡作战了，一齐就奔集到盆边来聚餐。

要说出毛弟的妈是怎样的欢喜，是不可能的事情。太难了，尤其是毛弟的妈这种人，就是用有颜色的笔来画，也画不出的。这老娘子为了癫子的下落，如同吃了端午节羊角粽，久久不消化一样。这类乎粽子的东西，横在心上已五天。如今的消息，却是一剂午时茶，一服下，心上东西就消融掉了。

一个人，一点事不知，平白无故出门那么久，身上又不带钱，性格又是那么疯疯癫癫像代宝（代宝是著名的疯汉），万一是头脑发了迷，凭癫劲，一直走向那自己亦莫名其妙的辽远地方去，是一件可能的事情！或者，到山上去睡，给野狗豹子拖了也说不定！或者，夜里随意走，无心掉下一个地窟窿里去，也是免不了的危险！癫子自从癫了后，悄悄出门本来是常有的事。为了看桃花，走一整天路；为了看木人头戏到别的村子过夜，这是过去的行为。但一天，或两天，自然就又平安无事归了家，是有一定规律的。因有了先例，毛弟的妈对于癫子的行动并不怎样不放心。不过，四天呢？五天呢？——若是今天还不得消息，以后呢？所能想到的意外祸事，至少有一件已落在癫子头上了。倘若是命运菩萨当真要那么办，作弄人，毛弟的妈心上那块积痞就只有变成眼泪慢慢流尽的一个方法了。

在峒里，老虎峒，离此不过四里路，只像在眼前，远也只像在对门山上，毛弟的妈释然了。毛弟爬上草积去追鸡，毛弟的妈便用手摩挲那个水罐子。

毛弟擒着了鸡，鸡懂事，知道故意大声咖呵咖呵拖长喉咙喊救命。

“毛毛，放了它吧。”

妈是昂头视，见到毛弟得意扬扬的，一只手抓鸡翅膊，一只手捏鸡喉咙。鸡在毛弟的刑罚下，叫也叫不出声了。

“不要捏死它，可以放得了！”

听妈的话开释了那鸡，但是用力向地上一掼。这花鸡，多灵便，在落地以前，还懂得怎样可以免得回头骨头疼，就展开翅子，半跌半飞落到毛弟的妈背后。其他的鸡见到这恶霸已受过苦了，怕报仇，见到它来就又躲到一边瞧去了。

毛弟想跳下草积，娘见了，不准。

“慢慢下，慢慢下，你又不会飞，莫让那鸡见你跌伤脚来笑你吧。”

毛弟变方法，就势溜下来。

“你是不是见到你哥？”

“我告你不的。万万可是真见到。”

“怕莫是你哥见你来才躲藏！”

“不一定。我明天一早再去看，若是还在那里想来就可以找到了。”

毛弟的妈想到什么事，不做声。毛弟见娘不说话，就又过去追那一只恶霸鸡。鸡怕毛弟到极点，若是会说话，可以断定它愿意喊毛弟当祖宗。鸡这时又见毛弟追过来，尽力举翅飞，飞上大门楼屋了。毛弟无法对付了，就进身到灶房去。

毛弟的妈跟到后面来，笑笑的，走向烧火处。

这是毛弟家中一个顶有趣味的地方。一切按照习惯的铺排，都完全。这间屋，有灶，有桶，有缸子，及一切竹木器皿，为毛弟的妈将这些动用东西处理得井井有条，真有说不出的风味在。一个三眼灶位置在当中略偏左一点，一面靠着墙，墙边有一个很大的砖烟囱。灶旁边，放有两个大水缸，三个空木桶，一个柜，一个悬橱。墙壁上，就是那为历年烧柴烧草从灶口逸出的烟子熏得漆黑的墙上挂着的各式各样的铁铲，以及木棒槌、木杈子。屋顶梁柱上、椽皮上，垂着十来条烟尘带子，像死蛇。还有木钩子，从那梁上用葛藤捆好垂下的粗大木钩子，都上了年纪，已不露木纹，色全黑，已经分不出是茶树是柚子木了（这些钩子是专为冬天挂腊肉和干野猪肉、山羊肉一类东西的，到如今，却只用来挂辣子篮了）。还有猪食桶，是在门外边，虽然不算灶房以内的陈设，可是常常总从那桶内散发一些糟味儿到灶房来。还有天窗，在房屋顶上，大小同一个量谷斛一样，一到下午就有一方块太阳从那里进到灶房来，慢慢地移动，先是伏在一个木桶上，接着就过水缸上，接着就下地，一到冬天，还可以到灶口那烧火凳上停留一会儿。这地方，是毛弟的游艺室，又是各样的收藏库，一些权利，一些家产（是说毛弟个人的家产，如像蛐蛐罐、钓竿、陀螺之类），全都在此。又可以说这里原是毛弟的一个工作室，凡是应得背了妈做的东西，拿到这来做，就不会挨骂。并且刀凿全在这里，要用烧红的火箸在玩具上烫一个眼也以此处为方便。到冬天，坐在灶边烧火烤脚另外吃烧栗子自然最便利，夏天则到那张老的大的矮脚烧火凳上睡觉又怎样凉快！还有，到灶上去捕灶马，或者看灶马散步……

总之，灶房对于毛弟是太重要了。毛弟到外面放牛，倘若说那算受自然教育，则灶房于毛弟，便可以算是家庭教育的课室了。

我且说这时的毛弟。锅内原是蒸有一锅薯，熟透了，毛弟进了灶房就到锅边去，甩起锅盖看。毛弟的妈正于此时在灶腹内塞进一把草，用火箸一搅，草燃了，一些烟，不即打烟囱出去，便从灶口冒出来。

"娘，不用火，全好了。"

娘不做声。她知道锅内的薯不用加火便已熟了的。她想别一事。在癫子失踪几日来，这老娘子为了癫子的平安，曾在傩神面前许了一头猪，约在年底了愿心；又许土地夫妇一只鸡，如今是应当杀鸡供土地的时候了。

"娘，不要再热了，冷也成。"

毛弟还以为妈是恐怕薯冷要加火。

"毛毛你且把薯装到钵里去，让我热一锅开水。我们今天不吃饭。剩下现饭全已喂鸡了，我们就吃薯。吃了薯，水好了，我要杀一只鸡谢土地。"

"好，我先去捉鸡。"那花鸡，专横的样子，在毛弟眼前浮起来。毛弟听到娘说要杀一只鸡，想到一个处置那恶霸的方法了。

"不，你慢点。先把薯铲到钵里，等热水，水开了，再捉去，就杀那花鸡。"

妈也赞成处置那花鸡使毛弟高兴。真所谓"强梁者不得其死"，又应了"千夫所指无病而死"那句话。花鸡遭殃是一定了。这时的花鸡，也许就在眼跳心惊吧。

妈吩咐，用铲将薯铲到钵里去。就那么办，毛弟便动手。薯这时已不很热了，一些汁已成糖，锅子上已起了一层糖锅巴。薯装满一钵，还有剩，剩下的，就把毛弟肚子装。娘笑了，要慢一点装，免服急了不消化。

三

毛弟的妈就是我们常常夸奖的那类可爱的乡下伯妈的样子，会用藠头做酸菜，会做豆腐乳，会做江米酒，会捏粑——此外还会做许多吃货，做得又干净，又好吃。天生爱洁净的好习惯使人见了不讨厌。身子不过高，瘦瘦的。脸保有为干净空气同不饶人的日光所炙成的健康红色。年四十五岁，照规矩，头上的发就有一些花的白的了。装束呢，按照湖南西部乡下小地主的主妇章法，头上不拘何时都搭一块花格子布帕。衣裳材料冬天是棉，夏天是山葛同苎麻，颜色冬天用蓝青，夏天则白的。这衣服，又全是家机织成，虽然粗，却结实。袖子平日卷到肘以上，那一双能推磨的强健的手腕，便因了裸露在外同脸是一个颜色。是的，这老娘子生有一对能做工的手，手以外，还有一双翻山越岭的大脚，也是可贵的！人虽近中年，却无城里的中年妇人的毛病，不病不疼。身体纵有小小不适，吃一点姜汤，内加上点胡椒末，加上点红糖，趁热吃下蒙头睡半天，也就全好了。腰是硬朗的，这从每日到井坎去担水可以知道的。说话时，声音略急促，但这无妨于一个家长的尊严。脸庞上，就是我说的那红红的瘦瘦的脸庞上，虽不像那类在梨林场一带开饭店的内掌柜那么永远有笑涡存在，不过不拘一个大人一个小孩见了这妇人，总都很满意。凡是天上的神给了中国南部接近苗乡一带乡下妇人的美德，毛弟的妈照例也得了全份。譬如强健，耐劳，俭省治家，对外大方，在这个人身上全可以发现。她说话的天才，也并不缺少。我说的“全份”，真是得了全份了。

自从毛弟的爹因了某年的时疫，死到田里后，这妇人，只三十又五岁，便承担了命运为派定一个寡妇应有的担子。好好埋葬了丈夫，到庙中念了一些经，从眼里流了一些泪，带了三年孝，才把堂屋中丈夫的灵座用火焚化了。毛弟的爹死了后，做了一家之主的她接手过来管理着一切：照料到田地，照料到儿子，照料到栏里的牛，照料到菜猪和生卵的一群鸡。许多事，比起她丈夫在生时节勤快得多了。对于自己几亩田，这老娘子都不把它放空，督着长工好好耕种，天旱雨打不在意。期先预备着了款，按时缴纳衙门的粮赋。每月终，又照例到保董处去缴纳地方团防捐。春夏秋冬各以其时承受一点小忧愁，同时承受一些小欢喜，又随便在各样忧喜事上流一些眼泪。一年将告结束时，就请一个苗巫师来到家里，穿起绣花衣裳，打锣打鼓还愿为全家祝福。就这样，到如今，快十年了。一切依然一样，而自己，也并不曾老许多。

十年来，一切事情是一样，这是说，毛弟的妈所有的工作，是一个样子，一点都不变。然而一切物，一切人，已全异——纵不全，变得不同的终是太多了。毛弟便是变得顶不相同的一个人。毛弟做孝子那年还只是两岁，戴纸冠，就不知道戴的为哪一个人。到如今，加上十年，已成半大孩子了。毛弟家癫子，当时亦只不过十二岁，并不痴，伶精的如同此时毛弟一模样，终日快快活活地放牛，耕田插秧时还能帮点忙，割穗时能给长工送午饭。会用细篾织鸡罩，鸡罩织就又可拿了去到溪里捉鲫鱼。会制簟席，会削木陀螺，会唱歌，有时还会对娘发一点脾气，给娘一些不愉快（这最后一项本领是直到毛弟长大懂得同娘作闹以后才变好，但同时也就变痴变呆了）。其他呢，毛弟家中栏内耕牛共换了三次，猪圈内养了八次小菜猪，鸡是简直无从计算卵的数，屋前屋后的树也都变大到一抱以外。倘若毛弟的爹是出远门一共出十年，如今归来看看家，一样都会不认识，除了毛弟的娘，其他当真都会茫然！

至于癫子怎样忽然就癫了呢？

怎么就癫这难说。这是一桩大疑案，全大坳人不能知，伍娘也不知。伍娘就是毛弟妈在大坳村子里得来的尊称，全都这样喊她，老的是，少的是，伍娘正像全村子人的姑母呀。癫子癫，据巫师说他是非常清楚的（且有法术可禳解）。为了得罪了霄神，当神撒过尿，骂过神的娘，神一发气人就变癫了。

但霄神在大坳地方，即以巫师平时的传说，也只谓能生人死人给人以祸福的，使人癫，又像似乎非神本领办得到。且如巫师言，禳是禳解了，还是癫（以每年毛弟家中谷米收成人畜安宁为证据，神有灵，又像早已同毛弟家议了和），这显然知道癫子之所以癫另有原因了。

伍娘私自揣度，则以为这只是命运，如同毛弟的爹必定死在田里一个样，原为命运注定的。天要发气，把一个正派人家的儿女作弄得成了癫子，过错不是毛弟的哥哥，也不是父亲，也不是祖先，是命运。诚然的，命运这东西，有时作弄一个人，更残酷无情的把戏也会玩得出，凭空使你家中无风兴浪出一些怪事，这是可能的，常有的。一个忠厚老实人，一个纯粹乡下田汉子，忽然碰官事，为官派人抓去强说是与山上强盗有来往，要罚钱，要杀头，这比霄神来得还威风，还无端，大坳人认这是命运。命运不太坏，去了钱，救了人，算罢了。否则更坏也只是命运，没办法。命里是癫子，神也难保佑，因此伍娘在积极方面，也不再设法，癫子要癫就任他去了。幸好癫子是文癫，他又不平白无故闹人，乡下人不比城里人聪明，又不会想方设法来作弄癫子取乐，所以也见不出癫子是怎样不幸。

关于癫子性格我想也有来说几句的必要。普通癫子是有文武之分的，如像做官一个样，也有文有武。杀人放火、高声喝骂、狂歌痛哭、不顾一切者，这属于武癫，很可怕。至于文癫呢？老老实实一个人寂寞活下来，与一切隔绝，似乎感情关了门，自己有自己一块天地在，少同人说话。别人不欺凌他他很少理别人，既不使人畏，也不搅扰过鸡犬。他又仍然能够做他自己的事情，砍柴割草不会懒，看牛时节也不会故意放牛吃别人的青麦苗。他的手，并不因癫把推磨本事就忘去；他的脚，舂碓时力气也不弱于人。他比平常人要任性一点，要天真一点（那是癫子的坏处？）他因了癫有一些怪癖，凭空多了些无端而来的哀乐，笑不以时候，哭也很随便。他凡事很大胆，不怕鬼，不怕猛兽；爱也爱得很奇怪，他爱花，爱月，爱唱歌，爱孤独向天。大约一个人，有了上面的几项行为，就为世人目为癫子也是常有的事吧。实在说，一个人，就这样癫了，于社会无损，于家中也不见多少害处的。如果世界上全是一些这类人存在，也许地方还更清静点，是不一定的。有些癫，虽然属于文，不打人，不使人害怕，但终免不了使人讨嫌，“十个癫子九个脏”，这话很可靠。我们见到的癫子，头发照例是终年不剃，身上褴褛得不堪，虱子一把一把抓，真叫人作呕。毛弟家癫子可与这两样，是有例外脾气的。他是因了癫，反而一切更讲究起来了。衣衫我们若不说它是不合，便应当说它是漂亮。他懂得爱美。布衣葛衣洗得崭新。头发剃得光光同和尚一样。身边前襟上，挂了一个铜铗子（这是本乡团总保董以及做牛场经纪人的才有的装饰），铗的用处是无事时对到一面小镜拔胡须。癫子口袋中，就有那么一面圆的小的背面有彩画的玻璃镜！癫子不吃烟，又没同人赌过钱，本来这在大坳人看来，也是以为除了不是癫子以外不应有的事。

这癫子，在先前，还不为毛弟的妈注意时，呆性发了失了一天踪。第二天归来，娘问他：“昨天到什么地方去了？”

他却说：“听人说到棉寨桃花开得好，看了来！”

棉寨去大坳，是二十五里，来去要一天，为了看桃花，去看了，还宿了一晚才转来！先是不能相信。到后另一次，又去两整天，回头说是赶过尖岩的场了。因为那场上，卖牛的人多，有许多牛很好看，故去了两天。大坳去尖岩，来去七十里，更远了。然而为了看牛就走那么远的路，呆气真够！娘不信。虽然看到癫子脚上的泥也还不肯信。到后来问到去尖岩赶场做生意的人，说是当真见到过癫子，娘才真信家中有了癫子了。从此以后，因了走上二十里路去看别的乡村为土地生日唱的木人头戏，竟一天两天不归，成常事。娘明白他脾气后，禁是不能禁，只好和和气气同他说，若要出门想到什么地方去玩时，总带一点钱，有了钱，可买各样的东西，想吃什么有什么，只要不受窘，就随他意到各处去也不用担心了。

大坳村子附近小村落，一共数去是在两百烟火以上的。管理地方一切的，天王菩萨居第一，雷神居第二，保董乡约以及土地菩萨居第三，场上经纪居第四。只是这些神同人，对于癫子还没有行使其威严。癫子到高的胖的保董面前时，亦同面对一株有刺的桐树一样，树是那么高，或者一头牛，牛是那么大。只睁眼来欣赏，无恶意地笑，看够后就走开。癫子上庙里去玩，奇怪大家拿了纸来到此烧，又不是字纸。还有煮熟了的鸡，撒了白的盐，热热的，正好吃，人不吃倒摆到这土偶前面让它冷，这又使癫子好笑。大坳的神大约也是因了在乡下长大，很朴实，没有城中的神那样小气，因此才不见怪于癫子。不然为了保持它的尊严，也早应当显一点灵于这癫子身上了吧。

大坳村子的小孩子呢？人人喜欢这癫子，因为从癫子处可以得到一些快乐。癫子平常本不大同人说话，但与小孩在一块，马上他就有说有笑了。遇到村里唱戏时，癫子不厌其烦来为面前一些孩子解释戏中的故事。小孩子跟随癫子，还可以学到许多俏皮的山歌，以及一些好手艺。癫子在村中因此还有一个好名字，这名字为同村子大叔婶婶辈当到癫子来叫喊，就算大坳人的嘲谑了，名字乃是“代狗王”。代狗王，就是小孩子的王，这有什么坏？

四

大坳村子里的小孩子，从七岁到十二岁，数起来，总不止五十。这些猴儿小子在这一个时期内，是不是也有城市人所谓的智慧教育？是有的。在场坪团防局内乡长办公地的体面下，就曾成立了一区初级小学。学校成立后学生也并不是无来源，如那村中执政的儿子，庙祝的儿子，以及中产阶级家中父老希望本宗出个圣贤的儿子。由一个当前清在城中取过一次案首，民国以来又入过师范讲习所的老童生统率，终日在团防局对面那天王庙戏楼上读新国文课本，蛮热闹。但学生数目还不到儿童总数的五分之一，并且有两个还只是六岁。余下的怎样？难道就是都像毛弟一样看牛以外就只蹲到灶旁用镰刀砍削木陀螺？在大坳学校以外还有教育的，倘若是，我们可以拿学校来比譬僧侣贵族教育，则另外还有所谓平民的武士教育在。没有固定的需乡中供养的教师，也不见固定的挂名的学生，只是在每一天下午吃了晚饭后，在去场头不远一个叫作猫猫山的地方，这里有那自然的学校，是对这地方儿童施以特殊教育的地点。遇到天雨便是放学时。若天晴，大坳村里小孩子，就是我所举例从七到十二岁的小猴儿崽子，至少有三十个到此。还有更小的，还有更大的。又还有娘女们，抱了三岁以下的小东西来到这个地方的。那些持着用大羊奶子树做的烟杆由他孙崽子领道牵来的老人，那些曾当过兵颈项上挂有银链子还配着崭新黄色麂皮抱兜的壮士，那些会唱山歌爱说笑话的孤身长年，那些懂得猜谜的精健老娘子，全都有。每一个人发言，每一个人动作，全场老少便都成了忠实的观众与热心的欣赏者。老者言语行为给小孩子以人生的经验，小孩子相打相扑给老年人以喜剧的趣味。这学校，究竟创始了多少年？没有人知道。不过很明白的是，如今已得靠小孩牵引来到这坪里的老头儿，当年做小孩时是在此玩大的，至少是，比天王庙的小学的年龄，总老过了十倍了。

每一天当太阳从寨西大土坡上落下后，这里就有人陆续前来了。住在大坳村子里的人，为了抱在手上的小孩嚷着要到猫猫山去看热闹，特意把一顿晚饭提早吃，也是常有的事情。保董有时宣布他政见，也总选这个处所。要探听本村消息这里是个顶方便的地方。找巫师还愿，尤其是除了到这里来找他那两个徒弟以外，让你打锣也白费神。另一个说法，这里是民众剧场，是地方参事厅，单说是学校，还不能把它的范围括尽！

到了这里有些什么样的玩意儿？多得很。感谢天，特为这村里留下一些老年人，由这些老年人口中，可以知道若干年前打长毛的故事是怎样的给了本村人以光辉啊！同辈硕果仅存是老年人的悲哀，因了这些故事的复述，眼看到这些孙曾后辈小小心中为给注入本村光荣的梦以后的惊讶，以及因此而来的人格扩张，老年人当到此时节，也像即刻又成了壮年奋勇握刀横槊的英雄了。那些退伍的兵呢，他们能告给人以一些属于乡中人所知以外奇怪有趣的事迹，如像草烟作兴卖到一块钱一枚，且未吃以前是用玻璃纸包好的。又能很大方地拿出一些银角子来作小孩子打架胜利的奖品。这小小白色圆东西，便是这本村壮士从湖北省或四川省归来带回的新闻，一个小孩子从这银角子上头就可以在脑子中描写一部英雄史，一个小孩子从这银角子上头也可以做着无涯境的梦。这小东西的休息处是那伟大的人物胸前崭新的黄色麂皮抱兜，当一个小孩把同等身材孩子扑倒三人以上时，就成那胜利武士的奖品了。

遇到唱山歌时节，这里只有那少壮孤身长年的份。又要俏皮，又要逗小孩子笑，又同时能在无意中掠取当场老婆子的眼泪与青年少女的爱情的把戏，是算长年们最拿手的山歌。得小孩们山莓红薯一类供养最多的，是教山歌的师傅。把少女心中的爱情的火把燃起来，除了山歌是像引线灯芯一类东西。（艺术的地位，在一个原始社会里，无形中已得到较高安置了。）这些长年们，同一只阳雀一样自由唱他编成的四句齐头歌，可以说是他在那里施展表现“博取同情的艺术”，以及教小孩子以将来对女子的“爱的技术”。

猜谜呢，那大多数是为小女孩预备的游戏，这是在训练那些小头脑，以目中所习见的一切的物件用些韵语说出来，男小子是不大相宜于这事情的。

男小孩子是来此缠腰，打筋斗，做蛤蟆吃水，栽天树，做老虎伸腰，同到各对各打平和架。选出了对子，在大坪坝内，当到公证人来比武，那是这里男小子的唯一的事业。从这训练中，养成了强悍的精神以外还给了老年人以愉快。长毛即不会再现于此时代，同长毛样的来去无常的边苗还多，武艺是村中人人所必需，也很明显了啊。

如今是初夏，这晚会，自然是比天气还冷雨又很多的春天要热闹许多！

这里毛弟家的癫子大哥是一个重要人物，那是不问可知的。癫子到这种场上，曾用他的一串山歌制服许多年轻人，博得大家的欢喜。他又在男孩比武上面立了许多条规则，当他为一个公证人时总能按到规则办，这尤显出他那首领的本事。他常常花费三天四天工夫用泥去抟一个张飞、武松之类的英雄像，拿来给那以小敌大竟能出奇制胜的孩子。这一来，癫子在这一群人中间，“代狗王”是不做也不成了。把老人除开，看谁是这里孩子们真真信服拥戴的领袖，只有癫子配！只要间上一天癫子不到猫猫山，大家便忽然会觉得冷淡起来了。癞子自己对于这地方，所感到的趣味当然也极深。

自从癞子失踪一连达五天以上，到最近，又明知道附近一二十里村集并无一处在唱木头傀儡戏，大家到此时，上年纪一点的人物便把这事长期来讨论。据公意，危险真是不可免的事了。倘若是，那一个人能从别一地方证实癞子是已经死亡，则此后猫猫山的晚上集会真要不知怎样寂寞！大家为了怀想这“代狗王”的下落，便把到普通集会程序全给混乱了，唱歌的大家缺少了声音，打架的失去了劲帮。癞子这样一去无踪真是给了大坳儿童以莫大损失。

上两天，许多儿童因了癞子无消息就不再去猫猫山，其中那个住在寨西的小万万，就有份。昨天晚上却是万万同到毛弟两人都不曾在场，癞子消息就不曾露出。如今可为万万到猫猫山把这新闻传遍了。大家高兴是自然的事。大家断定不出一两天，癞子总就又会现身出来了。

当毛弟为他娘扯着鸡脚把那花鸡杀死后，一口气就跑到猫猫山去告众人喜信。

“毛弟哎，毛弟哎，你家癞子有人见到了！”

毛弟没有到，别人见到毛弟就是那么大声高兴嚷，万万却先毛弟到了场，众人不待毛弟告，已先得到信息了。

毛弟走到坪中去，一众小孩子就像一群蜂子围拢来。毛弟又把今天到峒中去的情形告给大众听。大众手拉着手围到毛弟跳团团，互相纵声笑，庆祝大王的生存无恙，孩子们中有些欢喜得到坪里随意乱打滚，如同一匹才到郊野见了青草的小马。毛弟恐怕癞子会正当此时转家，就不贪玩先走了。

场里其他大小老少众人讨论了癞子一阵后，大众便开始来玩着各样旧有的游戏，这里万万便把昨天上老虎峒去听到癞子躲在峒中所唱的歌复唱给大众听。照例是用拍掌报答这唱歌的人。一众全鼓掌，万万今天可就得到一些例外光荣了。

“万万我妹子，你是生得白又白。”

万万听到有人在谑他，忙回头，回头却不明话语的来源，又不好单提某人出面来算账，只作不曾听到这丑话，仍然唱他那新歌。

“万万，你看谁个生得黑点谁就是你哥！”

万万不再回头也就听出这是顶憋赖的傩巴声音了。故作还不注意的万万，并不停止他歌喉，一面唱，一面斜斜走过去，刚刚走到傩巴身边时，猛伸手来扳着傩巴的肩只一掼，闪不知脚还是那么一拐，傩巴就拉斜跌倒，大众哄然笑。

傩巴爬起便扑到万万身上，想打猛不知，但精伶便捷的万万只一让，加上是一掌，傩巴便又给人放倒到土坪上了。

傩巴可不爬起了，只在地下蓄力想乘势骤抱万万的脚杆。

“起来吧，起来吧，看这个！”一个退伍副爷大叔从他皮兜子内夹取一个银角子，高高举起给傩巴助威，傩巴像一匹狮子，一起身就缠着万万的腰身。

“黑小鬼，你跟老子远去吧。”万万身一摆，傩巴蹬不住，弹出几步以外卧下了。

“爬起再来呀！看这里，是‘袁世凯’呀！”袁世凯也罢，鲁智深也罢，今天的傩巴，成了被孙大圣痛殴的猪八戒，坐在地上只是哼哼，说是承认输。真是三百斤野猪，只是一张嘴，傩巴在万万面前除了嘴毒以外没有法宝可亮了。

大叔把那角子丢到半空去，又用手捉着，“好兄弟，这应归万万。谁来同我们武士再比拼一番吧。”

“慢一点，我也有份的！”不知是谁在土堆上故意来捣乱，始终又不见人下。

“来就来，不然我可要去吃夜饭去了。”因此才知万万原是空肚子来专门告诉众人癫子消息的。

“慢一点，不忙！”但是仍然不见下。

不久，一个经纪家的长年唱起橹歌[①]来，天是全黑了。在一些星子拥护

---

① 橹歌多从洪江或麻阳唱起，中夹以“吆和嚇”“咦来和嚇”像橹摇动声音。照例是可以唱到汉阳汉口的，一面叙途中风景，一面把地名滩名指出，凡是辰河橹歌调子大体是一样，惟叙述方式稍有不同耳。

业已打斜的上弦月的夜景中，大家俨然如同坐在一只大麻阳乌篷船上顺水下流的欢乐，小孩子们帮同吆喝打号子，橹歌唱到洞庭湖时钩子样的月已下沉了。

五

虽然说，癞子本身是有了下落，证明了他是还好好地活在这世界上面，但是不是在明天后天就便可以如所预料的归来？这无从估定。因此这癞子，依旧远远走去，是不是可能的？在这事上毛弟的娘也是仍然全无把握的。土地得了一只鸡，也正如同供奉母鸡一只于本地乡约一个样：上年纪的神并不与那上年纪的人能干多少，就是有力量，凡事也都不大肯负责来做的。天若欲把这癞子赶到另一个地方去，未必就能由这老头子行使权势为把这癞子赶回！

但是，癞子当真可就在这时节转到家中了。

癞子睡处是在大门楼上头，因为这里比起全家都清静，他欢喜。又不借用梯，又不借用凳，癞子上下全是倚赖门柱旁边那木钉。当他归来时，村子里没一人见。到了家以后，也不上灶房，也不到娘房里去望望，他只悄悄地，鬼灵精似的，不惊动一切，就爬上自己门楼上头睡下了。

当到癞子爬他门柱时，毛弟同他娘正在灶房煮那鸡。毛弟家那只横强恶霸花公鸡，如今已在锅子中央为那柴火煮出油来了。鸡是白水煮，锅上有个盖，水沸了，就只见从锅盖边，不断绝地出白气，一些香，在那热气蒸腾中，就随便发挥钻进毛弟鼻子孔。

毛弟的娘坐在那烧火矮凳上，支颐思索一件事，打量到癞子躲藏峒中数日的缘故，面部同上身为那灶口火光映得通红的。毛弟满灶房打转，灶头一盏清油灯，便把毛弟影子变成忽短忽长移到四面墙上去。

“娘，七顺长工带了我们的狗去到新场找癞子，要几时才回？”

娘不答。

“我想那东西，莫又到他丈人那里去喝酒，醉倒了。”

娘仍不做声。

“娘，我想我们应当带一个信到新场去才对的，不然癞子回来了以后，恐怕七顺还不知道，尽在新场到处托人白打听！”

娘屈指算各处赶场期，新场是初八，后天本村子里当有人过新场去卖麻，就说明天托万万家爹报七顺一个信也成。

毛弟没话可说了，就只守到锅边闻鸡的香味，毛弟对于锅中的鸡只放心不下，从落锅到此时甩开锅盖瞧看总不止五次。毛弟意思是非到鸡肉上桌他用手去攫取膊腿那时不算完成他的敌忾心！

“娘，甩开锅盖看看吧，恐怕汤会快已干了哩。”

是第七次的提议。明知道汤是刚加过不久，但毛弟愿意眼睛望到那仇敌受白水的熬煮。若是鸡这时还懂得痛苦，他会更满意！

娘是说，不会的，水蛮多。但娘明白毛弟的心思，顺水划，就又在结尾说：“你就甩开锅盖看看吧”。

这没毛鸡浸在锅内汤中受煎受熬的模样，毛弟看不厌。凡是恶人作恶多端以后会到地狱去，毛弟以为这鸡也正是下地狱的。

当到毛弟用两只手把那木锅盖举起时节，一股大气往上冲，锅盖边旁蒸起水汽像出汗的七顺的脸部一样，锅中鸡是好久好久才能见到的。浸了鸡身一半的白汤，还是沸腾着。鸡平平趴伏到锅中，脚杆直杪杪的真像在泅水！

“娘，你瞧，这光棍直到身子煮烂还昂起个头！”毛弟随即借了铁铲作武器，用力去按那鸡的头。

“莫把它颈项摘断，要昂就让它昂吧。”

“我看不惯那样子。”

“看不惯就盖上吧。”

听娘的吩咐，两手又把锅盖盖上了。但未盖以前，毛弟可先把鸡身弄成翻天睡，让火熬它的背同那骄傲的脑袋。

这边鸡煮熟时那边癞子已经打鼾了。

毛弟为娘提酒壶，打一个火把照路，娘一手拿装鸡的木盘，一手拿香纸，跟到火把走。当这娘儿两人到门外小山神土地庙去烧香纸，将出大门时，毛弟耳朵尖，听出门楼上头鼾声了。

“娘，癫子回来了！”

娘便把手中东西放去，走到门楼口去喊。

“癫子，癫子，是你不是？”

“是的。”

等了一会儿又说：“娘，是我。”

声音略略有点哑，但这是癫子声音，一点不会错。

癫子听到娘叫唤以后，于是把一个头从楼口伸出。毛弟高高举起火把照癫子，癫子眼睛闭了又睁开，显然是初醒，给火炫着了。癫子见了娘还笑。

“娘，出门去有什么事？”

“有什么事？你瞧你这人，一去家就四五天，我哪里不托人找寻！你急坏我了。”

这妇人，一面絮絮叨叨用着高兴口吻抱怨着癫子，一面望到癫子笑。

癫子是全变了。头发很乱，瘦了些，但此时的毛弟的娘可不注意到这些上面。

“你下来吃一点东西吧，我们先去为你谢土地，感谢这老伯伯为了寻你不知走了多少路！你不来，还得让我抱怨他不济事啦。”

毛弟同娘在土地庙前烧完纸，作了三个揖，把酒奠了后，不问老年缺齿的土地公公嚼完不嚼完，拿了鸡就转家了。

娘听到楼上还有声息知道癫子尚留在上面，“癫子，下来一会儿吧，我同你说话，这里有鸡同鸡汤，饿了可以泡一碗阴米。”

那个乱发蓬蓬的头又从楼上出现了，他说他并不饿。到这次，娘可注意到癫子那憔悴的脸了。

“你瞧你样子全都变了。我晌晚才听到毛说你是在老虎峒住的。他又听到西寨那万万告诉他，还到峒里把你留下的水罐拿回。你要到那里去住，又不早告诉我一声，害得我着急，你瞧娘不也是瘦了许多么？”

娘用手摩自己的脸时，娘眼中的泪，有两点，沿到鼻沟流到手背了。

癫子见到娘样子，总是不做声。

“你要睡觉么？那就让你睡。你要不要一点水？要毛为你取两个萝卜好吗？”

“都不要。”

“那就好好睡，不要尽胡思乱想。毛，我们进去吧。”

娘去了，癫子的蓬乱着发的头还在楼口边，娘嘱咐，莫要尽胡思乱想。这时的癫子，谁知道他想的是些什么事？但在癫子心中常常就是像他这时头发那么乱杂无章次，要好好地睡，办得到？然而像一匹各处逃奔长久失眠的狼样的毛弟家癫子大哥，终于不久就为疲倦攻击仍然倒在自己铺上了。

第二天，天刚亮不久娘就起来跑到楼下去探看癫子，听到上面鼾声还很大，就不惊动他，且不即放埘内的鸡出，怕鸡在院子中打架，吵了这正做好梦的癫子。

这做娘的老早到各处去做她主妇的事务，一面想着癫子昨夜的脸相，为了一些忧喜情绪牵来扯去做事也不成，到最后，就不得不跑到酒坛子边喝一杯酒了。

六

显然是，癫子比起先前半月以来憔悴许多了。本来就是略带苍白痨病样的癫子的脸，如今毛弟的娘觉来是已更瘦更长了。

毛弟出去放早牛未回。毛弟的娘把昨夜敬过土地菩萨煮熟的鸡切碎了，蒸在饭上给癫子做早饭菜。

到吃早饭时，娘看癫子不言不语的样子，心总是不安。饭吃了一碗。娘顺手方便，为癫子装第二碗，癫子把娘装就的饭赶了一半到饭箩里去。

娘奇诧了。在往日，这种现象是不会有的。

“怎么？是菜不好还是有病？”

“不。菜好吃。我多吃点菜。”

虽说是多吃一点菜，吃了两个鸡翅膊同一个鸡肚，仍然不吃了。把箸放下后，癞子皱了眉，把视线聚集到娘所不明白的某一点上面。娘疑惑是癞子多少身上总有一点小毛病，不舒服，才为此异样沉闷。

“多吃一点呀。”娘像逼毛弟吃出汗药一样，又在碗中捡出一片鸡胸脯肉掷到癞子的面前。

劝也不能吃，终于把那鸡肉又掷回。

“你瞧你去了这几天，人是瘦多了。”

听娘说是人瘦许多了，癞子才记起他那衣扣上面悬垂的铜铗，觉悟似的开始摸出那面小圆镜子挟扯嘴边的胡须，且对到镜子惨笑。

娘见这样子，眼泪含到眶子里，去吃那未下咽的半碗饭。娘竟不敢再来详细看癞子一眼，她知道，再看癞子或再说出一句话，自己就会忍不住要大哭了。

饭吃完了时，娘把碗筷收拾到灶房去洗，癞子跟进灶房，看娘洗碗盏，旋就坐到那张烧火凳上去。

一面用丝瓜瓤擦碗一面眼泪汪汪的毛弟的娘，半天还没洗完一个碗。癞子只是对着他那一面小镜子反复看，从镜子里似乎还能看见一些别的东西的样子。

“癞子，我问你——”娘的眼泪这时已经不能够再忍，终于扯了挽在肘上的宽大袖子在揩了。

癞子先是口中还在嘘嘘打着哨，见娘问他就把嘴闭上，鼓气让嘴成圆球。

“你这几天究竟到些什么地方去？告给你娘吧。”

“我到老虎峒。”

“老虎峒，我知道。难道只在峒内住这几天吗？”

"是的。"

"怎么你就这样瘦了？"

癫子可不再做声。

娘又说："是不是都不曾睡觉？"

"睡了的。"

睡了的还这样消瘦，那只有病了。但当娘问他是不是身上有不舒服的地方时，这癫子又总说并不曾生什么病。

毛弟的娘自觉自从毛弟的爹死以后，十年来，顶伤心的要算这个时候了。眼看到这癫子害相思病似的精神颓丧到不成样子，问他却又说不出怎样。最明显的是在这癫子的心中，此时又正汹涌着莫名其妙的波涛，世界上各样的神都无从求助。怎么办？这老娘子心想，十年劳苦的担子压到脊梁上头并不会把脊梁压弯，但关于癫子，最近给她的忧愁，可真有点无从招架了。

一向癫子虽然癫，但在那混沌心中包含着的像是只有独得的快活，没有一点人世秋天模样的忧郁，毛弟的娘为这癫子的不幸也就觉很少。到这时，她不但看出她过去的许多的委屈，而且那未来，可怕的、绝望的、老来的生活，在这妇人脑中不断地开拓延展了。她似乎见到在她死去以后别人对癫子的虐待，逼癫子去吃死老鼠的情形；又似乎见癫子为人把他赶出这家中；又似乎见毛弟也因了癫子被人打；又似乎乡约因了知事老爷下乡的缘故，到猫猫山宣告，要用力把癫子关到一个地方去，免吓了亲兵；又似乎……

天气略变了，先是动了一阵风，屋前屋后的竹子被风吹得像是一个人在用力摇，不久就落了小雨。冒雨走到门外土坳上去，喊了一阵"毛弟回家"的毛弟的娘，回身到了堂屋中，望着才从癫子身上脱下洗浣过的白小褂，悲戚地摇着头——就是那用花格子布包着的花白头发的头，叹着从不曾如此深沉叹过的气。

毛毛雨，陪到毛弟的娘而落的，娘是直到烧夜火时见到癫子有了笑容以后泪才止，雨因此也落了大半天。

灯

因为有个穿青衣服的女人，到 × 住处来，见 × 桌上的一个灯，非常旧且非常清洁，想知道这灯被主人重视的理由，所以他就告给这青衣女人关于这个灯的一件故事。

两年前我住到这里，在 ×× 教了一点书，仍然是这样两间小房子，前面办事后面睡觉，一个人住下来。那时正是五月间，不知为什么，住处的灯总非常容易失职。一到了晚间，或者刚刚把饭碗筷子摆上了桌子，认清楚了菜蔬，正想由那形色方面，对于我厨子加以一点不失诚实的称赞，灯忽然一熄，晚饭就吃不成了。有时是饭后正预备开始做一点事或看看书的时节，有时是有客人拿了什么问题同我来讨论的时节，就像有意捣乱那种神气，灯就忽然熄灭了。有几回，正当我同一个朋友，把一段不下注解的章草，从那形体上加以估计的当儿，或者是把一个印章考察它的真伪中间，灯骤然熄灭，朋友同我皆非常扫兴。从来不曾开口骂过人的书画家 ××，也不能节制这点愤怒，把电灯公司对于市民的不尽职，加以不容恕的指摘了。

这事情连续发生了几乎有半个月，似乎有人责问过电灯公司，公司方面的答复，放在当地报纸上登载出来，情形仿佛是完全推诿到由于“天气”。既不是公司那一方面的过失，所以小换钱铺子的洋烛，每包便忽然比上月贵了五个铜子。洋烛涨价这件事，是从照料我饮食的厨子方面知道的。这当家人对于上海商人故意居奇的行为，每到晚上为我把饭菜拿来，唯恐电灯熄灭，在预先就点上一支洋烛的情形下，总要同我说一次。

这人是一个非常忠诚的中年人。这人年纪很轻的时节，就随同我的父亲到过西北东北，去过蒙古，上过四川。他一个人又走过云南、广西。在家乡，且看守过我祖父的坟墓，很有了些年月。上年随了北伐军队过山东，在济南府眼见 ×× 军队对平民所施的暴行。那时他在七十一团一个连上做司务长，一个晚上被机关枪的威胁，糊糊涂涂走出了团部，把一切东西全损失了。人既空手逃回南京，听到一个熟人说我在这里住，所以就写了信来，说是愿意来侍候我。我告给他来玩玩是很好的，要找事做恐怕不行，我生活也非常简单。来玩玩，住一会儿，想要回去了，我或者能设点法，只是莫希望太大。到后人当真就来了。初次见到，一身灰色中山布军服，衣服又小又旧，好像还是三年前国民革命军初过湖南时节缝就的。一个巍然峨然的身体，就拘束到这军服中间。另外随身的只有一个小包袱，一个热水瓶，一把牙刷，一双黄杨木筷子，热水瓶像千里镜那样佩到身边，牙刷放在衣袋里，筷子仿照军营中老规矩插在包袱外面，所以我能够一望而知，这真是我日夜做梦的伙计！这个人，一切都使我满意。一切外表以及隐藏在这样外表下的一颗单纯优良的心，我不必同他说话也就全部清楚了！

既来到了我这里，我们要谈的话可多了。从我祖父谈起，一直到我父亲同他说过的还未出世的孙子为止，他都想在一个时节里同我说及。他对于我家里的事情永远不至于说厌，对于他自己的经历又永远不会说完。实在太动人了，请想想，一个差不多用脚走过半个中国的五十岁的人物，看过庚子的变乱，经历过辛亥革命，参加过多少战争，跋涉过多少山水，吃过多少异样的饭，睡过多少异样的床，简直是一部永远翻看不完的名著！我的嗜好即刻就很深很深地染上了。只要一有空闲我即刻就问他这样那样，只要问到，我所得的经验都是些动人的事实。

因为平常时节我的饮食是委托了房东娘姨包办的，所以十六块钱一个月，每天两顿，一些菜蔬总是任凭这位江北妇人的意思安排。这主人看透了我的性格，知道我对于饮食不大苛刻，今天一碟大蚕豆，明天一碟小青蚶，到后天又是一碟蚕豆。总而言之，蚕豆同青蚶是少不了的好菜。另外则吃肉时无论如何总不至于忘记加一点儿糖。吃鱼多不用油煎，只放到饭上去蒸，就拿来加点酱油摆上桌子。本来像做客的他，吃过了两天空饭，到第三天实在看不惯，问我要了点钱。从我手上拿了十块钱去的他，先是不告诉我这钱的用处，到下午，把一切吃饭用的东西通通买来了。这事在先我还一点不知道，一直到应当吃晚饭时节，这老兵，仍然是老兵打扮，恭恭敬敬地把所有由自己两手做成的饭菜，放到我那做事桌上来，笑眯眯地说这是自己试做的，而且声明以后也将这样做下去。从那人的风味上，从那菜饭的风味上，都使我对于过去的军营生活生出一种眷念，就一面吃饭一面同他谈军中事情。把饭吃过后，这司务长收拾了碗筷，回到灶房去，过一阵，我正坐在桌边凭借一支烛光看改从学校方面携回的卷子，忽然门一开，这老兵闪进来了，像本来原知道这不是军营，但忽然因为电灯熄灭，房中代替的是烛光，坐在桌边的我还不缺少一个连长的风度，这人恢复了童心，对我取了军中上士的规矩，喊了一声“报告”，站在门边不动。“什么事情？”听到我问他了，才走近我身边来，呈上一个单子，写了一篇账。原来这人是同我来算伙食账的！我当时几乎要生气了，望到这人的脸，想起司务长的职务，却只有笑了。“怎么这样同我麻烦？”“我要弄明白好一点。我要你知道，自己做，我们两个人每月都用不到十六块钱。别人每天把你蚌壳吃，每天是过夜的饭，每月你还送十六块！”“这样你不是太累了吗？”“累！煮饭做菜难道是下河抬石头？你真是少爷！”望望这好人的脸，我无话可说了。我不答应是不行的。所以到后做饭做菜就派归这个老兵了。

这老兵，因为衣服太不相称，我预备为他缝一点衣，问他欢喜要什么样子，他总不做声。有一次，知道我得了许多钱，才问我要了十块钱，到晚上，不知往什么地方买了两套呢布中山服，一双旧皮靴，还有刺马轮，给我看时非常满意。我说：“你到这地方何必穿这个？你不是现役军官，也正像我一样，穿长衣好！”“我永远是军人。”我有一个军官厨子，这句话的来源是这样发生的。

电灯的熄灭，在先还只少许时间，一会儿就恢复了光明，到后来越加不成样子，所以每次吃饭都少不了一支烛。但是这老兵，不知从什么地方又买来了一个旧灯，擦得罩子非常清洁，把灯头剪成圆形，放到我桌子上来了。因为我明白了他的脾气，也不大好意思说在上海地方用灯是愚蠢的事情。电灯既然不大称职，有这灯也真给了我不少方便。因为不愿意受那电灯时明时灭的作弄，索性把这灯放在桌上，到了夜里，望着那清莹透明的灯罩，以及从那里放散的薄明微黄的灯光，面前又站的是那古典风度的军人，总使我常常幻想到那些驻有一营人马的古庙，小乡村的旅店，发生许多幻想。我是曾经太与那些东西相熟，因为都市生活的缠缚，又太与那些世界离远了的。我到了这些时候，不能不对于目下的生活，感到一点烦躁了。这是什么生活呢？一天爬上讲台去，那么庄严，那么不儿戏，也同时是那么虚伪，站在那小四方讲台上，谈这个那个，说一些废话谎话，这本书上如此说，那本书上又如此说。说了一阵，自己仿佛受了催眠，渐渐觉得是把问题引到严重方面去。待听到下面什么声音一响，憬然有所觉悟，再注意一下学生，才明白原来有几个快要在本学期终了就戴方帽儿的学士某君，已经伏在桌上打盹，这一来，头绪完全为这现象纷乱了。到了教员休息室里，一些有教养的绅士们，一得到机会，就是一句聪明询问：“天气好，又有小说材料！”在他们自己，或者还非常得意，以为这是一种保持教授身份的雅谑，但是听到这个蠢话，望望那些扁平的脸嘴，觉得同这些吃肉睡觉打哈哈的人，不能有所争持，只得认了输，一句话不说，走出外面长廊下去晒太阳。到了外面，又是一些学生，取包围声势走拢来，谈天气，谈这个那个，似乎我因为教了点课，就必得负了一种义务，随时来告诉他们所谓作家们的轶事，似乎就说点这些空话，他们也就算了解文学了。从学校返回家里，坐近满是稿件以及各处寄来的新书新杂志的桌前，很努力地把桌面匀出一个位置，放下从学校带回的一束文章，一行一行过目，第一篇，五个“心灵儿为爱所碎”，第二篇有了七个，第三篇是关于革命的了，有泪有血，仍然不缺少“爱”。把一堆文章看过一小部分，看看天有夜下来的样子，弄堂对过王寡妇家中三个年轻女儿，照例到了时候把话匣子一开，意大利情歌一唱，我忽然感到小小冤屈，什么事也不能做了。觉得自己究竟还是在农村培养长大的人，现在所处的世界，仍然不是自己所习惯的世界，都会生活的厌倦，生存的厌倦，愿意同这世界一切好处离开，愿意再去做十四吊钱的屠税收捐员，坐到团防局，听为雨水汇成小潭的院中青蛙叫，用夺金标笔写索靖《出师颂》同钟繇《宣示表》了。但是当我面对这煤油灯，当我在煤油灯不安定的光度下，望到那安详的、和平的老兵的脸，望到那古典的、家乡风味的略显弯曲的上身，我忘记了白日的辛苦，忘记了当前的混乱，转成对这个人的精神发生极大兴味了。

“怎么样？是不是懂得军歌呢？”我这样问他，同他开一点小小玩笑。

他就说：“怎么军人不懂军歌？我不懂洋歌。”

“不懂也很好，山歌懂不懂？”

“看是什么山歌。”

“难道山歌有两样山歌吗？‘天上起云云重云’‘天上起云云起花’全是好山歌，我小时不明白。后来在游击支队司令杨处做小兵，太放肆了，每天吃我们所说过的那种狗肉，唱我们现在所说的这种山歌，真是小神仙。”

“我们是不好意思唱那种山歌的。一个正派军人，这样撒野算是犯罪。”

“那我是罪恶滔天了。可是我很挂念那些新从父母身边盘养大的人，因为不知这时在这样好天气下，还有这种歌在一些人口中唱着没有？”

“好的都完了！好人同好风俗，都被一个不认识的运气带走了。就像这个灯，我在上年同老爷到乡下去住，就全是这样灯。”

老兵到这些事上，有了因为清油灯的消灭，使我们常常见到的乡绅一般的感慨了。

我们这样谈着，凭了这诱人的空气，诱人的声音，我正迷醉到一个古旧的世界里，非常感动，可是这老兵，总是听到外面楼廊房东主人的钟响了九下。即或是大声叱他，要他坐到椅子上，把话继续谈下去也不行。一到时候了，很关心地看了看我的卧室，很有礼貌地行了个房中的军人礼，用着极其动人的神气，站在那椅子边告了辞，就走下楼到亭子间睡去了。这是为什么？他怕耽搁我的事情，恐我睡得太迟，所以明明白白有许多话他很欢喜谈到的，他也必得留到第二天来继续。谈闲话总不过九点，竟是这个老兵的军法，一点不能通融，所以每当他走去后，我总觉得有一些新的寂寞安置到心上一角，做事总不大能够安定。

因为当到我面前，这个老兵以他五十年的生活经验，吓人的丰富，消化入他的脑中，同我谈及一切。平常时节对于以农村因经济影响到社会组织来写成的短篇小说，是我永远不缺少兴味的工作，但如今想要写一个短篇的短篇，也像是不好下笔了。我有什么方法可以把这个人的单纯优美的灵魂，平平地来安置到这纸上？望到这人的颜色，听到这人的声音，我感觉过去另外一时所写作的人生的平凡。我实在懂得太少了。单是那眼睛，带一点儿忧愁，同时或不缺少对于未来作一种极信托的乐观，看人时总像有什么言语要从那无睫毛的微褐的眼眶内流出，我是缺少气力来为作一种说明的。望着他一句话不说，或者是我们正谈到那些战事，那些把好人家房子一把火烧掉，牵了农人母牛奏凯回营的战事，这老兵忽然想起了什么，不再说话。我猜想他是要说一些话的，但言语在这老兵头脑中好像不大够用，一到这些事情上，他便哑口了。他只望到我！或者他也能够明白我对于他的同意，所以后来总是很温柔，也很妩媚地一笑，把头点点就转移了一个方向，唱了一个四句头的山歌。他哪里料得到我在这些情形下所生的动摇！我望着这老兵一个动作，就觉得看见了中国多数愚蠢的朋友。他们是那么愚蠢，同时又是那么正直，那最东方的古民族和平灵魂为时代所带走，安置到这毫不相称的战乱世界里来。那种忧郁，那种拘束，把生活妥协到新的天地中所做的梦，却永远是另一个天地的光与色，我简直要哭了。

有时，就因为这些感觉扰乱了我，我不免生了小小的气，似乎带了点埋怨神气，要他出去玩玩，不必尽呆在我房中。他就像一尾鱼那么悄悄地溜出去，一句话不说。看到那样子我又有点不安，就问他“是不是去看戏？”恐怕他没有钱了，就一面送了他两块钱，说明白这是可以拿去随意花到“大世界”或者什么舞台之类地方的。他仍然望了我一下，很不自然地做了一个笑样子，把钱拿到手上，走下楼去了。我照例做事多数到十二点才上床，先是听到这个老兵开了门出去，大约有十点多样子又转来了。我以为若不是看过戏，一定也是喝了一点酒，或者照例在可以做赌博的事情上狂了一会儿，把钱用掉回来了，也就不去过问。谁知第二天，午饭时就有了一钵清蒸母鸡放在桌上。对于这鸡的来源，我不敢询问，我们就相互交换了一个微笑，在这当儿我又从那褐色眼睛里看到流动了那种说不分明的言语。我只能说：“应当喝一杯，你不是很能够喝么？”“已经买得了的，这里的酒是火酒，亏我找，到后找到了一家乡亲铺子，才得那么一点点米酒。”仿佛先是不好意思劝我喝，听到说及酒，于是匆匆走下楼去，用小杯子倒了半杯白酒，并且把那个酒瓶也拿来了，“你喝一点点，莫多吃。”本来不能喝酒不想喝酒的我，也不好意思拒绝这件事了。把酒喝下，接过了杯子，自己又倒了小半杯，向口中一灌，抿抿嘴，对我笑了一会儿，一句话不说，又拿着瓶子下楼去了。第二天还是鸡，就因为上海的鸡只要一块钱。

学校的事这老兵士像是漠不关心的。他问过我那些大学生将来做些什么事，是不是每人都去做县长。他又问过我学校每月应当送我多少钱，这薪水是不是像军队请饷一样，一起了战争就受影响。但他的意思全不是对于学校的关心。他想知道学生是不是都去做县长，只是要明白我有多少门生是将来的知事老爷。他问欠薪不欠薪，只是要明白我究竟钱够不够用。他最关心的是我的生活。这好人，越来越不守本分，对于我的生活，先还是事事赞同，到后来，好像找出了许多责任，不拘我愿不愿意，只要有机会总就要谈到了。即或不是像一些不懂世故的长辈那种偏见的批评，但对那些问题，他的笑，他无言语的轻轻叹息，都代表了他的语言，使我不安。我当然不好生他的气，我不能把他踢下楼梯去，也不好意思骂他。他实在又并不加上多少意见，对于我的生活，他就只是反抗，就只是否认，对于我这样年龄，还不打量找寻一个太太，他比任何人皆感觉到不平。在先我只装作不懂他的意思，尽他去自言自语，每天只同他讨论点军中生活，以及各地各不相同的风俗习惯。到后来他简直有点麻烦人了，并且他那麻烦，又永远使人感到他是诚实的麻烦。所以我只得告诉他，对于这件事我是毫无办法的，因为做绅士的方便我得不到，做学生的方便我也得不到，所以不能注意这些空事情。我还以为同他这样一说，自然就一切谅解，此后就不再也不会受他的批评了，谁知因此一来更糟了。他仿佛把责任放在他自己身上去，从此对于与我来往的女人，皆被他注意了。每一个来我住处的女人，或者是朋友，或者是学生，在客人谈话中间，不待我的呼唤，总忽然见到他买了一些水果，把一个盘子装来，非常恭敬地送上，到后就站到门外楼梯上去听我们谈话。待到我送客人下楼时，常常又见他故意作出在梯边找寻什么东西神情，目送客人出门。客人走去后，总又装成无意思的样子，从我口中探寻这女人一切，且窥探我的意思。他并且不忘记对这客人的风度言语加以一种批评，常常引用他所知道的“麻衣相法”，论及什么女人多子，什么女人聪明贤惠，若不是看出我的厌烦，绝不轻易把问题移开。他虽然这样关心这件事情，暗示了我什么女人多福，什么女人多寿，但他总还以为他用的计策非常高明。他以为这些关心是永远不会为我明白的，他并不是不懂得到他的地位。这些事在先我实在也是不曾注意的，不过稍稍长久一点，我可就看出这好管闲事的人，是如何把同我来往的女人加以分析了。对于这种行为他所给我的还是忧愁，我不能恨他，又不能同他解释，又不能同他好好商量，只有少同他谈到这些事情为妙。

这老兵，在那单纯的正直的脑中，还不知为我设了多少法，尽了帮助我得到一个女人的多少设计的义务！他那欲望隐藏到心上，以为我完全不了解，其实我什么都懂。他不单是盼望他可以有一个机会，把他那从市上买来的呢布军服穿得整整齐齐，站到亚东饭店门前去为我结婚日子做迎宾主事，还非常愿意穿了军服，把我的小孩子，打扮得像一个将军的儿子，抱到公园中去玩！他在我身上，一定还做了最夸张的梦，梦到我带了妻儿、光荣、金钱，回转乡下去。他骑了一匹马最先进城，对于那些来迎接我的同乡亲戚朋友们，如何询问他，他又如何飞马走去，一直跑到家里，禀告老太太，让一个小小县城的人如何惊讶到这一次的荣归！他这些希望，十余年前放到我的父亲身上，失败了；后来又放到我的哥哥身上，哥哥又失败了；如今是只有我可以安置他这可怜的希望了。他那对于我们父兄如何从衰颓家声中爬起恢复原来壮观的希望，在父亲方面受了非常大的打击。父亲是回家了，眼看到那老主人，从西北，从外蒙，带了因与马贼作战的腰痛，带了沙漠的荒凉，带了因频年争斗的衰老，回到家乡去做他那默默无闻的上校军医正了。他又看到哥哥从东北，从那些军队生活中，得到奉天省人的粗豪与黑龙江人的勇迈坚忍；从流浪中，得到了上海都市生活的嚣杂兴味，也转到家乡做画师去了。还有我的弟弟，这老兵认为尚无机会见到的弟弟，从广东得了冰冷的铁与热烈的革命的血两种糅合的经验，用起码下级军官的名分，打岳州，打武昌，打南昌，打龙潭，侥幸中的安全，引起了对生存的感喟，带了呼喊、奔突、死亡、腐烂，一时代人类愚蠢行为的各种印象，也寂寞地回到家乡，在那参军闲散职分上过着休息的日子了。他如今只认为我这无用人，可以寄托他那最无私心、最诚恳的希望。他以为我做的事比父兄们的都可以把它更夸张地排列到故乡人眼下，给那些人一些歆羡，一些惊讶，一些永远不会忘记的豪华光荣。

我在这样一个人面前，感到忧郁也十分感到羞惭。因为那仿佛由于自己脑中成立的海市，而又在这海市景致中对于海市中人物的我的生活加以纯然天真的信仰，我不好意思把这老兵的梦戳破，也好像缺少那戳破这个梦的权力了。

可是我将怎么来同这老兵安安静静生活下去？我做的事太同我这老家人的梦离远了。我简直怕见他了。我只告诉他现在写点文章教点书，社会上对我如何好。在他那方面，又总是常常看到体面的有身份朋友同我来往，还有那更体面的精致如粉如奶做成的年轻女人到我住处来。他知道我许多关于表面的生活，这些情形就坚固了他的好梦。他极力在那里忍耐，保持着他做仆人的身份，但越节制到自己，也就越容易对于我的孤单感到同情。这另一世界长大的人，虽然有了五十岁，却完全不知道我们的世界与他的世界是两样。他没有料得到来我处的人同我生活的距离是多远，他没有知道我写一个短篇小说得费去多少精力，他没有知道我如何与女人疏隔，与生活幸福离开。他像许多人那样，看到了我的外表，他称赞我，也如一般人所加的赞美一样，以为我聪明，以为我待人很好，以为我不应当太不讲究生活，疏忽了一身的康健。这个人，他还同意我的气概，以为这只是一个从军籍中出身才有的好气概！凡是这些，是他全在另一时用口用眼睛用行动都表示到了的。许多时候当这个人面前时节，我觉得无一句话可说，若是必须要做些什么事，最相宜的，倒真是痛打他一顿较好。

那时到我处来往次数最多的，是一个穿蓝衣服的女孩子，好像一年四季这人都穿的是蓝颜色，也只有蓝色同这女人相称。这是我一个最熟的人，每次来总有很多话说，一则因为这女子是一个 ×× 分子，一则是这人常常拿了文章来我处商量。因为这女人把我当成一个最可靠的朋友，我也无事不与她说到。我的老管家私下在暗地里注意了这女人许多日子，他看准了这个人一切同我相合。他一切同意。就因为一切同意，比一个做母亲的还细腻，每次当这客人来到时，他总故意逗留到我房中，意思很愿意我向女人提及他。他又常常采用了那种学来的官家体裁，在我面前问女人这样那样。我不好对于他这种兴味加以阻碍，自然同女人谈到他的生活，谈到他为人的正直，以及经验的丰富等事情。渐渐地，时间一长，女人对于他自然也发生一种友谊了。可是这样一来，当他同我两个人在一块时，这老兵，这行伍中风霜冰雪、死亡饥饿打就的结实的心，到我婚姻问题上，完全柔软如蜡了。他觉得我若是不打量同那蓝衣女人同住，简直就是一种罪过。他把这些意见带着了责备样子，很庄严地来同我讨论过。

先是这老兵还不大好意思同女人谈话，女人问到这样那样，像请他学故事那样把生活经验告给她听时，这老兵，总还用着略略拘束的神气，又似乎有点害羞，非常矜持地同女人谈话。后来因为一熟悉，竟同女人谈到我的生活来了！他要女人劝我做一个人，劝我少做点事，劝我稍稍顾全一点穿衣吃饭的绅士风度，劝我……。虽然这些话谈及时，总是当着我的面，却又取了一种在他以为是最好的体裁来提及的。他说的只是我家里父亲以前怎么样讲究排场，我弟兄又如何亲爱为乡下人所敬视，母亲又如何贤惠温和。他实在正用了一种最笨拙的手段，暗示到女人应当明白做这人家的媳妇是如何相宜的。提到这些，因为那稍稍近于夸张处，这老兵虑及我的不高兴，总一面谈说一面对我笑，好像不许我开口。把话说完，看看女人，仿佛看清楚了女人已经为他一番话所动摇，责任已尽，这人就非常满意，同我飞了一个眼风，奏凯似的橐橐走下楼预备点心去了。

他见我写信回到乡下去，总问我，是不是告给了老太太有一个非常……的女人？他意思是非常“要好”、非常“相称”这一类名词。当发现我眉毛一皱，这老兵，就“吓”得低低喊着，带着“这是笑话，也是好意，不要见怪”的要求神气赶忙站远了一点，占据到屋角一隅去，好像怕我会要当真动手攫了墨水瓶掷到他头上去。

然而另外任何时节，他是不会忘记谈到那蓝衣女子的。

我能在这些事上有什么办法？我既然不能像我的弟弟那样，处置多嘴的副兵用马粪填口，又不能像我的父亲，用费话去支使他走路。我一见了这老兵就只有苦笑，听他谈到他自己生活同谈到我的希望，都完全是这个样子。这人并不是可以请求就能缄默的。就是口哑了，但那一举一动，他总不忘记使你看出他是在用一副善良的心为你打算一切。他不缺少一个戏子的天才，他的技巧使我见到只有感动。

有一天，穿蓝衣的女人来到我的住处，第一次我不在家，老兵同女人说了许多话（从后来他的神气上，我知道他在与女人谈话时节，一定是用了一个对主人的恭敬而又亲切的态度应答着的）。因为恐怕我不能即刻回家，就走了。我回来时老兵正同我讨论到女人，女人又来了。那时因为还没有吃晚饭，这老兵听说要招待这个女客了，显然十分高兴，走下楼去，到吃饭时，菜蔬排列到桌上，却有料不到的丰盛。不知从什么地方学得了规矩，知道了女客不吃辣子，平素最欢喜用辣子的煎鱼，也做成甜醋的味道排上桌子了。

把饭吃过，这老兵不待呼唤又去把苹果拿来，把茶杯倒满了从酒精炉子烧好的开水，一切布置妥帖了，趑趄了好一会儿才走出去。他到楼下喝酒去了。他觉得非常快乐。他的梦展开在他眼前——一个主人，一个主妇；在酒杯中，他一定还看到他的小主人，穿陆军制服，像在马路上所常常见到的小洋人，走路挺直，小小的皮靴套在白嫩的脚上，在他前面忙走；他就用一个军官的姿势，很有身份很觉尊贵地在后面慢慢跟着。他因为我这个客人的来临，把梦肆无忌惮地做下去了。可是，真可怜。来此的朋友，是告诉我她的爱人W君的情形的，他们在下个月过北平去，他们将在北平结婚！无意中，这结婚的字眼，断章取义又为那尖耳朵“老战马”听去，他自以为一切事果不出其所料，他相信这预兆，也非常相信这未来的事情。到女人走去，我正伏到桌子旁边，为这朋友的好消息感到喜悦也感到一点应有的惆怅时节，喝了稍稍过量的酒的好人，一个红红的脸在我面前晃动了。

“今天你喝多了，你怎么忽然有这样好菜，客人说从没有吃过这样菜。”

本来要笑的他，听到这个话样子更像猫儿了。他说：“今天我快乐。”

我说：“你应当快乐。”

他分辩，同我故意争持：“怎么叫作应当？我不明白！我从来没有今天快乐！我喝了半瓶白酒了！”

“明天又去买，多买一瓶存放身边，你到这里别的不有，酒总是当要让你喝够量！”

“这样喝酒我从不曾有过。我应当快乐！为什么应当？我常常是不快乐！我想起老爷，那种运气，快乐不来了。我想起大少爷，那种体格，也不能快乐了。我想起三少爷，我听人说到他一点儿，一个豹子，一个金钱豹，一个有脾气有作为的人，我要跟到他去打仗，我要跟到他去冲锋，捏了枪，爬过障碍物，吼一声‘杀’，把刀刺到北佬胸膛里去。我要向他请教，手榴弹七秒钟的引线应当如何抛去。但同他们在一处的都烂了，都埋成一堆，我听到人家说，四期黄埔军官生在龙潭作战的全烂了，两个月从那里过身，还有使人作呕的臭气味。三少爷命好，他仍然能够骑马到黄罗寨打他的野猪，一个英雄！我不快乐，因为想起了他不做师长。你呢，我也不快乐。你身体多坏！你为什么不——”

“早睡点好不好？我要做点事情，我心里不大高兴。”

“你瞒我。你把我当外人。我耳朵是老马耳朵，听得懂，我知道我要吃喜酒，你这些事都不愿意同我说，我明天回去了。”

“你听到什么？有什么事说我瞒你？”

“我懂我懂，我求你——你还不知道我这时的心里像什么样子！”

说到这里，这老兵哭了。那么一个中年人，一个老军人，一个……，他真像一个小孩子哭了。但我知道这哭是为欢喜而流泪的。他以为我快要与刚走去不久的女人结婚。他知道我终久不能瞒他，也不愿意瞒他。他知道还有许多事我都不能缺少他。他知道这事情不拘大小要他尽力的地方很多。他有了一个女主人，从此他的梦更坚固、更实在地在那单纯的心中展开，欢喜得非哭不可了。他这感情是我即刻就看清楚了的。他同时也告给我哭的理由了，一面忙匆匆又像很害羞似的用那有毛的大手掌拭他的眼泪，一面就问我是什么日子，是不是要到吴瞎子处去问问，也选择一下，从一点俗。

一切事都使我哭笑两难。我不能打他骂他。他实在又不是吃醉了酒的人。他只顽固地相信我对于这事情不应当瞒他，还劝我打一个电报，把这件事即刻通知七千里外的几个家中人。他称赞那女人，他告诉我白天就同女人谈了一些话，很懂得这女人一定会是老太太所欢喜的媳妇。

我不得不把一切事在一种极安静的态度下为他说明。他望到我，把口张着，听完我的解释，信任了我的话，后来看到他那颜色惨沮的样子，我不得不谎了他一下，又告诉他我另外有了一个女人，相貌性情都同这穿蓝衣的女人差不多。可是这老兵，只愿意相信我前面那一段说明，对于后一段明白是我的谎话。我把话谈到末了，他毫不做声，那黄黄的小眼睛里酿了满满的一泡眼泪，他又哭了。本来是非常强健的身体，到这时显出万分衰弱的神情了。

楼廊下的钟已经响了十点。

“睡去，明天我们再谈好不好？”

听到我的请求，这老兵忽然又像觉悟了自己的冒失，装成笑样子，自责似的说自己喝多点酒就像癫子，且赌咒以后一定要戒酒，又问我明天欢喜吃鲫鱼没有。我不做声，他懂得我心里难过处。他望到桌上那一个建漆盘子里面的苹果皮，拿了盘子，又取了鱼的溜势，溜了出去，悄悄地把门拉拢，一步一步走下楼梯去了。听到那衰弱的脚，踏着楼梯的声音，我觉得非常悲哀。这中年人给我的一切印象，都使我对于人生多一个反省的机会，且使我感觉到人类的关系，在某一姿态下，所谓人情的认识，全是辛酸，全是难于措置的纠葛。这人走后听响过十二点钟我还没有睡觉，正思索到这些琐碎人情上，失去了心上的平衡。忽然楼梯上有一种极轻的声音，走近了门口，我猜着这必定是他又来扰我了，他一定是因为我的不睡觉，所以来督促我上床了，就赶忙把桌前的灯扭小，就听到一个低低的叹息起自门外。我不好意思拒绝这老兵好意了，我说：“你听吧，我事情已经做完，就要睡了。”外面没有声音，待一会儿我去开门，他已经早下楼去了。

经过这一次喜剧的排场，老兵性格变更了。他当真不再买酒吃了，问他为什么缘故，就只说市上全是掺火酒的假酒。他不再同我谈女人，女客来到我处，好像也不大有兴味加以注意了。他对我的工作，把往日的乐观成分抽去，从我的工作上看出我的苦闷，我不做声时，他不大敢同我说及生活上的希望了。他把自己的梦，安置到一个新的方向上来，却仿佛更大方更夸诞了一点，作出很高兴的样子，但心上那希望，似乎越缩越小得可怜了。他不再责备我储蓄点钱预备留给一个家庭支配，也不对于我的衣服缺少整洁加以非难了。

我们互相了解得多一点，我仍然是那么保持到一种同世界绝缘的寂寞生活，并不因为气候时间有所不同。在老兵那一方面，由于从我这里，他得到了一些本来不必得到的认识，那些破灭的梦，永远无法再用一个理由把它重新拼合成为全圆，老兵的寂寞，比我更可怜了。关于光明生活的估计，从前完全由他提出，我虽加以否认也毫无办法挫折他的勇气，但后来反而需要我来为他说明那些梦的根据，如何可以做到，如何可以满意，帮助他把梦继续来维持了。

但是那蓝衣女人，预备过北平结婚去了，到我住处来辞行。老兵听说女人又要到此吃饭，却只在平常饭菜上加了一样素菜，而且把菜拿来时节那种样子，真是使人不欢的样子。这情形只有我明白。不知为什么，我那时反而不缺少一点愉快，因为我看到这老兵，在他名分上哀乐的认真。一些情感上的固执，绝对不放松，本来应当可怜他，也应当可怜自己，但因为本来就没有对那女人作另外打算的我，因为老兵糊涂的梦，几乎把我也引到烦恼里去，如今看到这难堪的脸嘴，我好像报了小小的仇，忘记自己应当同情他了。

从此蓝衣女人在我的书房绝了踪迹，而且更坏的是两个青年男女到天津皆被捕了。我没有把这件事告过老兵，那老兵也从不曾问到过。我明白他不但有点恨那女人，而且也似乎有点恨我的。

本来是答应同我在七月暑假时节，一块儿转回乡下去，因为我已经有八年不曾看过我那地方的天空，踹过我那地方的土泥，他也有了六年没有回去了；可是到仅仅只有十八天要放假的六月初，福建方面起了战事，他要我送他点路费，说想到南京去玩玩。我看他脾气越来越沉静，不能使他快乐一点，并且每天到灶间去做菜做饭，又间或因为房东娘姨欢喜随手拖取东西，常常同那娘姨吵闹，我想就尽他到南京去玩几天也好。可是这人一去就不回来了。我不愿意把他的故事结束到那战事里去。他并不死，如许多人一样，还是活着，还是做他的司务长，驻扎到一个庙里，大清早就同连上的伙夫上市镇去买菜，到相熟的米铺去谈天，到河边去看船，一到了夜里就坐在一个子弹箱上，靠一盏“满堂红”灯照着，同排长什长算日里的伙食账，用草纸记下那数目，为一些小小数目上的错误赌发着各样的重誓，睡到硬板子的高脚床上去，用棉絮包裹了全身，做梦必梦到同点验委员喝酒，或下乡去捉匪，过乡绅家吃蒸鹅。这人应当永远这样活到世界上，这人至少还应当在中国活二十年，所以他再不同我来信问候我，我总以为他仍然还是在这个世界上。

这就是我桌上有这样一盏灯的理由了。这灯我仍然常常用它。当我写到我所熟悉的那个世界上一切时，当我愿意沉溺到那生活里面去时节，把电灯扭熄，燃好这个灯，我的房子里一切便失去了原有的调子。我在灯光下总仿佛见到那老兵的红脸，还有那一身军服，一个古典的人，十八世纪的老管家——更使我不会忘记的，是从他小小眼睛里滚出的一切无声音的言语。

故事说完时，穿青衣服的女人低低地叹了一声气，走过那桌子边旁去，用纤柔的手去摩挲那盏小灯。女人稍稍吃惊了，怎么两年来还有油？但 × 是说过了的，因为在晚上，把灯燃好，就可在灯光下看到那个老行伍中人的声音颜色。女人好奇似的说晚上要来试试看，是不是也可以看得出那司务长，显然的是女人对于主人所说的那老兵是完全中意了。

到了晚上，× 的房间里，那旧洋灯放了薄薄光明，火头微微地动摇，发出低微的滋滋声音，用惯了五十支烛光的人，在这灯光下是感到一切情调皆非常模糊的。主人 × 同穿青衣女人把身体搁在两个小小圈椅里，主人又说起了那灯，且告给女人，什么地方是那老兵所站的地方，老兵说话时是如何神气，这灯罩子在老兵手下擦得如何透明清澈，桌上那时是如何混乱……末了，他指点那蓝衣女人的坐处，恰恰正是这时她的坐处。

听到这个话的穿青衣女人笑了，又复仍然轻轻地叹着。过了一会儿，忽然惋惜似的说：

“这人一定早死了！”

男子 × 说：“是的，这人一定死了，在穿蓝衣人心上这人也死了的，但他活在你的心上，他一定还那么可爱地活在你心上，是不是？”

“很可惜我见不着这个人。”

“他也应当很可惜不见你！”

“我愿意认识他，愿意同他谈话，愿意……”

“那有什么用处！不是因为见到，便反而将给许多人添麻烦么？”

女人觉得有些事情应当红脸下来。

于是两人在灯光中沉默下来。

另外一个晚上，那穿青衣的女人忽然换了一件蓝色衣服来了，× 懂得这是为凑成那故事而来的，非常欢喜。两人皆像这件事全为使老兵快乐而做的，没有言语，年轻人在一种小小惶恐情形中抱着接了吻。到后女人才觉得房中太明亮了，询问那个灯，今晚为什么不放在桌上，× 笑了。

“是嫌电灯光线太强么？”

“是要司务长看另外一个穿蓝衣服的人在你房里的情形！”

听到这个俏皮的言语，× 想下楼去取灯，女人问他：

“放在楼下么？”

“是在楼下的。”

“为什么又放到楼下去？”

“那是因为前晚上灯泡坏了不好做事，借他们楼下娘姨的，我再去拿来就是了。”

“是娘姨的灯吗？”

“不，我好像说过是老兵买的灯！”男子 × 加以分辩，还说：“你知道这灯是老兵买的！”

“但那是你说的谎话！”

“若谎话比真实美丽……并且，穿蓝衣的人如今不是有一个了么！”

女人承认道：“穿蓝衣的虽有一个，但她将来也一定不让老兵快乐。”

“我赞成你这个话，倘若真有这个老兵，实在不应当好了他。”

“真是一个坏人，原来说的全是空话！”

“可是有一个很关心他的听差，而且仅仅只把这听差的神气样子告给别人，就使这人对于那主人感到兴味，十分同情，这坏人……！”

女人忍不住笑了。他们于是约定下个礼拜到苏州去，到南京去，男的还答应了女人，这种旅行为的是探听那个老司务长的下落。

图书在版编目（CIP）数据

湘边事记 / 沈从文著．—北京：中国民主法制出版社，2020.5
（名家经典典藏．沈从文文集）
ISBN 978-7-5162-2213-3

Ⅰ．①湘… Ⅱ．①沈… Ⅲ．①短篇小说－小说集－中国－现代 Ⅳ．①I246.7

中国版本图书馆 CIP 数据核字 (2020) 第 069377 号

图书出品人：刘海涛
出 版 统 筹：石　松
责 任 编 辑：梁　惠　赵佰悦

书　　名 / 湘边事记
作　　者 / 沈从文　著

出版·发行 / 中国民主法制出版社
地址 / 北京市丰台区右安门外玉林里 7 号（100069）
电话 /（010）63055259（总编室）　63058068　63057714（营销中心）
传真 /（010）63055259
http: //www.npcpub.com
E-mail: mzfz@npcpub.com
经销 / 新华书店
开本 / 16 开　710 毫米 ×1000 毫米
印张 / 16.25　　**字数** / 215 千字
版本 / 2020 年 8 月第 1 版　　2020 年 8 月第 1 次印刷
印刷 / 北京天宇万达印刷有限公司

书号 / ISBN 978-7-5162-2213-3
定价 / 52.00 元